cDv
DRESSLER

DAS GEHEIMNIS DES HERBSTLANDES

Herbert Osenger

Adragars Rache

Mit Vignetten von Volker Fredrich

Cecilie Dressler Verlag · Hamburg

Von Herbert Osenger erschien bereits
der 1. Band der Herbstlandtrilogie *Haus der Türen*
im Cecilie Dressler Verlag

Hallo, H! Dieses ist der zweite Streich!
Nach wie vor für dich!
H. O.

Einbandillustration und Kapitelvignetten von Volker Fredrich
Satz: UMP Utesch Media Processing GmbH, Hamburg
Druck und Bindearbeiten: GGP Media, Pößneck
Printed in Germany 2004
ISBN 3-7915-1501-2

www.cecilie-dressler.de

EINE MERKWÜRDIGE BEOBACHTUNG – EINE MERKWÜRDIGE BEGEGNUNG

»Lisa, wo bleibst du denn?«, fragte etwas ungeduldig der Vater.

»Lisa, fehlt dir was?«, fragte ziemlich besorgt die Mutter.

Lisa war nämlich mitten in der Stadt wie angewurzelt stehen geblieben. Mit weit aufgerissenen Augen starrte sie auf das Plakat eines Getränkegroßhändlers. Sie hatte das gleiche Plakat schon zweimal gesehen, die versteckte Botschaft aber bisher nicht bemerkt. Nun aber hatte sie entdeckt, dass das Plakat speziell für sie etwas bereithielt. Doch darüber konnte sie mit ihren Eltern nicht sprechen. Sie würden es doch nicht verstehen.

Lisas Mutter legte ihr die Hand auf die Stirn. »Was hast du denn auf einmal? Du bist ja so blass! Ist dir übel geworden?« Der forschende Blick schien bis auf den Grund von Lisas Seele zu dringen.

Also gab sie sich Mühe, ihren Schreck zu überspielen. »Mir geht's gut. Alles in Ordnung. Wollen wir weitergehen?« Sie lächelte ihre Eltern fröhlich an und hoffte, dass es echt wirkte.

Der Vater war dem Blick Lisas gefolgt. Er beäugte erst nachdenklich das Plakat und danach seine Tochter. Doch Lisa konnte getrost ausschließen, dass er die Botschaft bemerkte. Tatsächlich machte er ein Gesicht, als fragte er sich, was an einem Werbeplakat so Erschreckendes sein konnte.

Die Mutter richtete ihre Aufmerksamkeit nach wie vor nur auf ihre Tochter. »Dir fehlt wirklich nichts?«

»Nein. Alles klar. Ich bin absolut in Ordnung.« Sie ärgerte sich über das leise Zittern in ihrer Stimme. »Wir können weitergehen.« Sie stellte sich zwischen ihre Eltern und zog sie Richtung Kaufhaus. Bald schon drehte sich das Gespräch von Lisas Eltern wieder um das Thema, das sie schon den ganzen Vormittag beschäftigte: Der Vater brauchte einen neuen Anzug fürs Büro. Und während er darauf bestand, einen dunkelblauen oder grauen Nadelstreifenanzug zu kaufen, versuchte die Mutter ihn zu überzeugen, dass ihm ein Anzug mit Glencheckmuster viel besser stehen würde. Schon bald war für sie der Vorfall von eben vergessen. Nicht so für Lisa! Sie hatte noch immer weiche Knie.

Es war mittlerweile Frühling geworden, Osterferienzeit. Lisa hatte die Grippe vom Januar längst überstanden. Sie hatte mehrmals den Versuch gemacht, den Eltern von ihrem Abenteuer in der Jahreszeitenwelt zu erzählen. Das war immer gleich abgelaufen; sie hatten erst verständnisvoll lächelnd zugehört, doch nach zwei bis drei Minuten war dann immer der Satz »Mein liebes Kind, das hast du alles nur geträumt. So etwas gibt es in

Wirklichkeit nicht. Du hattest Fieber…« gefallen. Tatsächlich waren Lisas Erlebnisse aber auch so außergewöhnlich und seltsam gewesen, dass sie sich selbst nach einiger Zeit sagte, dass es sich nicht um wirklich Erlebtes handeln konnte. Und sie hatte langsam begonnen, sich damit abzufinden, dass sie wohl wirklich nur im Traum ein Abenteuer erlebt hatte, wie es den meisten Menschen vorenthalten blieb. Und dann begann langsam das Vergessen seine Arbeit und verwischte die Erinnerungen schon ein wenig …

Und nun holte eine versteckte Botschaft alles wieder in Lisas Bewusstsein zurück. Und damit auch ihre Überzeugung, wirklich in der Jahreszeitenwelt gewesen zu sein und dort gegen Adragar gekämpft zu haben.

Auf der Rolltreppe im Kaufhaus diskutierten ihre Eltern immer noch das Anzugthema und waren damit vollauf beschäftigt. Das war Lisa nur recht. So konnte sie ihren eigenen Gedanken nachgehen. Wie konnte es ihrer Widersacherin Adragar gelungen sein, die Botschaft in Lisas Welt zu schmuggeln? Und warum hielt sie sich damit auf? Oder war die Sache mit dem Plakat doch nur Zufall? Konnte sie dieser Sache auf den Grund gehen? Lisa beschloss, ein wenig Detektiv zu spielen.

»Papa, mir ist so langweilig. Kann ich das Handy haben und Simone anrufen?«

Der Vater drehte sich ein wenig unwillig zu ihr um, da er gerade mit der Mutter verhandelte und offenbar Probleme hatte, seinen Standpunkt überzeugend zu vertreten. »Also gut, meinetwegen! Aber mach's nicht zu lange, das kostet alles Geld.« Mit diesen Worten reichte er ihr das kleine Telefon.

»Na klar! Danke. Hier drinnen ist der Empfang bestimmt schlecht, ich gehe auf die Straße und komme dann zurück.«

Nun schaltete sich die Mutter ein. »Sag uns aber auf jeden Fall Bescheid, wenn du länger weggehen willst. Und bring vorher das Handy zurück!«

»Natürlich! Bin in fünf Minuten wieder da!« Und sie lief los in Richtung Rolltreppe. Hinter sich hörte sie noch die Mutter auf den Vater einreden: »Klaus, du kannst doch nicht ewig die gleichen Anzüge kaufen. Deine Kollegen werden schon denken, du hättest nur den einen ...« Schon war sie ein Stockwerk tiefer, nach einer Minute lief sie bereits über die Hauptgeschäftsstraße zu dem Plakat zurück.

Da war es: Eine dunkelhaarige Frau saß an einem Tisch, nur ihr Oberkörper war zu sehen. Die Frau erinnerte entfernt an Adragar. Auf jeden Fall lächelte sie mit einem Ausdruck in die Kamera, den Lisa nicht zu deuten wusste und einfach nur rätselhaft fand. Vor der Frau auf dem Tisch standen drei Gläser: ein Sektglas, ein hohes, schlankes Bierglas und ein Likörglas.

Das eigentlich Faszinierende oder vielmehr Unheimliche aber war der Spruch, der darunter stand: *Auf Die Richtige Antwort Gibt Anton Rudolf Sommer Rabatt Auf Champagner, Hefeweizenbier, Eierlikör!* Den weiteren Text überflog Lisa nur, es ging darum, dass man in einer Telefonaktion Rabattgutscheine des Getränkehändlers Sommer gewinnen konnte.

Was war nun das Besondere an diesem nicht sehr originellen Werbeslogan? Lisa hätte es wahrscheinlich auch nicht bemerkt, wenn nicht die Anfangsbuchstaben eines jeden Wortes großgeschrieben worden wären. Fügte man diese zusammen, so ergab das: ADRAGARS RACHE! Das konnte kein Zufall sein!

Vor dem Plakat stehend, tippte sie die dort angegebene Telefonnummer in die Tastatur des Handys ein. Dann hielt sie das kleine Telefon ans Ohr. Es dauerte einen Moment, bis die Verbindung aufgebaut war, dann hörte sie das Rufzeichen. Einmal, zweimal, dann wurde abgehoben.

»Getränkegroßhandel Sommer, guten Tag?«, meldete sich eine Frauenstimme.

»Guten Tag, ich heiße Lisa Bergmann. Ich rufe wegen Ihres Plakates an.«

»Ja, natürlich, unsere Telefonaktion«, unterbrach die Frauenstimme, »einen Moment, ich verbinde weiter!«

Bevor Lisa antworten konnte, war die Leitung einen Augenblick unterbrochen, dann meldete sich eine schwungvolle und überfröhliche Männerstimme: »Schönen guten Tag, hier ist Henry Panneklopper. Sie möchten an unserer Telefonaktion teilnehmen? Mit wem habe ich denn die Ehre?«

»Ich bin Lisa Bergmann und …«

»Hallo, Lisa! Ich darf doch Lisa sagen, oder? Ich erkläre Ihnen nur flott und nebenbei die Spielregeln, und dann können wir auch schon loslegen.«

»Ich möchte nicht mitspielen. Ich habe eine Frage.«

»Ooohhh, das ist aber sehr ungewöhnlich, bei dieser Aktion stelle ich die Fragen. Ähöhöhö! Wir scheinen aber noch recht jung zu sein, Lisa, vermute ich das richtig?«

»Ich bin elf Jahre alt, aber was tut das zur Sache?«

»Was das zur Sache tut? Nun ja, weiß ich eigentlich auch nicht, wenn du gewinnst, können ja deine Eltern die Rabattgutscheine einlösen. – Also: Ich stelle drei Fragen, die alle etwas mit Getränken zu tun haben können, aber nicht müssen. Hast du die drei Fragen richtig beantwortet, kannst du hier in der Zentralkasse des Getränkehandels Rabattgutscheine abholen, die für deine Eltern zum Beispiel echten französischen Champagner um saaaaaagenhafte drei Prozent verbilligen. Beantwortest du sechs Fragen hintereinander richtig, werden aus den drei sogar saaaaaagenhafte sechs Prozent. Aber Vorsicht! Aber Vorsicht!! Ist auch nur eine Frage falsch beantwortet, gibt es gar keinen Rabatt, auch nicht, wenn die drei ersten Antworten richtig waren. Legen wir los: Auf welcher Insel stand in der Antike der sagenhafte Koloss von Rhodos?«

Lisa holte tief Luft. Dieser Mensch ging ihr mit seiner übertriebenen Fröhlichkeit saaagenhaft auf die Nerven. Und was sollte diese blöde Frage, die doch die Antwort schon enthielt? War das ein Quiz für Doofe? »Sie verstehen nicht, ich möchte etwas von Ihnen wissen. Wer von Ihnen hatte die Idee mit dem Werbeplakat?«

Einen Moment herrschte Schweigen am anderen Ende der Leitung. Dann sagte die Männerstimme: »Also, streng genommen ist die Antwort falsch. Aber wir können die Frage zurückstellen, am Ende wiederholen, und dann hast du die Chance auf einen zweiten Versuch. Nächste Frage: Welchen Erdteil entdeckte Christoph Columbus? War es

a) Idar-Oberstein

b) die Ostsee oder

c) Amerika?«

»Hören Sie, ich will keine Rabattgutscheine!«

Plötzlich klang die Stimme etwas niedergeschlagen, die aufgesetzte Fröhlichkeit war verschwunden. »Wirklich nicht? Schade!«

»Ich will wissen, wer die Idee für den Werbeslogan auf dem Plakat hatte.«

»Also, die Frage ist einfach zu beantworten. Es war die Werbeagentur Hagelhart. Die haben mich auch extra für diese Aktion eingestellt. Ich werde auf Provisionsbasis bezahlt. Wenn ich wenigstens hundert Anrufe pro Tag entgegennehme, bekomme ich Geld. Du bist übrigens mein erster Anrufer.«

»Ich bin Ihr erster Anrufer heute?«

»Nein, mein erster Anrufer überhaupt. Ich fürchte, ich sitze hier, ohne dafür bezahlt zu werden.«

Aha, dachte Lisa, ich wusste doch, dass die gute Laune nur gespielt ist! »Das tut mir Leid. Ich mache Ihnen einen Vorschlag: Geben Sie mir die Telefonnummer der Werbeagentur Hagelhart und ich werde denen sagen, dass Sie diese Telefonsache ganz toll machen.«

Sofort kehrte etwas von der bisherigen lautstarken und übertriebenen Fröhlichkeit zurück. »Wirklich? Gute Idee! Die Nummer ist 36 18 471, hier in dieser Stadt. Aber bitte nicht vergessen zu erwähnen: Henry Panneklopper ist der beste Telefonwerber im Regierungsbezirk, einsame Spitze und nicht zu schlagen. Okay?«

»Ich werde es ausrichten.« Lisa verdrehte die Augen und legte auf. Sie war an das Plakat herangetreten und hatte mit dem Fingernagel die Telefonnummer in das dicke Papier geritzt. Werbeagentur Hagelhart! Merkwürdiger Name! Lisa drückte die Nummer in die Tasten und wartete. Nach dem ersten Rufzeichen hörte sie ein Klicken und dann das Rauschen eines Bandes. Vom Anrufbeantworter hörte sie die sachliche Stimme einer Frau: »Werbeagentur Hagelhart, guten Tag. Zu unserem Bedauern müssen wir Ihnen mitteilen, dass sich unsere Gesellschaft in Liquidation befindet und keine Aufträge mehr entgegennimmt. Für die Suche nach einem anderen Geschäftspartner wünschen wir Ihnen alles Gute! Auf Wiederhören!« Die Stimme brach ab. Das Bandrauschen war aber immer noch zu hören. Der Anruf war noch nicht beendet. Ob da noch etwas kam?

Lisa wartete und lauschte.

Nichts! Nur das Rauschen des Bandes!

Sie wollte gerade auflegen, als ihr plötzlich ein eiskalter Schauer über den Rücken lief. Die Frauenstimme war wieder zu hören, aber diesmal klang sie ganz anders. Ein heiseres, gemeines Lachen war zu hören, dann: »Und falls, wie erhofft, Lisa anruft und das Band abhört: Adragars Rache trifft die gesamte Jahreszeitenwelt. Die Zeit dort ist stehen geblieben. Ist das nicht entzückend? Und all deine Freunde da drüben werden damit sehr bald mächtige Probleme haben. Ahahahaha!« Nach dem schrillen Lachen machte es klick und die Leitung war tot.

Lisa betrachtete das Handy, das sie mit zitternder Hand festhielt. Dann steckte sie es in die Tasche und ging langsam zum Kaufhaus zurück.

Sie achtete nicht auf ihre Umgebung und nahm die Menschen um sie herum kaum wahr. Mechanisch setzte sie einen Fuß vor den anderen und dachte an ihre Freunde, die sie in Winterland, Frühlingsland, Sommerland und Herbstland kennen gelernt hatte. Nun gab es keinen Zweifel mehr. Diese andere Welt existierte! Aber was bedeutete es, wenn dort die Zeit stehen geblieben war? Und welche Probleme würden die Leute dadurch bekommen? Und warum hatte Adragar dafür gesorgt, dass sie – Lisa – es erfuhr?

Nach einigen Minuten hatte sie das Kaufhaus wieder erreicht. Die Eltern hatten sich immer noch nicht auf einen Anzug einigen können, aber Lisa musste wohl einen sehr traurigen Eindruck machen, denn die Mutter hörte auf, Jacketts von Bügeln zu nehmen oder wieder darauf zu hängen, und fragte: »Na, was ist denn los? Krach mit Simone?«

Vorsichtshalber nickte Lisa. Den wahren Grund konnte sie nicht mitteilen, und zwischen ihrer besten Freundin und ihr war tatsächlich nicht alles in Ordnung. Lisa war sehr enttäuscht darüber, dass auch Simone wenig Verständnis für die Erzählungen aus der Jahreszeitenwelt gezeigt hatte. Wie hatte sie sich geäußert? »Du bist ja wohl total durchgeknallt!« So eine Reaktion hatte sie nun wirklich nicht erwartet. Von wegen beste Freundin!

»Hör mal, Lisa, wir brauchen nur noch ein paar Minuten, dann sind wir hier fertig. Dann geht es nach Hause und wir reden darüber. Einverstanden?« Die Mutter lächelte sie aufmunternd an. Lisa registrierte, dass der Vater den Mund offen stehen hatte und bestimmt eine andere Meinung über die »paar Minuten« hatte, aber er sagte nichts, sondern sah die Mutter nur an.

»Nein, nein. Da gibt es nichts zu reden. Lasst euch nur Zeit. – Darf ich schon nach Hause vorgehen?«

Die Eltern wechselten einen kurzen Blick. Dann lächelten sie Lisa an und nickten. Also gab Lisa ihrem Vater das Handy zurück und verließ mit langsamen Schritten das Kaufhaus. Ihre Gedanken waren bei Wacher Blick und seinem Stamm, bei Don Diego und Doña Dolores und all den anderen Leuten aus Palmengarten. Wie ging es wohl den Leuten in Frühlingshafen, allen voran Irmtraud? Und Andreas und Alois Auenwalder? Und wenn die Zeit stehen geblieben war, bedeutete das dann auch, dass das Eisschiff auf dem Ozean festsaß? Und dann war da auch noch ein Junge mit Sommersprossen im Gesicht und rotblonden, immer verstrubbelten Haaren gewesen, der meistens keck grinste und sich mit den Worten »Ich bin der freche Fritz!« vorgestellt hatte. Wie es dem wohl ging?

Lisas Weg führte am Rathaus vorbei, einem altehrwürdigen Bau mit Türmen an den Ecken, dann kam ein großer Platz, auf dem samstags Markt war, und einmal im Jahr, zum Schützenfest, fand hier eine große Parade statt. Dann kam der Hafen, und daneben war die Pferderennbahn. Dieses Gelände war eingezäunt, aber das Tor stand immer offen, ob nun ein Rennen stattfand oder nicht. Auf der Rennbahn waren zurzeit weder Pferde noch Menschen zu sehen, und ohne einen bestimmten Zweck oder ein Ziel betrat Lisa die Galopprennbahn, ging an den geschlossenen Wettbuden vorbei bis zur rotweißen Absperrung. Dahinter war die Sandbahn, auf der an Renntagen die Pferde dahinjagten. Durch den Maschendrahtzaun, der das Ganze umgab, hatte sie schon einmal einem Rennen zugesehen. Die Pferde waren nervös auf ihren Hufen getänzelt und ein Pferd hatte den Reiter abgeworfen, noch bevor der Start freigegeben worden war. Sie hatte damals mit Erstaunen festgestellt, dass bei so einem Rennen also nicht nur die Menschen, sondern auch die

Pferde aufgeregt waren. Jetzt herrschte hier Stille, nur unterbrochen von Motorengeräuschen von der nahen Straße. Der Wind wehte eine Plastiktüte über die Sandbahn, dann über die grüne Rasenfläche mit den Hecken in der Mitte. Sie beobachtete, wie die Tüte einige Sekunden an einem Heckenzweig hängen blieb, dann riss der Wind sie wieder los und wehte sie weiter. Irgendwann war sie Lisas Blicken entschwunden. Weg, dachte sie, weit weg. So wie die Jahreszeitenwelt. Sie legte die Arme auf das rotweiß gestrichene Absperrgatter und dachte darüber nach, wie sie einen Weg zurück in die abenteuerliche Welt finden konnte, von der die anderen Menschen nicht einmal etwas ahnten.

»Ja, so ist es nun einmal, jeder hat seine Sorgen.«

Überrascht, aber nicht erschreckt drehte Lisa den Kopf. Ein alter, hagerer Mann mit grauem Haar und grauem Bart stand wie sie an der Rennbahn, drei oder vier Meter von ihr entfernt, leicht nach vorne gebeugt, die Unterarme auf das Gatter gelegt. Melancholisch ließ er den Blick über die weite grüne Fläche schweifen.

Da er sie nicht ansah, nahm sich Lisa die Zeit, den Fremden gründlich zu betrachten. Er trug braune Sandalen und eine fast bodenlange, braune Kutte, die in der Leibesmitte mit einem Gürtel zusammengehalten wurde. Ein Mönch?

»Woher wissen Sie denn, dass ich Sorgen habe?«, fragte sie und überlegte dabei, wie er sich so unbemerkt hatte nähern können.

»Dass du irgendwelche schweren Gedanken wälzt, ist leicht zu erkennen. Was genau in deinem Kopf vorgeht, kann allerdings höchstens ein Hellseher wissen.«

Lisa empfand den Fremden keineswegs als aufdringlich. Seine Gegenwart war sogar angenehm, er strahlte eine gewisse Ruhe aus.

»Haben Sie denn auch Sorgen?«, fragte sie vorsichtig.

»Offen gestanden, ich weiß es nicht.«

Einen Moment war Lisa erstaunt. »Aber Sie müssen doch wissen, ob Ihnen etwas Sorgen bereitet oder nicht.«

»Das ist ja gerade das Schlimme. Ich weiß es wirklich nicht. Denn ich weiß nicht, wo ich bin, und ich weiß nicht, wer ich bin. Dann habe ich darüber hinaus noch das unangenehme Gefühl, dass ich wissen sollte, wann ich bin, aber das weiß ich auch nicht.«

Nun wurde es Lisa doch ein wenig unbehaglich zumute. Der Mann war ja wohl verrückt! Sie warf einen Blick auf ihre Uhr und sagte: »Also, wenn Ihnen das hilft, wir haben den zweiten April und es ist zehn Uhr und achtzehn Minuten am Vormittag.« Dabei zog sie sich ein wenig in Richtung Ausgang zurück.

Der Fremde schüttelte leise lächelnd den Kopf und winkte mit der Hand leicht ab. »Nein, nein«, sagte er. »Diese Art Zeit meine ich nicht. Diese Art Zeit ist für mich ohne jede Bedeutung. Pass mal auf!«

Der Fremde holte einen Gegenstand aus der Kutte und starrte

konzentriert darauf. Ruckartig blieb Lisa stehen, denn auf einmal war Hufgetrappel zu hören. Sie sah sich schnell um, aber nirgends waren Pferde. Dabei hörte sie deutlich, dass sie näher kamen. Mehr noch: Lautsprecherdurchsagen waren plötzlich in der Luft, und sie hörte das aufgeregte Rufen und Fluchen von Leuten, die Geld auf Pferde gesetzt hatten. Auch diese Leute waren nirgends zu sehen, sie war nach wie vor mit dem seltsamen Mann in der Kutte allein.

... jetzt zieht Apache nach vorne, er überrundet den bisher an der Spitze liegenden Blackfellow, meine Damen und Herren, ein Außenseiter scheint heute das Rennen zu machen, Apache jetzt an der Spitze des Geläufs, dichtauf gefolgt von Blackfellow, der sich noch nicht geschlagen gibt, dann kommt Karlmann, der Favorit der letzten Saison ...

So schnell, wie die Geräusche angefangen hatten, waren sie wieder vorbei. Nur das Brummen der Automotoren, im Augenblick übertönt vom Knattern eines schweren Motorrades, lag noch in der Luft. Lisa war fasziniert.

»Waren Sie das? Wie haben Sie das gemacht?«

Erneut winkte der Fremde ab. »Kleinigkeit«, sagte er. »Schlimm ist, dass ich nicht weiß, ob das, was du gerade gehört hast, das letzte Rennen war oder das kommende Rennen sein wird. Und ich glaube, ich sollte es wissen.«

»Wer sind Sie?«, fragte Lisa leise.

»Wie gesagt, ich weiß es nicht. Ich weiß auch nicht, wo ich hier bin. Ich kam hierher, weil ein Junge unbedingt den Weg finden wollte. Er sucht ein Mädchen mit Namen … wie hieß sie doch gleich?«

»Vielleicht Lisa?«

»Ja, richtig, ich glaube, er sprach von einer Lisa. Er ist in großer Sorge um sie. Er hat eben auch Sorgen. Wie jeder Mensch.«

»Wie hieß der Junge?«, fragte Lisa.

»Das hat er mir nicht gesagt. Hätte vielleicht auch nicht viel Sinn gehabt, ich hätte es unter Umständen schon wieder vergessen.«

»Von wo kam der Junge? Von wo hat er den Weg hierher gesucht?«

Der alte Mann schloss die Augen und rieb sich mit der Hand die Stirn. Dann schüttelte er den Kopf und sagte leise: »Nein, auch das kann ich nicht mehr sagen.«

»Hat er eine Adresse genannt? Sprach er von Burgweg Nr. 7?«

Ein Aufdämmern von Erinnerung schien das Gesicht des Mannes zu erhellen. Langsam sagte er: »Ja, das könnte sein. Ja, ich glaube, er sprach so etwas.«

Im Loslaufen rief Lisa dem Fremden noch zu: »Alles Gute für Sie!« Dann rannte sie, bis sie nicht mehr konnte, ging schwer atmend weiter, lief wieder los. Eine Frau kam ihr entgegen. Lisa wusste, dass sie im Haus Burgweg 29 wohnte und eine sehr merkwürdige Person war.

»Guten Tag, Frau Knackenbach«, keuchte sie.

Frau Knackenbach, die einen wirklich sehr ulkigen Hut auf dem Kopf trug, blieb stehen und sagte: »Hör mal, Lisa, also ich muss schon sagen, das sind ja merkwürdige Leute, die du kennst. Da hat ein Junge nach eurem Haus gefragt, der ist gekleidet, als wäre er aus dem Zirkus abgehauen.«

Lisa fand, dass man das von Frau Knackenbach mit ihrem Hut auch denken konnte, aber sie sagte nur schwer atmend »So ungefähr ist das auch« und lief weiter. Als sie in den Burgweg einbog, sah sie schon von weitem, dass jemand auf den Stufen ihrer Haustür saß.

Es war tatsächlich der freche Fritz! In der mittelalterlich anmutenden Kleidung eines Knappen musste er in Lisas Welt natürlich auffallen. Er sah ihr entgegen, erkannte sie, begann zu lächeln, erhob sich und lief auf sie zu.

»Lisa, geht es dir gut?«

Keuchend kam Lisa zum Stehen und packte den Jungen bei den Schultern. Die beiden strahlten sich an. Vom Laufen, aber auch durch die Freude des unverhofften Wiedersehens war sie einen Augenblick sprachlos. »Fritz, wie um alles in der Welt kommst du hierher?«, brachte sie schließlich heraus.

Der freche Fritz zeigte auf etwas hinter Lisa und sagte: »Ich kam aus der Burg da.«

Lisa drehte sich um. Der freche Fritz zeigte auf das in der Ferne gerade noch zu erkennende Rathaus.

ERNSTE GESPRÄCHE AUF BURG ERNTEDANK

NACHRICHTEN AUS DER JAHRESZEITENWELT

Als Lisa sich wieder einigermaßen gefasst hatte, sagte sie: »Komm mit ins Haus. Eine Nachbarin hat dich schon gesehen. Mit deiner Kleidung fällst du hier auf wie ein bunter Hund.«

Der freche Fritz zuckte die Achseln. »Na und?«

»Ich möchte nicht meinen Eltern etwas erklären müssen, was sie doch nicht begreifen würden. Irgendwie begreife ich es ja selbst nicht.«

»Was denn?« Der freche Fritz lächelte fröhlich und war nicht aus der Ruhe zu bringen.

Lisa holte den Hausschlüssel aus der Jackentasche und öffnete das Haus. Der freche Fritz folgte ihr und sah sich neugierig um. »Ihr lebt schon in einer komischen Welt. Sag mir, was sind das für merkwürdige Tiere, in denen die Menschen hier sitzen und fahren? Diese Tiere sehen wie geschlossene Kutschen aus, aber sie bewegen sich von selbst, haben Augen, eine laute, misstönende Stimme und hinten stinken sie ganz erbärmlich.«

»Das sind Autos, Fritz, die gibt es in deiner Welt nicht. Du darfst nicht auf der Straße laufen, da könnte dich eines überfahren. Dann wirst du verletzt oder vielleicht sogar getötet.«

»Habt ihr auch so ein Autotier? Ich würde es gerne einmal reiten.«

Lisa verdrehte die Augen. »Nein, das kannst du nicht. Das können nur die Erwachsenen. Und auch die müssen das erst lernen. Die bekommen dann einen Führerschein.«

»Hm!«, machte der freche Fritz. »Ist das so etwas wie Sonnenschein oder Mondschein? Wie kann man so etwas bekommen? Ich meine, der Sonnenschein ist da oder nicht, aber man bekommt ihn doch nicht.«

Lisa nahm den Jungen bei der Hand und ging mit ihm in die Küche. Sie öffnete den Kühlschrank, holte eine Milchtüte daraus hervor und schloss ihn wieder.

Sofort riss der freche Fritz den Kühlschrank mit leuchtenden Augen wieder auf und guckte hinein. »Warum brennt in diesem Schrank Licht? Und was ist das für ein Licht? Und wieso ist es in dem Schrank kalt?«

»Das ist ein Kühlschrank. Darin bewahren die Leute dieser Welt Lebensmittel auf. In der Kälte halten sich die Lebensmittel länger. Willst du auch ein Glas Milch?«

»Ja, gern, aber warum nur eins?«

»Komm erst mal mit nach oben in mein Zimmer. Wenn meine Eltern kommen, brauchen sie dich hier nicht zu finden.«

Mit zwei Gläsern, der Milchtüte und dem frechen Fritz im Schlepptau ging Lisa die Treppe hinauf.

In Lisas Zimmer angekommen, warf sich der freche Fritz ohne weitere Umstände auf Lisas Bett und stützte sich auf die Ellbogen. Lisa setzte sich auf den Stuhl, der an ihrem Schreibtisch stand. Dabei machte sie sich Gedanken, wie sie ihren Besucher wieder aus dem Haus schmuggeln konnte, wenn die Eltern da waren. Und wo sollte er bleiben? Sie versuchte sich auszumalen, wie sie ihn vorstellte: »Darf ich bekannt machen, das ist der freche Fritz, Knappe des Ritters Augustin, der wiederum ein Gefolgsmann des Grafen Roland von Rollerburg aus dem fröhlichen Teil des Herbstlandes ist …« – unmöglich!

»Fritz, wie bist du hierher gekommen? Und warum?«

Das Mienenspiel des Jungen änderte sich schlagartig. Er sah auf einmal sehr ernst aus. »Im Herbstland ist etwas Unheimliches passiert. Es ist dort später Nachmittag oder meinetwegen früher Abend. Aber das ist es schon lange. Und es hört nicht auf und es geht nicht weiter.«

Lisa nickte nachdenklich. »Ich habe gerade davon erfahren. In deiner Welt ist die Zeit stehen geblieben.«

»Ja, genau. So kann man es auch sagen. Aber woher weißt du das?«

»Ich weiß nicht, wie Adragar es geschafft hat«, antwortete Lisa, »aber in der ganzen Stadt hängen Werbeplakate, in denen eine Botschaft verschlüsselt ist. Dort steht: *Adragars Rache.*«

Der freche Fritz war überrascht. »Also Adragar hat damit zu tun! Wir hätten es uns denken können. – Was sind Werbeplakate?«

»Das sind … das sind …«, Lisa suchte nach Worten, »… das sind große Bilder, auf denen Werbung gemacht wird.«

»Was ist Werbung? Ist das Brautwerbung, hat das mit Heiraten zu tun?«

»Nein, Werbung wird gemacht für Dinge, die die Leute kaufen sollen. Auf den großen Bildern wird versprochen, dass bestimmte Waren besonders gut oder preiswert sind.«

»Und stimmt das?«

»Keine Ahnung!«, sagte Lisa zögernd. Der freche Fritz konnte aber auch Fragen stellen! »Nein, ich glaube, immer stimmt das nicht.«

»So ein Unfug«, lachte der freche Fritz. »Warum macht ihr dann so etwas, wenn es ja doch gelogen ist? Wenn ich ein paar neue Schuhe brauche, gehe ich zu einem Schuhmacher, der sein Handwerk versteht. Der braucht keine Bilder. Er hat Leder und Werkzeuge. Und wenn der Ritter Augustin einen Krug Bier haben wollte, hat er mich in das Gasthaus geschickt, wo am besten gebraut wird. Aber die haben auch keine Bilder.«

»Wie geht's ihm überhaupt? Dem Ritter Augustin, meine ich. Sucht er dich jetzt nicht schon wieder?«, fragte Lisa lächelnd. Sie konnte sich nur zu gut daran erinnern, dass der freche Fritz als Knappe seinem Herrn öfters Kummer bereitet hatte.

Der freche Fritz schüttelte den Kopf. »Nein. Er hat einen neuen Knappen, denn ich bin kein Knappe mehr. Aber davon erzähle ich dir gleich. Was war denn nun mit der versteckten Botschaft?«

»Ach ja. Also, ich habe da angerufen und gefragt, wer die Plakate gemacht hat …«

»Was heißt ›angerufen‹?«, unterbrach der freche Fritz.

»Frage nicht«, sagte Lisa, »ich glaube, es würde zu viel Zeit kosten, dir das zu erklären. Jedenfalls ist mir gesagt worden, dass die Idee für die Plakate von der Werbeagentur Hagelhart kommt …«

Der freche Fritz setzte sich ruckartig auf. »Hagelhart? Sag bloß, dass die auch ihre Finger mit im Spiel hat!«

Lisa war verblüfft. »Ihr kennt in eurer Welt die Werbeagentur Hagelhart?«

»Ich weiß nicht, was eine Werbeangeltour ist«, sagte der freche Fritz und ließ sich wieder zurücksinken, »aber jeder im Herbstland weiß, wer Hagelhart ist. Sie ist Adragars Kusine, wohnt am Nordpol und ist auch eine Hexe. Also hat Adragar mit Hilfe von Hagelhart dafür gesorgt, dass die Zeit stehen blieb! Die Leute im Herbstland stellen die tollsten Vermutungen an, wie das geschehen sein kann.«

»Ach, so ist das.« Lisa begann zu verstehen. »Dann bleibt nur noch zu klären, wie sie in diese Welt kam und sich hier zurechtfand.«

Der freche Fritz sagte achselzuckend: »Adragar und Hagelhart finden sich überall zurecht. Hat es Zweck zu fragen, was eine Werbeangeltour ist?«

»Es heißt Werbeagentur, und die machen die großen Bilder, auf denen für Waren geworben wird.«

»Aha!«, fuhr der freche Fritz auf. »Das passt zu den Hexen, dass sie sich mit Lügnern zusammentun.«

»Nein, Fritz«, wehrte Lisa ab, »so kann man das nicht sagen. Leute, die Werbung machen, sind keine Lügner.«

»So hat es sich aber vorhin angehört.«

»Nein, das sind in meiner Welt gut bezahlte Leute, soviel ich weiß.«

Nun war der freche Fritz endgültig empört. »Dann lebst du in einer schlechten Welt, wenn bei euch die Lügner auch noch für ihr schändliches Tun gut bezahlt werden!«

Lisa schüttelte den Kopf. »Fritz, das verstehst du nicht. Meine Welt ist komplizierter als deine. Erzähle mir lieber, wieso du hier bist.«

»Na gut!« Der freche Fritz sah sich weiter um, während er erzählte. »Also, wie gesagt, im Herbstland ist die Zeit stehen geblieben, und ich kann nicht einmal sagen, wie lange das schon so ist. Auf jeden Fall machen sich alle Leute große Sorgen. Weil die Zeit nicht weitergeht, wachsen auch zum Beispiel keine Pflanzen mehr, und dann können die Bauern nichts mehr ernten. Das bedeutet, dass es irgendwann nichts mehr zu essen gibt.

Das ist natürlich bedrohlich. Ich habe bald an dich denken müssen und mich gefragt, ob in deiner Welt auch die Zeit stehen geblieben ist. Ich dachte, du wärst vielleicht in Gefahr.«

Lisa musste lächeln und hoffte, nicht rot zu werden. Er war in Sorge um mich, dachte sie. Das ist aber nett.

Der freche Fritz erzählte weiter: »Natürlich hatte ich keine Ahnung, wo deine Welt zu finden ist, ich wusste nur, dass der Weg hierher irgendwo in Winterland anfängt. Weil ich gerade in der Burg Erntedank war …«

»Wieso warst du denn dort und nicht auf Rollerburg?«, unterbrach Lisa.

Nun warf sich der freche Fritz stolz in die Brust. »Ich sagte gerade schon, dass ich kein Knappe mehr bin. Vergiss nicht, dass ich dir bei dem Kampf gegen Adragar beigestanden habe. Nach meiner Rückkehr ins Herbstland habe ich dem König Bericht erstattet. Und der hat mich aufgrund meiner Verdienste in den Ritterstand erhoben. Ich bin jetzt Ritter abV.«

»Was ist denn ein Ritter abV?«

»AbV heißt ›aufgrund besonderer Verdienste‹. Dieser neue Ritterstand ist extra für mich geschaffen worden. Allerdings«, setzte der freche Fritz etwas brummiger hinzu, »hat der König gesagt, dass ich mir meine Sporen, soll heißen den richtigen Ritterstand, erst noch verdienen muss. In den nächsten drei Jahren muss ich besonders tapfer, ehrlich und edel sein. Erst dann werde ich zum richtigen Ritter geschlagen, hat der König gesagt. Das bedeutet, dass ich auch nur noch in Maßen frech sein darf.« Dann wurde er wieder etwas vergnügter. »Aber wenn ich meine Sache besonders gut mache, dann werde ich vielleicht eines Tages sogar noch Graf. Dann hätte ich meine eigene Burg und meine eigenen Ritter.«

»Fritz, das ist ja toll!« Lisa war entzückt. »Ich gratuliere!« Aber dann drängte doch wieder die Neugierde. Vor Aufregung rutschte sie mittlerweile auf ihrem Stuhl herum. »Aber jetzt erzähle weiter! Also du warst auf Burg Erntedank ...«

»Richtig!«, fuhr der freche Fritz fort. »Dort bin ich in die große Bibliothek gegangen, in der die Wissenschaftler die ganzen Bücher und Landkarten aufbewahren. Ich habe alle Karten studiert, die Winterland zeigen, aber auf keiner konnte ich einen Weg in deine Welt finden. Irgendwann bin ich wütend geworden und begann zu fluchen, und stell dir vor, auf einmal stand ein alter Mann neben mir ...«

»Er trägt eine braune Kutte und braune Sandalen, und er hat einen grauen Bart und graues Haar«, sagte Lisa aufgeregt.

»Du kennst ihn?«, fragte der freche Fritz überrascht.

»Ich bin ihm vorhin begegnet. Nach dem, was er mir erzählte, habe ich irgendwie geahnt, dass du hier bist.«

Der freche Fritz setzte seinen Bericht fort. »Ich habe keine Ahnung, woher dieser Mann auf einmal neben mir auftauchte. Aber es gibt eben seltsame Käuze auf Burg Erntedank. Du weißt ja selbst, wie diese Wissenschaftler sind. Er fragte mich, wieso ich so fluchte, und ich sagte, dass ich einen Weg in deine Welt suchte. Ich habe ihm auch erzählt, dass du im Burgweg Nr. 7 wohnst und der Übergang in deine Welt in Winterland zu finden sein muss. Er nickte, schien eine Weile nachzudenken, und dann forderte er mich auf, ihm zu folgen. Er holte aus seiner Kutte eine Scheibe hervor, die mit Glas abgedeckt und ungefähr so groß war« – der freche Fritz hielt die Zeigefinger etwa fünfzehn Zentimeter auseinander –, »dann hielt er den Blick darauf gerichtet und ist mit mir durch die Burg gegangen. Ich habe den Gegenstand, auf den er guckte, nicht genau gesehen, aber es war auf jeden Fall irgend so eine komplizierte Sache, mit der all die Wissenschaftler in der Burg hantieren. Wir sind schließlich einen der höchsten Türme hinaufgegangen. Dabei hat der alte Mann ein Tempo vorgelegt, das ich kaum halten konnte. Ich wollte ihn gerade fragen, ob er mir vielleicht von ganz oben den Weg zeigen wolle. Da blieb er auf einmal stehen und sagte: »Das dürfte genügen.« Ich fragte ihn, was er damit meinte, aber er steckte nur die Scheibe wieder in seine Kutte und sagte zu mir, ich solle jetzt mit ihm so schnell ich könnte die Treppe hinunterlaufen.«

»Und was sollte das?«, fragte Lisa ungläubig.

»Habe ich mich auch gefragt, aber bevor ich die Frage aussprechen konnte, ist der alte Mann losgelaufen und die Wendeltreppe nach unten gerast. Glaube mir, ich habe wieder seine Geschwindigkeit kaum halten können. Es ging die Treppe hinunter, immer im Kreis herum. Irgendwann wurde mir schwindelig. Aber ich habe darauf gar nicht mehr geachtet, denn mir fiel etwas auf.«

»Was denn?«, fragte Lisa atemlos.

Als wolle er damit seine Worte untermalen, wippte der Junge auf Lisas Bett auf und ab. »Die Treppe hörte gar nicht mehr auf. Sie war endlos geworden. Verstehst du, wir hätten schon längst am Fuße des Turmes angekommen sein müssen und liefen immer noch nach unten. Dabei rief mir der alte Mann über die Schulter zu, dass wir die Endlosspirale erreicht hätten. Ich hatte nicht die Luft, darauf etwas zu antworten, sonst hätte ich gesagt, dass ich das ganz besonders interessant fände. Außerdem hatte ich Angst, mir alle Knochen zu brechen.«

Bei der Erinnerung an diese Strapaze wurde dem frechen Fritz ganz warm. Er wischte sich über die Stirn und griff nach Lisas Milchglas, weil seines schon leer war. Lisa goss beide Gläser wieder voll.

»Ich war gerade dabei, aufzugeben und den alten Mann allein weiterlaufen zu lassen, da hörte die Treppe auf und wir standen in einem langen Flur, der mit länglichen Leuchtern bestückt war, die grellweiß brannten. So ein Licht hatte ich zuvor noch nie gesehen, aber das hat mich in dem Moment nicht interessiert. Ich musste erst mal zu Atem kommen und das Schwindelgefühl loswerden. Der Alte musste nicht verschnaufen, er stand da, als wäre er höchstens drei Schritte gelaufen. Dann gingen wir die Treppe nach oben und standen im Erdgeschoss der Burg, auf die ich vorhin gezeigt habe. Merkwürdige Leute liefen da herum. Aber in deiner Welt sind die Leute ja alle seltsam angezogen. Teilweise haben sie uns komisch angeguckt. Einmal hat eine Frau zu uns gesagt, ob wir das So-, das Sozual…«

»Das Sozialamt«, ergänzte Lisa.

»Ja, genau, das Sozialamt suchten. Darauf sagte der Alte, er wüsste es nicht. Ich habe gesagt, wir würden den Burgweg suchen, und die Frau hat geantwortet: ›Dort befindet sich keine Dienststelle, also muss ich auch nicht wissen, wo der Burgweg ist.‹ Dann ist sie weitergegangen. In der Nähe der Tür haben wir einen Mann der Torwache gefunden, der hat uns auch merkwürdig angeguckt. Aber er konnte mir sagen, wie ich den Burgweg finde – und jetzt bin ich hier.«

Lisa überlegte, dass der freche Fritz mit Torwache vermutlich den Pförtner gemeint hatte. »Und der alte Mann wollte dann wieder in deine Welt zurückkehren?«

»Das weiß ich nicht.« Der freche Fritz zuckte die Achseln. »Er verließ mit mir gemeinsam die Burg, und als wir auf dem großen Platz davor standen, hat er auf sie gezeigt und gesagt: ›Hier beginnt dein Rückweg.‹ Dann habe ich ihm gedankt und mich auf den Weg zu deinem Haus gemacht. Übrigens bin ich erstaunt zu sehen, dass es bei euch weibliche Hofnarren gibt.«

»Wie meinst du das?«

»Auf dem Weg hierher habe ich eine Frau nach deinem Haus

gefragt. Sie trug die ulkigste Narrenkappe, die ich je gesehen habe. Ich habe sehr lachen müssen. Sie hat zu schimpfen angefangen. Das fand ich noch lustiger und habe noch mehr lachen müssen, da ist sie mit rotem Kopf weggegangen.«

Oje, dachte Lisa, das wird Frau Knackenbach meinen Eltern erzählen. Wie soll ich das erklären? Ich habe ja auch zugegeben, dass ich den Jungen, der ihr auffiel, kenne. Aber Lisa sprach den Gedanken nicht aus, sondern fragte: »Und was hast du jetzt vor?«

Erneut zuckte der freche Fritz die Achseln. »Da ich gesehen habe, dass es dir gut geht und in deiner Welt zwar alles merkwürdig ist, aber die Zeit anscheinend normal weiterläuft, kann ich wieder gehen. Ich kehre nach Erntedank zurück und berichte dem König, dass Adragar am Stillstand der Zeit schuld ist und dass sie sich mit Hagelhart verbündet hat.«

»Aber bist du dir sicher, dass du das auch ohne den alten Mann schaffst?«

»Ja, warum denn nicht?« Der freche Fritz grinste vergnügt. »Es ist ganz einfach, ich muss nur die Treppe in einem der Türme ganz schnell hinunterlaufen. Da ich den Weg jetzt kenne, kann ich dich auch öfters besuchen. Es ist ja nicht weit, nur ein wenig halsbrecherisch.«

Lisa biss sich auf die Lippe. Hinter ihrer Stirn jagten sich die Gedanken. Wenn der freche Fritz mit dem, was er sagte, Recht hatte, dann konnte sie ihn in seine Welt begleiten. Bei ihrer ersten Reise hatte sie in der Jahreszeitenwelt viele Tage verbracht, und in ihrer Welt waren in der ganzen Zeit höchstens Stunden vergangen. Also würde es gar nicht auffallen, wenn …

»Fritz, ich komme mit. Wenn deine Rückreise so problemlos ist, dann begleite ich dich nach Herbstland.«

Der freche Fritz strahlte. »Großartig!«

Lisa sah sich das grün-braune Gewand des Jungen an. »Aber so kannst du nicht bleiben. Deine Kleidung ist zu auffällig. Mal überlegen …« Lisa öffnete ihren Kleiderschrank. Da hing unter anderem ein Trenchcoat, der ihr etwas zu lang und zu weit war. Der müsste gehen! Sie nahm den Mantel vom Bügel und hielt ihn dem Jungen hin. »Zieh den mal über.«

Der freche Fritz schlüpfte etwas ungeschickt in den Trenchcoat und Lisa musste nachhelfen, besonders beim Zuknöpfen und beim Schließen des Gürtels. Aber tatsächlich reichte der Mantel einigermaßen hin, um die mittelalterlich anmutende Kleidung des Jungen zu verstecken.

»Sehr gut!«, sagte Lisa. »Wir können losgehen.«

Nach einem kurzen Abstecher in die Küche, wo Lisa die leeren Gläser abstellte, schnappte sie sich ihre Jacke von der Garderobe, ging zur Haustür und lugte vorsichtig hinaus. Weder von den Eltern noch von Frau Knackenbach oder anderen Nachbarn war eine Spur zu sehen. Dann los!

»Komm mit!«, sagte sie und zog den Jungen am Ärmel vor die Tür. Sie schloss ab, steckte den Schlüssel sorgfältig in ihre Jacke und ging eilig los, den frechen Fritz neben sich.

»Hör mal zu«, sagte Lisa, »Ich hoffe, dass wir nicht meinen Eltern begegnen oder sonst jemandem, der mich kennt. Wenn doch, dann gebe ich dich als einen Mitschüler aus. Du sagst am besten nichts. Sei bitte auch nicht frech, sonst bekomme ich Ärger. Ach ja, und wenn wir Frau Knackenbach wieder begegnen, das ist die Frau mit dem komischen Hut, dann mache dich bitte nicht über sie lustig. Auch das würde Ärger für mich bedeuten.«

»Schade«, sagte der freche Fritz fröhlich grinsend, »aber du kannst dich auf mich verlassen.«

Schon hatten die beiden den Burgweg verlassen. Lisa nahm mit Erleichterung wahr, dass immer noch von ihren Eltern und von Nachbarn keine Spur zu sehen war. Als sie an der Rennbahn vorbeigingen, hielt Lisa nach dem alten Mann Ausschau, aber der schien verschwunden zu sein.

Der freche Fritz sah gut gelaunt dem Rathaus entgegen, das er für eine Burg hielt. »Für einen Grafen ist diese Burg zu groß. Hier muss ein König oder wenigstens ein Fürst residieren. Wie heißt er? Sucht er noch Gefolgsleute? Vielleicht kann ich meine Karriere als Ritter bei euch beschleunigen?«

Lisa schüttelte den Kopf. »Nein, das wird nichts. Hier haben wir weder Könige noch Fürsten noch Ritter. Nur einmal im Jahr gibt es einen Schützenkönig und ebenfalls einmal im Jahr einen Karnevalsprinzen. Aber diese Leute wechseln, jedes Jahr ist es jemand anderes.«

»Merkwürdige Welt«, befand der freche Fritz.

Sie hatten fast das Rathaus erreicht, als Lisa aus den Augenwinkeln eine Bewegung wahrnahm. Sie drehte den Kopf und sah dann ganz schnell wieder geradeaus. »Fritz«, raunte sie, »geh ein bisschen schneller. Aber unauffällig. Tu bitte so, als ob nichts wäre. Ich flehe dich an.«

»Warum sprichst du plötzlich so leise?«, fragte der freche Fritz arglos.

»Hey, Lisa, was ist denn das für ein cooler Typ, mit dem du da rumrennst?«

Zu spät! Drei Jungen, die Lisa leider von der Schule her kannte, schnitten ihnen den Weg zum Eingang des Rathauses ab. Diese Jungen waren an der ganzen Schule als Radaubrüder bekannt. Sie pöbelten jeden, der schwächer war, an. Gäbe es für das Terrorisieren von Klassenkameraden Noten, so wären sie in diesem Fach die besten Schüler gewesen.

Der Anführer, ein Junge mit reichlich Pickeln im Gesicht, sah auf die Schnallenschuhe und langen Strümpfe des frechen Fritz, die unter dem Trenchcoat hervorsahen. »Sag mal, was hast du denn da für Klamotten unter dem Mantel an, häh?«

Lisa versuchte die Situation zu retten. »Lasst uns durch, wir haben keine Zeit. Wir müssen ins Rathaus«, sagte sie und versuchte dabei, ihrer Stimme eine Sicherheit zu geben, die sie nicht empfand.

»Tatsache? Was wollt ihr denn da? Raus mit der Sprache, sonst halten wir euch ein Weilchen auf, bis die den Laden für heute dichtmachen!« In drohender Haltung ging der Anführer auf den frechen Fritz zu, seine Kumpane näherten sich von rechts und links. Der freche Fritz sah ihnen ohne Furcht entgegen.

»Hey, Walter, sieh mal, was der Typ doch für einen feinen Mantel anhat! Aber die Klamotten darunter müssen noch besser sein.« Das war Andy, der nach dem Anführer Walter der wildeste der Jungen war.

»Hör mal zu, du Knaller«, sagte Ulrich, der Dritte im Bunde. »Du hast Pech, dass du uns heute über den Weg läufst. Vorhin haben wir nämlich beschlossen, dass wir Rothaarige nicht leiden können.«

O Gott, dachte Lisa, was mache ich nur?

Walter zog die Augen zu schmalen Schlitzen zusammen und drohte dem frechen Fritz: »Ich habe dich hier noch nie gesehen, und wahrscheinlich hast du noch nicht gehört, dass man mir zu dieser Uhrzeit am besten nicht begegnet. Vor dem Mittagessen habe ich immer schlechte Laune.« Die anderen Jungen lachten hämisch. »Ich will aber fair sein. Wenn du jetzt sofort den Mantel öffnest und hier eine Modenschau hinlegst, dann überlege ich mir, ob ich dich heute mal einfach laufen lasse.«

Erneutes Lachen der anderen.

Der freche Fritz lächelte und öffnete den Gürtel, knöpfte den Mantel auf und zeigte seine in Grün und Braun gehaltene Tracht.

Die Jungen rissen Augen und Münder auf und hielten die Luft an. »Mensch, seht euch die coolen Klamotten an. Ist ja irre!«

»Das sind die Gewänder, die einem Ritter angemessen sind. Wartet ab, bis ihr mich erst in meiner Rüstung seht!«

Lisa begann zu verzweifeln. Antworten dieser Art würden die Jungen als reine Provokation betrachten. Sie sah die Katastrophe bereits hereinbrechen.

»Mann«, sagte Walter stattdessen ehrlich beeindruckt, »woher hast du diesen megastarken Anzug? Verrat mir, wo man so etwas kaufen kann.«

»Mein Schneider lebt auf Rollerburg. Er kann auch euch solche Kleidung anmessen. Aber dafür müsst ihr erst in die Dienste eines Grafen treten.«

Walter schwieg und kniff die Augen erneut zu schmalen Schlitzen zusammen.

Andy meldete sich wieder zu Wort. »Hey, Walter, ich glaube, der Typ will uns verschaukeln. Dem müssen wir wohl mal die Zähne polieren.«

Der freche Fritz lachte. »Ihr wollt wohl noch frecher sein, als ich es bin?« Und blitzschnell griff er nach Walters Nase und drehte sie kräftig um.

Walter begann wie am Spieß zu brüllen.

Andy und Ulrich sahen tatenlos zu, fassungslos, dass jemand so etwas bei ihrem Anführer wagte.

Während sie den frechen Fritz noch verblüfft anstarrten, ließ dieser Walters Nase los und drehte dafür auf dieselbe derbe Weise die Nasen seiner Vasallen.

Die drei Jungen heulten nun im Terzett und hielten ihre Hände schützend über ihr Gesicht. Tränen schossen ihnen aus den Augen und blendeten sie.

Der freche Fritz nahm Lisas Hand und zog sie schnell ins Rathaus hinein. Hinter sich hörten sie Walter heulen: »Das wirst du mir büßen. Warte nur, bis ich wieder etwas sehen kann. Los, Jungs, aufgepasst! Merkt euch, wo der Typ hinrennt.«

»Ich sehe doch auch nichts«, jaulten die anderen beiden.

Inzwischen liefen Lisa und der freche Fritz durch die große Tür des Rathauses. Erstaunt sah ihnen der Portier hinterher und rief: »Hallo, was soll denn das? Wo wollt ihr denn so eilig hin?« Ohne darauf zu achten liefen sie weiter.

»Das war aber ganz schön mutig und schnell«, sagte Lisa, nachdem sie dem Gang um eine Ecke gefolgt und somit außer Sicht waren. Sie hörten auf zu laufen und gingen nun zügig durch das große Gebäude. Dabei warf Lisa immer wieder einen Blick über die Schulter, ob sich etwa schon Verfolger zeigten.

Der freche Fritz grinste vergnügt. »Hast du geglaubt, dass ich vor den Burschen kneife? Mit denen werde ich schon fertig!«, sagte er stolz.

Lisa sah missmutig drein. »Kann schon sein, dass du vor denen keine Angst zu haben brauchst, aber ich muss den Kerlen jetzt aus dem Weg gehen. Und das wird alles andere als einfach. Eigentlich ist es sogar unmöglich.«

»Mach dir darum keine Sorgen«, sagte der freche Fritz.

»Wenn die Kerle dich nicht in Ruhe lassen, komme ich mit einigen meiner Freunde zurück und wir bringen denen Manieren bei.« Dann wechselte er das Thema. »Wir müssen in einen der Türme, dort nach oben gehen und dann so schnell wir können hinunterlaufen.«

Eine der Türen öffnete sich. Ein Mann in dunkelgrauem Anzug, weißem Hemd und dunkler Krawatte trat heraus, unter dem Arm einen Aktenordner. Überrascht sah er Lisa und den Jungen an. »Was wollt ihr denn hier?«, fragte er streng.

Lisa fiel beinahe sofort eine glaubwürdige Ausrede ein: »Wir sind hier, um für den Heimatkundeunterricht etwas zu erarbeiten«, sagte sie.

Der Beamte runzelte die Stirn und bedachte die beiden mit misstrauischen Blicken. »Aber jetzt sind doch Schulferien! Wie könnt ihr da Hausaufgaben erledigen wollen?«

Lisa sagte ganz unbefangen und munter: »Wir haben uns freiwillig gemeldet, nach den Schulferien ein Referat über die Architektur unseres Rathauses zu halten. Insbesondere wollen wir uns mit den Türmen befassen. Für das Referat bekommen wir dann eine Fleißnote. Unsere Heimatkundelehrerin hat gesagt, in unserer Stadt arbeiteten sehr nette Beamte, die uns helfen würden. Natürlich nur«, fügte sie schnell mit einer gewissen Berechnung hinzu, »soweit es die knappe Zeit der Beamten zulässt. Sie haben ja sicher viel Arbeit.«

»Ach so, tatsächlich?«, sagte der Beamte erstaunt.

»Wie kommen wir denn am schnellsten zu einem der Türme?«, fragte Lisa.

»Diesen Gang entlang und dann nach rechts abbiegen.« Der Mann zeigte in eine Richtung. »Dann kommt die Wendeltreppe, die in den Turm hinaufführt.«

»Vielen Dank«, sagten Lisa und der freche Fritz und machten sich eilig auf den Weg. Als sie nach rechts abbogen, hörten sie gerade noch den Beamten sagen: »Was ist denn mit euch, arbeitet ihr auch an dem Referat mit?« Als Antwort darauf hörten sie nur ein mäßig intelligentes »Häh?«.

»Ich glaube, die Verfolger sind uns schon auf den Fersen«, sagte Lisa leise und nervös. Sie drehte ein wenig den Kopf und versuchte, aus den Augenwinkeln den Gang hinter sich im Auge zu behalten.

»Macht nichts«, sagte der freche Fritz seelenruhig. »Wir laufen den Turm hinunter und sind im Herbstland. Selbst wenn uns die Kerle dahin folgen, haben sie dort nichts zu lachen.«

»Wenn aber etwas dabei nicht klappt, laufen wir ihnen genau in die Arme«, gab Lisa zu bedenken.

»Dann gehen wir eben zu einem der anderen Türme«, sagte der freche Fritz.

Mittlerweile hatten sie die Wendeltreppe erreicht. »Das muss der Turm sein«, sagte Lisa. Sie begannen schnell, aber möglichst leise die Stufen nach oben zu steigen. Hinter sich hörten sie nichts mehr. Im nächsten Stockwerk sahen sie, wie eine Putzfrau einen Handwagen mit Reinigungsmaterial in einen kleinen Raum schob, die Tür von außen wieder schloss und über den Gang davonging.

»Ich habe eine Idee«, sagte Lisa und nahm den frechen Fritz bei der Hand. Schnell ging sie mit ihm zu dem kleinen Raum, öffnete die Tür, schob den Jungen hinein und folgte dann selbst. Dann schloss sie die Tür bis auf einen winzigen Spalt, durch den sie nach draußen spähten. »Jetzt warten wir, bis die Kerle wieder weggehen.«

»Auch gut«, sagte der freche Fritz.

Es dauerte nicht lange und Walter, Andy und Ulrich kamen die Wendeltreppe herauf und warfen Blicke in die beiden Flure, die im rechten Winkel von der Treppe im Turm abgingen. Da sie niemanden entdeckten, sahen Ulrich und Andy fragend Walter an, der nach kurzem Nachdenken eine ruckartige Bewegung mit dem Kopf in Richtung Wendeltreppe machte. Darauf stiegen die drei Ganoven zum nächsten Stock hinauf.

»Ich glaube, die sind wir bald los«, sagte Lisa.

»Hoffentlich«, sagte der freche Fritz, wobei er die Nase rümpfte. »Hier riecht's nicht gut. Ich will wieder raus!«

»Das sind die ganzen Seifen und Reinigungsmittel.« Lisa sah sich um. Der Raum war klein, hatte ein winziges Fenster und an den Wänden befanden sich Regale aus Sperrholz. Darin lagen und standen Staubtücher, Besen, Schaufeln und Kehrbleche, Vorräte an Papierhandtüchern und Toilettenpapier, Eimer,

Flaschen mit Flüssigseifen und ähnlicher Kram. »Ich hoffe vor allem, dass die Putzfrau nicht wiederkommt und den Raum verschließt. Dann müssen wir uns bemerkbar machen und sind unser Versteck los.«

Lisa und der freche Fritz warteten noch einige Minuten. Dann sagte sie: »Denen ist jetzt bestimmt die Geduld vergangen. Ich denke, die sind über einen der Flure zu einer anderen Treppe und wieder nach unten gelaufen. Ich glaube nicht, dass die sich noch irgendwo in diesem Gebäude aufhalten. Wir können hier raus.«

»Gut!« Der freche Fritz schob die Tür auf und ging auf die Wendeltreppe zu. Lisa folgte ihm. Es ging noch vier Stockwerke nach oben. In jeder Etage lugten sie vorsichtig über die Flure, bevor sie die Treppe verließen. Aber Lisa schien mit ihrer Vermutung Recht zu haben, die drei Jungen waren nirgends zu sehen.

Schließlich waren sie im obersten Stockwerk angekommen.

»So«, sagte der freche Fritz, »jetzt müssen wir so schnell wir können nach unten laufen. Bist du bereit?«

Als Lisa nickte, nahmen sie einander bei der Hand und stürmten die Treppe hinunter. Ob das wohl funktioniert?, dachte Lisa mit bangem Herzen. Stockwerk für Stockwerk liefen sie hinab. Schließlich kamen sie schwer atmend im Erdgeschoss an und prallten beinahe gegen den Beamten, den sie schon kennen gelernt hatten. Er wollte gerade die Treppe hinaufgehen und starrte sie wortlos mit offenem Mund und großen Augen an.

Nach Luft schnappend sagte Lisa: »Das hängt … das hängt mit … das hängt mit unserem Referat zusammen!«

Kopfschüttelnd ging der Beamte weiter. »Unterrichtsmethoden sind das heutzutage …«

Als sie wieder zu Atem gekommen waren, sagte der freche Fritz leicht beunruhigt: »Merkwürdig, das hat nicht geklappt. Ich vermute, dass wir nicht schnell genug waren. Komm, wir versuchen es ein zweites Mal.« Seufzend folgte ihm Lisa die Treppe hinauf.

Es dauerte einige Minuten, dann waren sie wieder ganz oben angekommen. Erneut verschnauften sie einen Moment, dann fegten sie wieder so schnell sie konnten die Wendeltreppe hinab. Das Ergebnis war das gleiche, obwohl sie diesmal sogar bis in den Keller hinunterrannten. Lisa und der freche Fritz brauchten eine Pause.

Lisa wischte sich schwer atmend über die Stirn. »Fritz, bist du sicher, dass das mit der Treppe so gemeint war?«, fragte sie zweifelnd. Wenn sie weiterhin so erfolglos waren mit ihrer Treppenrennerei, wie kam dann der freche Fritz in seine Heimat zurück?

»Ich weiß nicht, was wir falsch machen«, japste der freche Fritz. »Hierher hat es mit der Treppe doch auch so geklappt! Vielleicht sind wir immer noch nicht schnell genug.«

»Noch schneller kann ich aber nicht«, sagte Lisa keuchend. »War vielleicht an der Treppe in Burg Erntedank irgendetwas Besonderes?«

Der freche Fritz dachte kurz nach, schüttelte dann aber den

Kopf. Nach einigen Minuten gingen sie wieder wortlos die Wendeltreppe nach oben, wobei sie sich etwas mehr Zeit ließen als zuvor. Als sie das dritte Mal hinunterliefen, ließen sie jede Vorsicht zugunsten einer noch höheren Geschwindigkeit außer Acht. Zwecklos! Wieder standen sie im Keller, rangen nach Atem und wischten sich den Schweiß ab. Der Beamte im dunkelgrauen Anzug kam aus einer Tür mit der Aufschrift »Archiv«, sah zweifelnd auf den Jungen und das Mädchen und sagte unsicher: »Das Rathaus hat vier Türme, vielleicht solltet ihr auch mal die anderen hinunterlaufen, äh, ich meine, ansehen.«

Lisa und der freche Fritz sahen sich an. »Natürlich, das ist es!« Erleichterung zeigte sich auf dem Gesicht des Jungen. »Der Alte muss einen anderen Turm gemeint haben.«

Der Beamte überlegte kurz, ob er mit »der Alte« gemeint war, kam dann aber zu dem Schluss, dass das nicht sein konnte, und ging kopfschüttelnd weiter. Lisa und der freche Fritz machten sich ein weiteres Mal an den Aufstieg in das fünfte Stockwerk. Dort gingen sie einen langen Gang entlang.

»Ich meine, vielleicht hat es ja nichts zu sagen, aber mir fällt gerade auf, dass wir gegen den Uhrzeigersinn gelaufen sind. Vielleicht ist die Treppe im anderen Turm im Uhrzeigersinn gedreht. Vielleicht liegt es daran«, sagte Lisa hoffnungsvoll.

»Das könnte es sein«, antwortete der freche Fritz, dessen Miene auch wieder fröhlicher geworden war. »Ich weiß zwar nicht, was du mit Uhrzeigersinn meinst, aber die Treppe in

Burg Erntedank war andersherum gedreht als die, die wir jetzt ein paar Mal ausprobiert haben. Ich hatte schon Angst, dass ich nicht mehr zurückkann.«

Sie erreichten die zweite Wendeltreppe. Und sie verlief wirklich im Uhrzeigersinn nach unten. Mit neuer Hoffnung in den Augen sahen sich der freche Fritz und Lisa an. Da plötzlich hörten sie den Ruf: »Da sind sie! Jetzt haben wir sie!«

Die Köpfe der beiden ruckten in Richtung des anderen Flures herum. Von dort kamen aus Leibeskräften ihre Widersacher angerannt. »Los, weg hier!«, rief Lisa. Und schon jagten die beiden die Treppe hinab, was ihre Beine hergaben. Vierter Stock, dritter Stock, zweiter Stock, die Mauern an den Seiten schienen zu verschwimmen, die Konturen der Stufen wurden unscharf, wo blieb denn der erste Stock, »Endlosspirale« hörte sie den frechen Fritz heiser, aber mit Triumph in der Stimme rufen, ihr wurde schwindelig, jeden Moment mussten ihre Beine nachgeben …

… und dann war es plötzlich vorbei. Die Treppe war zu Ende, schwer atmend und schwindelig ließ sich Lisa zu Boden sinken. Sie dachte noch, wenn jetzt die drei Schläger auftauchen, kann ich mich nicht wehren, da nahm sie wahr, dass der Boden unter ihr aus grob behauenem Felsgestein bestand.

»Herzlich willkommen im Herbstland«, sagte der freche Fritz mit rauer Stimme. Sein Atem ging stoßweise, während er eine Fackel aus einer eisernen Halterung zog. »Wir sind in Burg Erntedank.«

ERNSTE GESPRÄCHE AUF BURG ERNTEDANK

Langsam gelang es Lisa, das Schwindelgefühl zu überwinden. Sie kam leicht schwankend auf die Füße. Sie befanden sich in einem düsteren Kellergewölbe, und die Fackeln, von denen der freche Fritz eine hielt, waren die einzigen Lichtquellen. Bin ich tatsächlich wieder in der anderen Welt?, dachte Lisa. Sie konnte es nicht fassen. Mit Sehnsucht hatte sie die ganze Zeit an die in der Jahreszeitenwelt bestandenen Abenteuer gedacht und sich nichts mehr gewünscht, als neue zu erleben.

Obwohl sie nicht wusste, woher sie nach der Kletterei und Rennerei der letzten halben Stunde die Kraft nehmen sollte, folgte sie dem frechen Fritz langsam die Treppe hinauf. Runde um Runde ging es nach oben. Manchmal zweigte von der Treppe ein Gang in die Burg ab, aber der Junge zog sie immer weiter nach oben, bis sie schließlich auf der Brüstung des höchsten Turmes standen.

Der Blick von hier oben war friedlich und schön. Die weite

Ackerlandschaft, die Burg und die Stadt Erntedank waren in ein behagliches Halbdunkel gehüllt. Kurz über dem Horizont stand die Sonne, rötlich gefärbt. Am Himmel waren einige rosarote Wolken. Sicherlich würde es bald dunkel werden und dann würden die Sterne anfangen am Himmel zu funkeln …

»Siehst du«, sagte der freche Fritz und zerstörte das Bild in ihrer Vorstellung, »so sieht es schon seit langer Zeit aus. Die Sonne sinkt nicht weiter, es wird nicht dunkler und nicht heller, und die Wolken stehen schon seit einer Ewigkeit so wie jetzt. Es verändert sich einfach nichts mehr.«

Lisa merkte, dass sie das Bild, das sich ihr bot, nicht mehr als friedvoll und schön, sondern als unheimlich zu empfinden begann. Es regte sich kein Windhauch, die Wolken schienen am Abendhimmel festgefroren zu sein. Die Sonne erschien ihr als gigantische Laterne, die ein Riese aufgehängt hatte. Konnte das möglich sein? Der freche Fritz musste sich irren!

»Wie schon gesagt, da sich nichts mehr verändert, wissen wir schon gar nicht mehr, seit wie langer Zeit sich nichts mehr verändert hat.«

»Habt ihr keine Uhren?«, fragte Lisa.

»Was sind Uhren?«, fragte der freche Fritz.

»Das sind Instrumente, die die Zeit messen.«

Der freche Fritz schüttelte den Kopf. »Ich habe die Wissenschaftler davon reden hören, dass diese Instrumente kaputtgegangen sind. Jedenfalls funktionieren sie nicht mehr.«

»Das ist unheimlich«, sagte Lisa bedrückt.

»Das kann man wohl sagen«, antwortete der Junge. »Und jetzt gehen wir zum König und erstatten ihm Bericht.«

Lisa folgte ihm die Wendeltreppe wieder hinunter. Nach einigen Umdrehungen bog Fritz in einen Gang ab. Wenig später folgte eine gerade Treppe, die nach unten führte. Durch die kleinen Fenster in den Gängen fiel kaum Licht, sodass überall Fackeln brennen mussten. Das flackernde Licht warf tanzende Schatten auf die groben Steine und abgeschliffenen Platten, aus denen Mauern und Boden bestanden.

Bald konnte Lisa eine Männerstimme vernehmen. Sie verstand noch keine einzelnen Wörter, aber derjenige, der sprach, schien einen Vortrag zu halten. Sie gingen auf einen kleinen Torbogen zu, der sich in eine große Halle öffnete, die Lisa bereits kannte. Es war der Thronsaal der Burg Erntedank.

Wie bei ihrem ersten Besuch in der Burg brannten in den beiden großen Kaminen Feuer, die sowohl Wärme als auch Licht gaben. Außerdem brannten viele Fackeln und Kerzen. Am Kopfende des Saales stand der Thron, zu dem einige Stufen hinaufführten. Der König, ein junger und gut aussehender Mann, saß jedoch mit vielen anderen Männern an einer hufeisenförmigen Tafel. Die Männer waren teilweise in pelzbesetzte Mäntel gekleidet und mit Schmuck behängt, das waren die Minister. Die Wissenschaftler trugen schwarze Umhänge und Doktorenhüte. Einer der Wissenschaftler stand an einer Staffelei, auf der sich eine Tafel befand. Er zeichnete gerade mit Kreide ein Windrad auf einem Pfahl. An der Rückseite war ein Zahnrad zu sehen, über das eine Kette lief, die bis zum Boden reichte. Der Wissenschaftler zeichnete weiter und erklärte dabei: »Wenn wir ungefähr fünfzig starke Männer an am Boden befestigten Kurbeln drehen lassen und diese Kraft mittels einer Kette auf das Windrad übertragen wird, sollte es uns gelingen, damit einen Wind zu erzeugen, der die Wolken am Himmel weitertreibt. Ich bin davon überzeugt, dass dieser Effekt die Zeit anschieben und wieder in Gang setzen wird. Damit wären alle unsere Probleme behoben.« Der Wissenschaftler sah sich mit zufriedener Miene um. Wahrscheinlich hatte er mit Beifall gerechnet, aber er sah in teils überraschte, teils skeptische Mienen.

»Die Idee kommt mir genauso sinnvoll vor wie der Vorschlag Eures Kollegen, mit einigen hundert Paddeln die Flüsse wieder in Gang zu setzen«, ließ sich schließlich einer der Minister vernehmen.

Der Wissenschaftler war erzürnt über diesen Kommentar und ließ seinem Unmut freien Lauf. »Dieser Vergleich ist ja wohl völlig aus der Luft gegriffen. Außerdem kam dieser Vorschlag eigentlich vom Minister für Fischfang und Wasserwirtschaft, der damit nur die Bootsbauer beschäftigen wollte. Wenn einige hundert neue Ruder gefertigt werden müssen, verdienen die Bootsbauer wieder mehr und müssen höhere Steuern an die Kasse des zuständigen Ministeriums zahlen.«

Der Minister für Fischfang und Wasserwirtschaft, ein fetter Mann mit langem Vollbart, sprang auf, streckte einen dicken, ringbesetzten Finger in Richtung des Wissenschaftlers aus und rief: »Das ist eine infame Unterstellung. Wenn Ihr Euch für diese Behauptung nicht sofort entschuldigt, trete ich von meinem Amt zurück.«

»Mauerbruch und Torzerfall, jetzt reicht es!«, brüllte der König. »Ich habe es Euch allen angedroht: Wenn noch einmal jemand von Euch von Rücktritt spricht, bekommt er die von mir vorgesehene Strafe zu spüren. Wachen, waltet eures Amtes!«

Zwei mit Hellebarden bewaffnete Landsknechte traten auf den Minister zu und ergriffen ihn an den Oberarmen.

Der Mann war vor Schreck blass geworden und stammelte: »Aber, Euer Majestät, das könnt Ihr doch nicht tun!«

Plötzlich herrschte Schweigen im Saal. Mit entsetzten Mienen sahen die anwesenden Männer, wie die Wachen den Minister zu einem kleinen Schreibtisch führten. Dort drückten sie ihn auf den Stuhl nieder. Der Minister für Fischfang und Wasserwirtschaft winselte um Gnade, aber der König donnerte: »Beginnt, und spart Euch Euer weibisches Gejammer!«

Da nahm der Minister mit missmutigem Gesicht eine Feder zur Hand, tauchte sie in ein Tintenfass und begann einen Papierbogen zu beschreiben. In der atemlosen Stille war das Kratzen der Feder auf dem Papier deutlich zu hören. Die Minister und Wissenschaftler sahen unbehaglich vor sich hin.

Was muss er jetzt wohl dort schreiben?, dachte Lisa entsetzt. Etwa sein eigenes Todesurteil?

Der freche Fritz hielt den Moment für gekommen, sich bemerkbar zu machen. Er trat aus dem Gang in den Saal, sagte laut »Guten Tag, Euer Majestät, guten Tag, Ihr Herren« und marschierte dabei vor den König und verbeugte sich.

Der König runzelte die Stirn, bedachte seinen neuen Ritter mit einem unwilligen Blick und fragte: »Ritter Friedrich, was führt Euch hierher, ohne dass ich Euch rufen ließ? Und was tragt Ihr für einen seltsamen Mantel?«

Der freche Fritz sagte selbstbewusst: »Euer Majestät, ich bringe wichtige Nachrichten. Ich bin in die Welt der Dame Lisa gelangt und brachte sie mit hierher.«

Die Männer begannen aufgeregt, aber leise miteinander zu flüstern. Der freche Fritz hatte wieder einmal für eine Überraschung gesorgt. Aber der Unmut des Königs war noch nicht beseitigt. »Wie gelangtet Ihr so schnell dorthin und wieder zurück? Und wer gab Euch die Erlaubnis, Euch vom Hofe zu entfernen?«

Der freche Fritz antwortete: »Ich suchte zunächst nur den Weg, Euer Majestät. Beim Studium der Karten in der Bibliothek tauchte aber plötzlich ein Wissenschaftler auf, der den Weg wusste und mich und sich selbst in wenigen Minuten von dieser Burg in die Welt der Dame Lisa brachte.«

Nun machte sich die Überraschung der Wissenschaftler und

Minister in lautstarkem Gerede Luft. Einer der Männer mit Doktorhut sprang auf und rief zornig: »Wer von uns hat solche Kenntnisse und behält sie für sich, statt sie mit uns allen zu teilen? Wer ist dieser egoistische Ignorant?«

Der freche Fritz sagte: »Ich kenne seinen Namen nicht, aber es ist ein Mann in einer braunen Kutte. Er trägt Sandalen, hat graues Haar und einen grauen Bart.«

Plötzlich war es wieder still. Der König, seine Minister und seine Wissenschaftler sahen sich erstaunt an, dann fragte einer ratlos: »Welcher Kollege soll das sein?«

Der freche Fritz erzählte nun von seinem Weg in Lisas Welt. Die Augen der Männer wurden dabei immer größer. Am Ende schwiegen alle einen Moment. Schließlich sagte der König niedergeschlagen: »Soweit ich weiß, gibt es in meiner Burg keinen Mann, auf den die Beschreibung passt, die der Ritter Friedrich abgegeben hat. So weit ist es also schon gekommen, dass sich Menschen mit solchen Fähigkeiten und Kenntnissen in meiner Burg aufhalten und einfach wieder verschwinden und ich erfahre nur durch Zufall davon. Wohlan, Ritter Friedrich, Ihr habt richtig gehandelt. Und wo ist nun die Dame Lisa?«

Lisa ging weiter in den Saal hinein. Dabei kam sie an dem kleinen Schreibtisch vorbei, an dem der Minister für Fischfang und Wasserwirtschaft saß. Sie sah unauffällig zu ihm hinüber. Schmollend kritzelte der Minister auf das Papier:

Ich darf nicht mehr mit Rücktritt drohen.
Ich darf nicht mehr mit Rücktritt drohen.
Ich darf nicht mehr …

»Guten Tag, Euer Majestät, guten Tag auch Euch, Ihr Herren«, sagte sie und stellte sich neben den frechen Fritz.

Freundlich ruhte der Blick des Königs auf ihr. »Guten Tag, Dame Lisa. Ich bin erfreut, Euch wiederzusehen. Das gibt mir die Gelegenheit, Euch für die Rettung des Herbstlandes zu danken und Euch zu Eurem Sieg über Adragar zu gratulieren.«

Zögernd sagte Lisa: »Der Sieg war wohl nicht von langer Dauer, Euer Majestät.«

»Wieso das?«, fragte der König erstaunt.

»Die Nachrichten, von denen der freche Fritz, äh, ich meine der Ritter Friedrich sprach, sind leider nicht gut.«

Der Blick aller Männer hing an Lisas Lippen. Der Minister für Fischfang und Wasserwirtschaft hatte zu schreiben aufgehört, die Spitze der Feder schwebte über dem Papier. In die atemlose Stille hinein sagte sie: »Für den Stillstand der Zeit in dieser Welt ist Adragar verantwortlich. Es ist ihre Rache für die Niederlage, die sie erlitten hat. Sie hat sich darüber hinaus mit ihrer Kusine, der Hexe Hagelhart, verbündet.«

Noch eine Sekunde herrschte Schweigen, dann redeten wieder alle durcheinander. Der Wissenschaftler, der den Vortrag über das Windrad gehalten hatte, wischte mit resignierter

Miene seine Zeichnung aus. Der König nickte grimmig vor sich hin. Ein Minister rief: »Jetzt helfen uns nur noch die Ritter und die Landsknechte!« Ein anderer rief: »Auch wenn Ihr der Minister für Verteidigung seid, Ihr solltet wissen, dass Waffengewalt noch nie gegen Hexen half und auch sonst kaum etwas Gutes erreicht hat.«

Das Geschrei wurde noch lauter, als plötzlich durch eines der offenen Fenster ein großer Vogel in den Saal geflogen kam. Eine Eule jagte mit rauschenden Flügeln durch die Halle, näherte sich dem Boden, und plötzlich wirbelten die Federn wie in einer Windhose. Aus diesem Wirbel tauchte eine gebeugte alte Frau auf, klein und zart, mit grauem, zu einem Knoten zusammengebundenen Haar und einer gebogenen Nase, die wie ein Eulenschnabel aussah.

»Uhlenfrau«, rief Lisa überrascht und erfreut.

Die kleine alte Frau sah sich um, atmete schwer und ging auf einen freien Stuhl zu. Als sie sich an seiner Lehne aufgestützt hatte, keuchte sie: »Ja, ja, ich bin eben auch nicht mehr die Jüngste. So ein Langstreckenflug nimmt mich ganz schön in Anspruch.«

»Uhlenfrau, wie schön, dich zu sehen!« Freudestrahlend lief Lisa zu der alten Frau hinüber und umarmte sie. Dann verkündete sie: »Euer Majestät, Ihr Herren, darf ich Euch die Uhlenfrau vorstellen, die weise Dame aus Winterland, von deren Rat wir alle sicher profitieren werden.«

Die Männer verbeugten sich und der König rief: »Dienerschaft, bringt den Neuankömmlingen Erfrischungen. Insbesondere die Uhlenfrau scheint erschöpft zu sein.«

Lisa und der freche Fritz halfen der alten Frau, die sich immer noch nicht ganz erholt hatte, zu den einzigen freien Stühlen, die dem Platz des Königs gegenüberstanden. Voller Mitgefühl fragte Lisa: »Uhlenfrau, seit wann strengt dich das Fliegen denn so sehr an?«

»Ganz einfach, Lisa, seit sie stehen geblieben ist, kann ich keine Abkürzungen durch die Zeit mehr fliegen. Also musste ich die ganze Strecke bewältigen.«

Lisa nickte. »Ach natürlich, jetzt verstehe ich. Also musstest du von Winterland über Frühlingsland und Sommerland hierher fliegen.«

Die Uhlenfrau setzte sich langsam und bedächtig. »Nein, ganz so schlimm war es auch wieder nicht. Da die Zeit steht, muss man auch nicht mehr mit den Jahreszeiten reisen. Ich konnte von Winterland direkt nach Herbstland fliegen. Normalerweise natürlich vollkommen unmöglich, aber jetzt geht es schon. Aber ich bin verwundert, dich hier zu sehen. Wie kommst du hierher?«

Während die drei Platz nahmen, ging der Minister für Fischfang und Wasserwirtschaft zum König, zeigte ihm einen Bogen Papier und sagte: »Bitte sehr, Euer Majestät, ich habe es zwanzigmal aufgeschrieben, und zwar mit meiner schönsten Handschrift. Ist mir jetzt vergeben?«

Der König warf einen Blick auf den Papierbogen und knurrte: »Setzt Euch wieder an Euren Platz an der Tafel. Aber lasst Euch das alle zusammen eine Lehre sein. Von jetzt an werde ich hart durchgreifen, ohne Ansehen der Person!«

Nach und nach kehrte Ruhe ein. Der König richtete erneut das Wort an die Uhlenfrau und an Lisa. »Meine Damen, ich denke, Ihr solltet Euch gegenseitig von den neuesten Entwicklungen in Kenntnis setzen. Danach sollten wir beraten, wie die gefährliche Situation beendet werden kann. Immerhin hoffe ich, dass es eine Rettung für uns gibt.«

Lisa wandte sich an die Uhlenfrau. »Ich habe in meiner Welt eine Botschaft Adragars erhalten, dass es sich bei dem Stillstand der Zeit in der Jahreszeitenwelt um ihre Rache handelt. Darüber hinaus hat sie die Unterstützung der Hexe Hagelhart.«

Die Uhlenfrau nickte nachdenklich. »Ich habe bereits so etwas befürchtet. Wer sonst sollte hinter so einer üblen und gewaltigen Machenschaft stecken? Die beiden verderben den Ruf unserer ganzen Zunft, sodass man in Zukunft vielleicht beim Wort Hexe grundsätzlich an eine böse Frau denken wird. Aber nun sag mir endlich, wie du hierher gekommen bist!«

Lisa berichtete von ihrer Begegnung mit dem alten Mann, den der freche Fritz für einen Wissenschaftler aus dem Herbstland gehalten hatte, den hier aber niemand kannte. Als sie ihn beschrieb, kniff die alte Frau die Augen zusammen, blieb aber stumm. Auch der König und die anderen Männer hörten interessiert zu. Als Lisa von den merkwürdigen Geschehnissen auf der Rennbahn berichtete, gaben die Versammelten Äußerungen der Überraschung und des Unglaubens von sich.

»Hier bleibt die Zeit stehen und durch die Welten irrt ein Mann, der einerseits die Zeit manipulieren kann, auf der anderen Seite aber nicht weiß, wer er ist. Das kann unmöglich Zufall sein«, murmelte die Uhlenfrau.

Ein Diener brachte Brot und Tee, und Lisa und der freche Fritz bedienten sich davon. Die Uhlenfrau nahm nur eine Tasse Tee und nippte vorsichtig daran.

»Ich bedaure sehr, Euch keine reichhaltigeren Speisen bieten zu können, aber wir mussten die Lebensmittel bereits rationieren«, sagte der König. »Nicht mehr lange, und wir müssen auch anfangen, das Brennholz, die Pechfackeln und die Kerzen einzuteilen. Langsam wird alles, was wir zum Leben brauchen, knapp.«

»Ich bin überzeugt, dass Eure Gastfreundschaft von Herzen kommt, Euer Majestät«, sagte die Uhlenfrau. »Und jetzt sollten wir beginnen, die Wurzel des Übels, das uns diesen Zeitstillstand beschert hat, zu suchen, zu finden und zu zerstören.«

»Wohl gesprochen«, sagte der König. »Da wir jetzt wissen, dass Adragar hinter dem Stillstand der Zeit steckt, sind alle Versuche, die Zeit irgendwie wieder in Gang zu setzen, von vornherein zum Scheitern verurteilt. Wir müssen Adragar und Hagelhart zu fassen bekommen und sie zwingen, mit ihrem bösen

Zauber aufzuhören. Ich warte auf Vorschläge, meine Damen und Herren.«

»Fassen wir doch zunächst einmal zusammen, was wir bis jetzt festgestellt haben«, schlug ein Wissenschaftler vor. »Die Sonne ist am Himmel stehen geblieben. Es wird nicht dunkler und die Sterne gehen nicht auf. Der Wind weht nicht mehr, die Flüsse fließen nicht mehr, das Wachstum der Pflanzen hat aufgehört. Das Einzige, was nicht gestoppt zu sein scheint, ist die Bewegung von Mensch und Tier. So weit unser Kenntnisstand!«

Ein Minister warf ein: »Als Erstes sollten wir versuchen herauszufinden, wie Adragar den Zeitstillstand herbeiführte. Immerhin hat sie fast ihr gesamtes Zauberwissen und den größten Teil ihrer Macht eingebüßt, als der Ritter Friedrich im Haus der Türen unter Schloss Schwarzenfels alle Tore zuschlug, während die Dame Lisa gegen Adragar kämpfte. Also wo hat sie neues Wissen und neue Kräfte her?«

»Sie könnte in Schloss Schwarzenfels eingedrungen und ins Haus der Türen zurückgeschlichen sein.« Der Minister für Fischfang und Wasserwirtschaft strich über seinen langen Bart. »Dann könnte sie die Türen wieder geöffnet und ihre alte Macht und ihr Wissen erneut gefunden haben. Vielleicht paktiert ja sogar der Verräter General von Schwarzenfels mit Adragar und hat ihr Zutritt gewährt.«

Die Uhlenfrau schüttelte entschieden den Kopf. »Nein! Von Schwarzenfels hat schon längst seinen Verstand, den Adragar ihm raubte, wiedergefunden. Als die Zeit noch funktionierte, haben ihn meine Boten beobachtet. Er ist jetzt mit Sicherheit klug genug, sich kein zweites Mal mit ihr einzulassen. Außerdem hätten meine Vögel jeden Besucher bemerkt. Nein, glaubt mir, von Schwarzenfels sitzt allein und verbittert im Schloss seiner Ahnen.«

Einer der Wissenschaftler meldete sich zu Wort. »Könnte es nicht sein, dass Hagelhart das notwendige Wissen mitbrachte? Immerhin ist auch sie eine Hexe.«

»Kaum anzunehmen, Herr Kollege«, widersprach der Wissenschaftler, der das Windrad gezeichnet hatte. »Hagelhart ist bekannt für ihre Bosheit. Immerhin hat sie oft genug im Herbstland einen Teil der Ernte verhagelt. Darüber hinaus ist sie aber bei weitem nicht so intelligent und verschlagen wie ihre Kusine Adragar.«

»Richtig!«, stimmte die Uhlenfrau zu.

»Wo wohnt sie überhaupt?«, fragte Lisa. »Hat sie ebenfalls ein Schloss, so wie Adragar eines hatte?«

Die Uhlenfrau antwortete. »Sie besitzt eine Festung aus Eis am nördlichsten Rand des Winterlandes, wo der Polarkreis beginnt. Die Welt, die uns bekannt ist, hört dort auf.« Die Uhlenfrau wandte sich allen Anwesenden zu. »Auch ich halte sie nicht für so klug, dass sie Adragar etwas Neues lehren könnte. Nein, ich glaube, dass Adragar sich mit ihr verbündet hat, weil sie auf die eine oder andere Fähigkeit ihrer Kusine zurückgreifen muss.

Darüber hinaus gebe ich zu bedenken, dass Adragar unseren Blicken entschwunden ist. Nachdem sie den Kampf gegen Lisa auf Schwarzenfels verloren hatte, ist sie nirgends gesehen worden. Das spricht dafür, dass sie ihr Aussehen vorübergehend verändert hat. Darin ist sie sehr geschickt. Und so kann sie sich überall neues Wissen beschafft haben, wo es nur Wissen zu holen gibt. Zum Beispiel hier!«

Alle versammelten Männer bis auf den König widersprachen lautstark, doch eine Handbewegung der Uhlenfrau brachte sie zum Schweigen. »Immerhin kam auch ich hierher, weil hier die größte und älteste Bibliothek der Jahreszeitenwelt ist. Und kommen nicht immer wieder Gelehrte aus anderen Landesteilen, um hier zu studieren?«

»Aber Adragar wäre doch bemerkt worden!«, widersprach ein Minister.

»Nicht, wenn sie sich beispielsweise als ein junger Studiosus ausgegeben hätte. Ich erwähnte bereits, dass sie sich darauf versteht, ihre äußere Erscheinung zu ändern«, sagte die Uhlenfrau nachdrücklich.

»Ich stimme Euch zu«, sagte der König mit grimmigem Gesicht. »Es ist nicht auszuschließen, dass sie hier war. Immerhin war ja auch der Mann mit den außergewöhnlichen Fähigkeiten, der den Ritter Friedrich in die Welt der Dame Lisa brachte, hier. Kam und ging, einfach so!« Der König schnippte verärgert mit den Fingern.

»Ja, genau, dieser merkwürdige Mann«, sagte die Uhlenfrau leise. »Er findet Wege von dieser Welt in eine andere und wieder zurück, wo selbst ich nie einen Weg vermutet hätte. Und ich weiß einiges über verborgene Wege. Außerdem erzählte uns Lisa, dass er die Zeit irgendwie steuern oder beeinflussen kann. Aber seinen Namen weiß er nicht, er weiß auch nicht, wo er herkommt oder hinwill. Und während dieser Reisende umherzieht, bleibt bei uns die Zeit stehen. Da muss es einen Zusammenhang geben! Aber welchen?«

»Vielleicht ist irgendwo in unserer Bibliothek ein Hinweis verborgen«, meinte einer der Wissenschaftler.

»Wegen der Bibliothek kam ich ursprünglich hierher. Ich hatte vor, die alten Schriften zu studieren, in der Hoffnung, noch rechtzeitig eine Lösung unseres Problems zu finden.« Die Uhlenfrau schob ihre kleine runde Brille auf ihrer Nase nach oben. »Aber wenn ich es mir recht überlege, sollten wir anders vorgehen: *Alle* Wissenschaftler, Minister und sonstigen des Lesens Kundigen sollten die Bibliothek aufsuchen und nach Hinweisen suchen, die uns entweder Aufschluss geben, was Adragar angestellt hat, oder uns sagen, um wen es sich bei dem namenlosen Reisenden handelt.«

»Und was macht Ihr?«, fragte der König.

»Ich werde Lisas Welt aufsuchen«, sagte die Uhlenfrau lächelnd, »und sie und der Ritter Friedrich werden mir dabei helfen, den namenlosen Reisenden zu finden. Hoffentlich ist er noch dort. Es ist doch nur zu wahrscheinlich, dass uns dieser Mann nützliche Hinweise geben kann.«

»Ich unterstütze diesen Vorschlag!«, rief einer der Minister spontan.

»Ich auch! Ich auch!«, riefen die anderen voller Begeisterung.

»Ich werde Euch eine Eskorte mitgeben«, sagte der König.

Lisa wollte schon ablehnen, denn sie stellte sich vor, was für ein Aufsehen eine Abteilung Landsknechte mit Helmen, Brustpanzern und Hellebarden im Rathaus erregen würde. Andererseits waren da die drei Raufbolde aus Lisas Schule, die sicherlich noch im Rathaus sein würden, wenn sie dort wieder auftauchte. Merkwürdig übrigens, dass sie bei der Verfolgung des frechen Fritz und ihr nicht schnell genug gewesen waren.

Die Uhlenfrau lehnte das Angebot des Königs ab. »Sehr freundlich von Euch, dass Ihr Euch so um unsere Sicherheit sorgt, Euer Majestät, aber eine Eskorte würde uns nur aufhalten. Wir werden uns nicht in Gefahr begeben, und wenn doch, dann unterschätzt für einen solchen Fall nicht meine Fähigkeiten.«

Nachdenklich sah der König die Uhlenfrau an. »Also gut, wie Ihr wollt«, stimmte er schließlich zu.

Die Uhlenfrau erhob sich. »Ich hoffe, wir finden den Fremden möglichst schnell. Vielleicht könnt Ihr ja bis zu unserer Rückkehr etwas aus den Büchern herausbringen. Auf, Ritter Friedrich, zeig mir den Weg zum Turm!«

DER NAMENLOSE

Die Uhlenfrau nahm wieder Eulengestalt an und folgte Lisa und dem frechen Fritz durch die Gänge der Burg. Stufen hinauf- oder hinunterzufliegen war für sie einfacher, als diese zu Fuß zu bewältigen. Schneller war sie als Eule allemal.

Als Lisa und der freche Fritz den Turm erklommen hatten, warteten sie einen Moment, um Atem zu schöpfen. »Übrigens«, sagte Lisa, »wir landen in meiner Welt im Rathaus. Das ist für sich genommen noch nichts Schlimmes, aber dort sind auch drei Jungen aus meiner Schule, mit denen wir Ärger bekommen haben. Wir werden ihnen wahrscheinlich begegnen. Die werden dann sofort frech.«

»Darüber mache ich mir keine Sorgen«, sagte die Uhlenfrau. »Ich kann auch frech werden. Schlimmer ist, dass ich noch nicht die geringste Ahnung habe, wie wir den Fremden ohne Namen finden sollen. – Also los, damit wir uns nicht auf der engen Treppe ins Gehege kommen. Ich fliege voran, dann folgst du, Lisa, dann du, Fritz! Auf geht's!«

Und schon flog die Uhlenfrau die Treppe hinunter, immer im Kreis, Lisa folgte ihr, so schnell sie konnte, hinter sich hörte sie die schnellen Schritte vom frechen Fritz. Wieder begannen die Wände und Stufen zu verschwimmen, das Schwindelgefühl erfasste sie – und als sie erneut glaubte, nicht mehr laufen zu können, wankte sie über den Fliesenboden des Rathauskellers, sah über sich eine grelle Neonröhre und die Uhlenfrau saß als Eule auf ihrer Schulter. Noch bevor sie wieder richtig zu Atem gekommen war, stieß sie einen Schrei des Erschreckens aus. Vor ihr standen Walter, Ulrich und Andy.

Okay, ganz ruhig bleiben, Lisa, sagte sie sich. Wieso schreien die Kerle denn auch? Zu Lisas Erstaunen schrien die Jungen lauter als sie, waren blass vor Schreck und gingen einige Schritte rückwärts, wobei sie fast über die eigenen Füße stolperten.

»Wo kommst du denn plötzlich wieder her?«, keuchte Walter schließlich mit weit aufgerissenen Augen. »Eben warst du doch noch verschwunden!«

»Und wo ist der Typ in dem coolen Anzug geblieben?«, fragte Ulrich verstört.

»Und wieso hast du eine Eule auf der Schulter?«, fragte Andy mit zitternder Stimme. »Ist die echt?«

»Das ist Ansichtssache«, antwortete die Uhlenfrau, verwandelte sich in einen Wirbel aus Federn und schließlich in ihre menschliche Gestalt.

Das war nun endgültig zu viel! Die drei Jungen begannen

erneut zu schreien, drehten sich dann auf dem Absatz um und rannten die Treppe nach oben, so schnell sie konnten. Lisa hörte noch Rufe wie: »Der Kerl ist ein Zauberer oder so etwas.« »Nein, ein Monster ist der! Weg, Leute, lauft, laaauuuuuft.«

Dann donnerte im Erdgeschoss eine wütende Männerstimme: »Jetzt ist aber Schluss! Wenn ihr für euer Referat nicht leiser arbeiten könnt, dann schmeiße ich euch hier raus! Macht, dass ihr wegkommt!«

»Kein Problem, Mann! Du wirst auch gleich rennen!« Das hörte sich nach der Stimme von Walter an. Dann waren die Schritte der Jungen nicht mehr zu hören, eine Tür wurde geschlossen. Wahrscheinlich war der Mann, der die drei Schurken angemault hatte, in einem Büro verschwunden. Alles war ruhig.

»Na also!« Die Uhlenfrau richtete ihr einfaches, dunkles Kleid, mit dem sie in Lisas Welt nicht allzu sehr auffallen würde. »Das waren doch bestimmt die drei Gauner, von denen du mir vorhin erzählt hast.«

»Ja, stimmt!«, sagte Lisa. »Vor denen haben wir Ruhe. Aber wo ist der freche Fritz geblieben?«

»Ja, das wundert mich auch, dass er nicht hier ist. Er scheint den Übertritt in deine Welt nicht mitgemacht zu haben. Macht nichts, wir werden ihn wiederfinden, spätestens dann, wenn wir nach Herbstland zurückkehren. Wohin führt diese Treppe?«

»Ins Erdgeschoss und zum Ausgang«, sagte Lisa und begann mit der Uhlenfrau nach oben zu gehen. Zum Glück war von dem Beamten keine Spur zu sehen, sodass Lisa nicht Gefahr lief, sich eine Standpauke wegen des lauten Verhaltens ihrer Mitschüler anhören zu müssen. Die Uhlenfrau folgte Lisa über die Gänge und sah sich dabei neugierig um. Schließlich verließen sie das Rathaus und blickten über den Marktplatz.

»So, jetzt müssen wir den Mann mit der Kutte suchen. Aber wo?« Lisa war ein wenig ratlos. Wer konnte wissen, wo der Fremde inzwischen war?

Die Uhlenfrau blickte in alle Richtungen. »Lass uns nicht planlos irgendwo anfangen. Ich habe eine Idee. Meinst du, wir können hier in der Nähe ein wenig Brot kaufen?«

»Ja«, sagte Lisa. »Gleich da vorn. Warum?«

Die Uhlenfrau erklärte ihr, was sie vorhatte. Darauf gingen sie in eine Bäckerei und kauften dort ein halbes Brot vom Vortag. Damit gingen sie auf den Marktplatz zurück, rissen das Brot in kleine Stücke und verstreuten diese auf dem Boden. Es dauerte nicht lange und Scharen von Spatzen, Meisen, Tauben und anderen Vögeln waren in ihrer Nähe gelandet und pickten die Brotkrümel auf. Dabei flöteten, zwitscherten und gurrten sie laut.

Gespannt sah Lisa die Uhlenfrau an. Die schien ganz in Gedanken versunken zu sein. Schließlich fragte Lisa: »Und? Weißt du schon etwas?«

»Hab noch Geduld«, antwortete die Uhlenfrau. »Ich habe ein wenig Schwierigkeiten, die Vögel deiner Welt zu verstehen. Sie sprechen in für mich ungewohnten Dialekten.«

Erneut schwiegen sie, während die Vögel um sie herumtollten. Dann plötzlich hellte sich die Miene der Uhlenfrau auf. »Gibt es hier Kneipen?«

»Was genau meinst du damit?«

»Na, ich meine Lokale, in denen zum Beispiel Männer an der Theke stehen und Bier trinken. Es muss eines geben, dass an einer Kreuzung liegt und nicht weit von hier entfernt ist.«

Lisa nickte. »Ja, stimmt.«

»Führe uns dorthin. Schnell, beeile dich!«, verlangte die Uhlenfrau.

Lisa schlug den Weg zu einem Lokal ein, das auf der Hauptstraße lag und *Zum Schwarzen Ross* hieß, es war nur einige Minuten entfernt. Die Uhlenfrau schien aufgeregt und erfreut zu sein. »Mit ein wenig Glück haben wir den Namenlosen schon gefunden. Ein Spatz hat nämlich seinen Freunden erzählt, dass zwei Vagabunden einem merkwürdigen Mann begegnet sind und schnell erkannt haben, welch ausgesprochen seltene Talente er hat.«

»Und deshalb suchen wir jetzt diese Kneipe auf?«, fragte Lisa erstaunt.

»Ja«, bestätigte die Uhlenfrau. »Ich habe es nicht genau verstanden, was der kleine Vogel sagte, weil es das, wovon er sprach, in meiner Welt nicht gibt. Aber der namenlose Reisende ist für die beiden Vagabunden eine Art Wohltäter.«

Das verstand Lisa erst, als sie das *Schwarze Ross* erreichten. Sie traten ein und betrachteten vom Eingang aus einen Moment das Bild, das sich ihnen bot: Mehrere ältere Männer standen am Tresen und sahen vergnügt zu, was zwei weitere Männer in ärmlicher und verschmutzter Kleidung und der namenlose Fremde mit drei Spielautomaten veranstalteten. Der Wirt spülte hinter der Theke Gläser und sah ebenfalls zu, allerdings mit ausgesprochen düsterer Miene.

Die beiden Vagabunden führten den Fremden gerade vom linken zum mittleren Spielautomaten und sagten: »So, jetzt den hier. Mach schon, Kumpel!« Der eine Stadtstreicher steckte Münzen in den Automaten, die Walzen begannen sich zu drehen und der Fremde legte eine Hand auf das Abdeckglas. Er schloss einen Moment die Augen und schien sich auf etwas zu konzentrieren. Plötzlich blieben die Walzen stehen, der Apparat begann zu blinken und zu flackern. Eine Glocke ertönte mehrmals. Die beiden Vagabunden jubelten laut, die Männer an der Theke lachten und klatschten Beifall. Einer der Stadtstreicher schaufelte sich sichtlich erfreut jede Menge Münzgeld in die Hosentaschen.

»Das ist der Fremde«, sagte Lisa leise zur Uhlenfrau.

»Das habe ich mir schon gedacht«, antwortete genauso leise die Uhlenfrau. »Das Geld für das alte Brot war gut angelegt. Was geht hier vor?«

Lisa erklärte: »Die beiden Männer in der schmutzigen Kleidung sind arme Schlucker, die in der Stadt normalerweise betteln. Ich kenne sie vom Sehen. Und der Fremde kann wohl mit seinen Fähigkeiten die Automaten so beeinflussen, dass sie Geld ausspucken, was sonst nur ganz selten vorkommt. Die meisten Leute verlieren an den Dingern ihr Geld.«

»Warum tun die Leute das denn? Warum stecken sie ihr Geld hinein? Wie funktionieren die Automaten?«, fragte die Uhlenfrau verwundert.

»Genau weiß ich es nicht«, antwortete Lisa, »aber wenn man Münzen hineinwirft, drehen sich die Walzen an den Automaten, und wenn sie stehen bleiben und die gleichen Symbole oder Zahlen zeigen, gewinnt man seinen Einsatz und noch mehr Geld dazu. Aber das ist nur ganz selten der Fall, wie schon gesagt. Doch die Leute, die an diesen Automaten spielen, hoffen immer auf einen Gewinn, obwohl sie es besser wissen müssten.«

»So etwas Dummes! Aber unser gesuchter Freund ist wirklich erstaunlich.« Die Uhlenfrau lächelte nachdenklich. »Jetzt haben wir zwar den Mann gefunden, aber er befindet sich in Gesellschaft. Und die beiden Bettler werden ihren neuen Freund nicht so ohne weiteres aufgeben wollen. Ich muss mir etwas einfallen lassen.«

»Vielleicht habe jetzt ich eine Idee«, sagte Lisa. Sie ging an die Theke und winkte den Wirt heran. Leise sagte sie: »Möchten Sie, dass das große Gewinnen an dem Automaten aufhört?«

Mit brummiger Miene sah der Wirt Lisa an. »Natürlich, aber ich kann denen das Spielen doch nicht verbieten. Solange sie ihre Getränke bezahlen und sich einigermaßen gut benehmen, kann ich sie nicht rausschmeißen.«

Lisa flüsterte dem Mann etwas ins Ohr. Daraufhin begann dessen Gesicht zu leuchten. Er warf das Geschirrtuch, mit dem er Gläser poliert hatte, weg und griff eilig zu Telefon und Telefonbuch. Er blätterte schnell, wählte dann eine Nummer und sprach leise in den Hörer. Dann legte er auf. »Danke für den Tipp!«, sagte er zu Lisa.

Lisa ging zur Uhlenfrau zurück. »Wir bekommen gleich Hilfe«, sagte sie, »und die hat der Wirt organisiert. Wenn die Automaten leer gespielt werden, verringert das nämlich seinen Verdienst.«

»So etwas Verrücktes!«, sagte die Uhlenfrau verwundert lächelnd.

Ein wenig Zeit verging. Weil auch der zweite Spielautomat bald kein Geld mehr enthielt, wandten sich die beiden Vagabunden und der Fremde nun langsam dem dritten und letzten zu, und der Wirt wurde immer nervöser und zappeliger. In diesem Augenblick öffnete sich erneut die Eingangstür. Fünf Mönche traten ein. Alle waren in dunkelbraune Kutten gekleidet, die bis fast auf den Boden reichten. Darunter waren einfache, derbe Schuhe zu sehen. Der vorderste der Mönche sah dem Fremden ein wenig ähnlich, denn auch er hatte einen grauen Bart. Allerdings war sein Kopf schon ziemlich kahl. Mit strenger Miene sah er sich um. Sofort wurde er auf die Männer am Spielautomaten aufmerksam, verdrehte in stillem Bedauern die Augen und bekreuzigte sich. Seine Mitbrüder taten es ihm nach. Dann trat der Mönch auf den Fremden zu und musterte erstaunt dessen Kutte. Die beiden Vagabunden sahen den Mönchen mit Misstrauen und verärgerten Mienen entgegen. Sie ahnten wohl schon, dass ihr Siegeszug an den Spielautomaten bald ein Ende haben könnte.

»Ich bin Bruder Kunibert, Abt des Klosters der Genügsamen Brüder. Mein lieber Bruder in Christo, von welchem Orden bist du?«

Der Fremde wandte sich von dem Spielautomaten ab und sah den Mönch an. »Ich weiß es nicht«, antwortete er. Darauf bekreuzigte sich Bruder Kunibert ein zweites Mal.

Der Fremde fuhr mit sachlicher Stimme fort: »Ich weiß nicht einmal, ob ich überhaupt einem Orden angehöre.«

Bruder Kunibert sagte leise »Unser barmherziger Herr stehe dir bei« und bekreuzigte sich erneut. Die anderen Mönche folgten seinem Beispiel.

»Hey, Kumpel, der dritte Automat wartet«, sagte der eine Vagabund und versuchte Abt Kunibert abzudrängen. Der aber fasste den Obdachlosen an der Schulter und sagte: »Wir sind nicht hierher gekommen, um Streit anzufangen, aber Sie werden diesen armen, verwirrten Menschen nicht länger ausnutzen.«

»Der ist gleich nicht mehr arm, wir teilen ja mit ihm«, wandte der zweite Vagabund ein.

Der Abt ließ sich nicht einschüchtern. »Uns Mönche verlangt es nicht nach irdischem Reichtum. Unser Glück liegt in unserem Glauben und einem Leben in Entsagung.« Wieder bekreuzigten sich der Abt und die anderen Mönche.

Der Wirt schien nun den rechten Moment zum Eingreifen zu sehen. »Wenn ihr zwei Typen Ärger anfangen wollt, dann schmeiße ich euch hier im hohen Bogen raus«, ließ er sich von hinter dem Tresen vernehmen. Dann raunte er so leise, dass Lisa und die Uhlenfrau es kaum hören konnten, einem der Männer an der Theke zu: »Albert, geh mal zu dem Spielautomaten, der noch nicht leer ist, und stecke ein bisschen was rein. Das Geld, das du verlierst, bekommst du hinterher von mir wieder und noch einen Doppelkorn dazu. Los, mach schon, bevor der dritte Apparat auch noch leer ist.«

Der Mann zwinkerte dem Wirt zu und ging zu dem Automaten. Er steckte Geld hinein und die Walzen begannen sich zu drehen. Jetzt erst bemerkten die Stadtstreicher, die von den Mönchen abgelenkt worden waren, dass ihnen beim dritten Automaten jemand zuvorgekommen war, sahen das zufriedene Grinsen des Wirtes und fingen an, mit dem Mann namens Albert zu streiten. »Hey, an dem Automaten wollten wir jetzt spielen. Hau ab!«

»Ihr habt doch schon an den anderen gespielt, jetzt bin ich mal dran«, sagte der Angesprochene.

Der Wirt mischte sich auch wieder ein. »Lasst meine Stammgäste in Ruhe, sonst fliegt ihr hier raus. Ich sage es kein drittes Mal.«

In dem ganzen Tumult legte der Fremde seine Hand an den dritten Automaten, wie er es auch schon bei den anderen hatte tun sollen. Die Walzen blieben stehen und zeigten fünf goldene Sterne. Der Apparat begann zu klingeln und zu flackern, und Albert jubelte: »Ich hab gewonnen! Ich hab gewonnen!« Die anderen Männer an der Theke lachten schallend, weil der Plan des Wirtes nicht aufgegangen war, denn Albert würde den Gewinn nun natürlich behalten. Der Wirt warf fluchend sein Geschirrtuch in die Ecke. Die Vagabunden aber ärgerten sich maßlos und fingen an Albert grob anzurempeln. Der ließ sich das nicht gefallen, wehrte sich und bekam auch Verstärkung. Im Nu war da nur noch ein Haufen ringender und schreiender Männer, und die Mönche hatten alle Mühe, sich herauszuhalten. Barhocker fielen um, Gläser gingen zu Bruch, der Wirt kam tobend hinter der Theke hervor. Ein kleiner alter Mann war an der Theke stehen geblieben und trank im allgemeinen Trubel schnell alle Gläser leer, die da noch standen. Danach schnappte er sich einen Senftopf, der auf der Theke stand, und schleuderte mit dem kleinen Löffel Senf auf das Schlachtfeld. Allerdings traf er nicht nur die Vagabunden, sondern auch seine Freunde. Albert konnte plötzlich nichts mehr sehen, da beide Brillengläser voll Senf waren. Die Glatze des Wirtes, der mittlerweile im Zentrum des Geschehens angekommen war, bekam auch etwas ab.

In diesem Gewühle flitzten Lisa und die Uhlenfrau zu dem Fremden, der desinteressiert und teilnahmslos am Rande des Spektakels stand, nahmen ihn an den Händen und zogen ihn fort. »Kommt mit uns, hier seid Ihr in Gefahr. Vertraut mir!«, sagte die Uhlenfrau.

Unbemerkt verließen sie das Lokal und den Tumult, der dort tobte. Der Lärm war bis auf die Straße zu hören, und die Leute, die vorbeigingen, sahen verwundert hoch und fragten sich, was in dem Lokal wohl vorging. Ein Mann, der die Kneipe gerade hatte betreten wollen, drehte sich an der Tür um und suchte schleunigst das Weite.

Lisa wandte sich ohne Zögern Richtung Rathaus, während die Uhlenfrau begann den Fremden auszufragen.

»Wie ist Euer Name?«

»Ich weiß es nicht«, antwortete der Fremde.

»Woher kommt Ihr? Was ist Euer Beruf?«

»Auch das weiß ich nicht.«

»Aber Ihr müsst doch wissen, wer Ihr seid und was Ihr beruflich macht!«, beharrte die Uhlenfrau.

»Wieso denn, Ihr wisst es doch auch nicht, sonst würdet Ihr mich das nicht fragen!«, entgegnete der Fremde ungerührt.

Die Uhlenfrau seufzte. »Da es um Eure Person geht, solltet Ihr diese Fragen eher als ich beantworten können. Woher habt Ihr diese merkwürdigen Fähigkeiten?«

»Welche meint Ihr?«

Lisa mischte sich in das Gespräch ein. »Auf der Rennbahn habt Ihr die Geräusche eines Rennens, das zu dem Zeitpunkt nicht stattfand, irgendwie herbeigezaubert. Wieso könnt Ihr das? Und was war mit den Spielautomaten in dem Gasthaus?«

»Ich weiß es nicht.«

»Nun gut.« Die Uhlenfrau blieb einen Moment stehen und sah dem Fremden eindringlich in die Augen. »In der Jahreszeitenwelt ist die Zeit stehen geblieben. Ich möchte, dass Ihr dorthin mit uns zurückkehrt. Ich habe die Hoffnung, dass Ihr dort die Zeit wieder in Gang setzen könnt. Das Ganze ist ein Werk Adragars. Glaubt Ihr, dass Ihr uns helfen könnt?«

»Wo ist die Jahreszeitenwelt?«

Lisa sagte: »Das ist die Welt, in der Ihr den rothaarigen Jungen getroffen habt. Den habt Ihr in diese Welt gebracht, weil er mich suchte. Erinnert Ihr Euch noch daran?«

Nun schloss der alte Mann müde die Augen und blieb stumm.

»Bitte, Ihr müsst Euch daran erinnern. Wir gehen jetzt in das Rathaus und laufen die Wendeltreppe in dem einen Turm hinunter. Dann kommen wir in die Jahreszeitenwelt zurück. Wisst Ihr das nicht mehr?«

Der alte Mann bedeckte die Augen mit einer Hand und sagte schleppend: »Ach so, ja, diese Welt meint Ihr. Ja, da war etwas. Ich erinnere mich.«

Lisa und die Uhlenfrau sahen einander mit neuer Hoffnung

an, während der Fremde weitersprach: »Aber wenn wir zu dritt dorthin reisen wollen, geht das nicht mit der Turmtreppe. Dort können immer nur höchstens zwei Personen reisen.«

Aha, dachte Lisa, also deswegen kam der freche Fritz nicht mit hierher. Und die drei Ganoven nicht nach Herbstland! »Wo müssen wir dann hin?«, fragte sie. »Gibt es eine andere Treppe?«

Der Fremde holte den Gegenstand aus der Kutte, den er schon auf der Rennbahn zu Rate gezogen hatte. Neugierig sahen Lisa und die Uhlenfrau darauf. Das Gerät war etwa drei Zentimeter hoch, rund und aus einem dunklen Metall. Durch eine Glasscheibe blickte man auf mehrere runde Skalen. Die innerste war eine Kompassrose, darum wand sich das Zifferblatt einer Uhr. Am äußersten Rand war eine Skala mit merkwürdigen Symbolen, die Lisa nicht kannte. Alle drei Skalen drehten sich, aber die Geschwindigkeiten waren unterschiedlich, manchmal blieb auch eine stehen, drehte sich dann weiter oder drehte sich in die andere Richtung. Es waren mehrere Zeiger an diesem seltsamen Instrument. Auch sie bewegten sich.

»Was ist das nur?«, fragte Lisa fasziniert.

»Ich habe vergessen, wie es heißt«, sagte der Fremde. »Aber meistens komme ich damit zurecht. Eins weiß ich genau: Wenn einer der Zeiger auf Süden steht und ein weiterer zeigt auf zwölf Uhr, dann bekomme ich bald ein leckeres Mittagessen.« Dabei leckte sich der Mann die Lippen.

»Und wie benutzt man dieses Gerät?«, wollte Lisa wissen.

»Ich weiß es nicht genau«, bekannte der Fremde.

»Darf ich es auch mal halten?«, fragte Lisa.

»Warum nicht?« Bereitwillig händigte der Mann das merkwürdige Instrument Lisa aus. Mit Überraschung bemerkten alle drei, dass sämtliche Bewegungen der Skalen und Zeiger aufhörten, sobald der alte Mann das Gerät aus der Hand gab. Lisa nahm es und hatte gerade festgestellt, dass es viel schwerer war, als sie erwartet hatte, als das Glas dunkel wurde und den Blick auf die darunter liegenden Skalen und Zeiger verbarg. Schnell gab Lisa es zurück und die Uhlenfrau sagte: »Es scheint nur zu funktionieren, wenn Ihr es in der Hand haltet.«

Kaum hatte der seltsame Fremde das Gerät zurückerhalten, als auch das Glas wieder durchsichtig wurde und die Bewegung unter der Glasscheibe erneut einsetzte. »Mir scheint, dass Ihr Recht habt«, sagte er.

»Wir sollten machen, dass wir hier wegkommen, sonst holen uns vielleicht wieder diese fiesen Kerle ein«, warnte Lisa.

»Gut, meinetwegen«, sagte der Fremde, »aber wir müssen diese Richtung einschlagen.«

Damit wandte sich der Fremde in Richtung Süden. Er ging ein paar Schritte, blieb stehen und warf einen langen Blick auf das Instrument, nickte und ging weiter. »Jawohl, wir müssen hier entlang.«

Lisa und die Uhlenfrau warfen sich einen langen Blick zu, folgten dem Namenlosen aber ohne Widerspruch. Lisa registrierte, dass sie in Richtung einer breiten Allee gingen, auf deren beiden Seiten Jugendstilvillen standen. Über die Mitte dieser Allee zog sich eine Fläche, die die beiden Fahrspuren trennte und auf der hohe Kastanienbäume standen, unter denen einige Autos geparkt waren. Diese schöne Allee war nach dem römischen Feldherrn Drusus benannt.

»Wenn wir in diese Richtung weitergehen, kommen wir in den Stadtpark«, sagte Lisa und sah dabei zweifelnd den Fremden an. Wo sollten sich da Treppen für diese Art Reise finden, die sie ins Herbstland zurückbringen würde?

Der Namenlose ging ohne Zögern weiter. »Stadtpark?«, fragte er. »Ach so, ja, das ergibt einen Sinn.«

»Wieso?«, fragte Lisa.

»Keine Ahnung«, antwortete der Namenlose achselzuckend.

Lisa und die Uhlenfrau tauschten einen weiteren langen Blick.

Schweigend gingen sie weiter. Kurz vor Erreichen des Stadtparks blieb der Fremde noch einmal stehen, um seinen Kompass oder was immer es war zu Rate zu ziehen. Nickend ging er dann weiter. So betraten sie den Park und standen wenige Minuten später vor einem Weiher. Der Fremde streckte die Hand aus und zeigte auf die Ruderboote, die in der Mitte der Wasserfläche an einem Pflock befestigt waren. »Davon müssen wir eines haben«, sagte er.

»Aber der Bootsverleih hat nur am Wochenende geöffnet«,

sagte Lisa. »Wir können jetzt nicht Boot fahren. Außerdem müssen wir doch ins Herbstland zurück.«

»Wir brauchen eines dieser Boote«, beharrte der Fremde und zeigte weiterhin mit ausgestrecktem Arm darauf.

»Ich könnte meine Eulengestalt annehmen und zu den Booten fliegen«, bot die Uhlenfrau an, »dann verwandle ich mich wieder in Menschengestalt und …«

»Nicht nötig«, sagte der Fremde. Eines der Boote kam langsam in Fahrt, schien an dem Seil zu ziehen, mit dem es am Pflock vertäut war, dann löste sich der Knoten und das nun freie Boot trieb langsam auf die am Ufer Stehenden zu.

»Na also!«, sagte der Fremde.

Lisa und die Uhlenfrau waren verblüfft. Sobald das Boot das Ufer erreicht hatte, hob der Fremde ein wenig seine Kutte an und stieg ohne zu zögern ein, wobei der Kahn stark zu schaukeln anfing. Einen Augenblick lang sah es so aus, als würde er kentern und der alte Mann im Weiher landen, doch schließlich ließ die Bewegung nach und das kleine Boot lag wieder still auf der Wasseroberfläche.

Nun setzte sich der Fremde wesentlich vorsichtiger in das Heck, zeigte auf die Ruder und sagte: »Kennt sich vielleicht jemand damit aus?«

»Ja, ich«, rief Lisa. Geschickt kletterte sie an Bord, setzte sich in die Mitte des Bootes und griff nach den Rudern. Die Uhlenfrau kam langsam und vorsichtig ebenfalls näher und setzte sich in den Bug. Mit einem Ruder stieß Lisa vorsichtig vom Ufer ab. »Und jetzt?«, fragte sie den Fremden.

»Rudern«, sagte dieser.

»Aber wohin?«, fragte Lisa. »Welche Richtung?«

»Egal«, lautete die Antwort.

Also ruderte Lisa den kleinen Kahn auf den Weiher hinaus. Einmal drehte sie sich kurz um und warf der Uhlenfrau einen Blick über die Schulter zu. Die Uhlenfrau antwortete mit Achselzucken. Der Fremde hatte vielleicht Lisas unausgesprochene Frage mitbekommen, denn er antwortete: »Es muss jeden Moment anfangen.«

»Was denn?«, fragten Lisa und die Uhlenfrau wie aus einem Mund.

Zum ersten Mal zeigte der Fremde so etwas wie eine Gemütsregung. »Gleich geht es rund!«, rief er leise, aber eindeutig vergnügt.

Lisa bemerkte einige Sekunden später, dass sie die Kontrolle über das Boot verlor. Es reagierte nicht mehr auf Ruderschläge, sondern blieb auf einer Stelle stehen und begann sich langsam um sich selbst zu drehen.

»Was wird das denn?«, fragte sie. Angst beschlich sie. Es war das gleiche Gefühl, mit dem sie einmal die Fahrt auf einer großen Achterbahn begonnen hatte. Tatsächlich wurde das Drehen schneller und Lisa musste sich festhalten. Woher kam diese Bewegung überhaupt? Befand sich im dunklen Wasser des Weihers ein böses Untier, das mit dem Boot spielte? Dem Fremden schien die Rotation nicht das Geringste auszumachen, doch Lisa hörte die Uhlenfrau leise stöhnen. »Bei allen Federn, ich glaube, mir wird schlecht!«

Kann ich verstehen, dachte Lisa, denn die Kreiselbewegung war nun so schnell, dass sie fürchtete, aus dem Boot zu kippen. Die Umgebung verschwamm und war bald nicht mehr zu erkennen. Ringsum war alles grau, dann dunkel.

»Also bitte«, ertönte im sachlichen Tonfall die Stimme des Fremden, »man bemerke, dass die Drehung entgegen der Rotation dieses Planeten erfolgt.«

Mein Gott, wie interessant, ich sterbe gleich, wollte Lisa rufen, aber die Worte blieben ihr im Hals stecken. Doch dann wurde die Drehung langsamer, die Geschwindigkeit ließ mehr und mehr nach. Das ging ja gerade eben noch gut, dachte Lisa. Erschöpft nahm sie zur Kenntnis, dass die Umgebung wieder sichtbar wurde. Allerdings war der Park verschwunden. Ringsum lagen Felder und Äcker. Es war halb dunkel. Als schließlich das Boot stillstand und leise auf der Wasseroberfläche eines Teiches dümpelte, erkannte Lisa am einen Ufer einen kleinen Wald, und auf der anderen Seite lag hinter einigen Feldern unverkennbar Stadt und Burg Erntedank. Über allem spannte sich der Vorabendhimmel, den Lisa schon gesehen hatte.

»Ich glaube, hier wolltet Ihr hin«, sagte der Fremde. »Nun gut, wir sind am Ziel.«

»In der Tat«, ächzte die Uhlenfrau, »aber den Weg hierher habe ich mir nicht so strapaziös vorgestellt.«

»Ich auch nicht«, antwortete Lisa, die immer noch gegen die Übelkeit ankämpfte. »Dagegen war das Rennen über die Turmtreppen ja harmlos.«

Der Namenlose sagte nichts, schien aber überrascht zu sein, dass seine Reisegefährten von der seltsamen Bootsfahrt ein wenig mitgenommen waren. »Könntest du uns bitte zum Ufer rudern?«, fragte er Lisa.

Lisa nickte und setzte langsam und ein wenig kraftlos die Ruder in Bewegung. Sie erreichten das Ufer, kletterten sehr vorsichtig aus dem Boot und blieben zunächst einfach stehen, der Fremde kerzengerade, Lisa und die Uhlenfrau mit wackligen Knien oder Beinen. Nachdenklich sagte Lisa: »Das Boot haben wir eigentlich gestohlen. Wir sind jetzt Diebe, nicht wahr?«

»Keineswegs«, sagte der Fremde. »Wir haben das Boot nur ausgeliehen.«

»Aber es ist nicht mehr da, wo es hingehört«, widersprach Lisa matt.

»Dauert nicht mehr lange«, sagte der Fremde gelassen. »Das regelt sich ganz von selbst.«

Er hatte noch nicht ausgesprochen, da setzte sich der kleine Kahn wie von Geisterhand langsam in Bewegung, schien magisch vom Mittelpunkt des Teiches angezogen zu werden und begann sich zu drehen, langsam erst, dann immer schneller, bis die Konturen des Bootes verschwammen und nur noch ein wirbelndes Etwas zu sehen war.

O Gott, und da habe ich eben dringesessen, dachte Lisa, der erneut übel wurde. Die Uhlenfrau schien ähnlich zu empfinden, denn sie wandte dem Teich schnell den Rücken zu.

Dann war das Boot verschwunden, von einem Augenblick auf den anderen. Der Fremde lächelte zufrieden. »Und was machen wir jetzt?«, fragte er.

Lisa zeigte mit zitterndem Finger auf Erntedank und sagte: »Wir gehen zu der Burg da.«

Die Uhlenfrau, die immer noch ein wenig weiß im Gesicht aussah, sagte: »Ich fliege schon mal voraus. Ich muss mich erholen.« Sie wirbelte um die eigene Achse, der Stoff des Kleides begann zu fliegen und schon verwandelte sie sich in die Eulengestalt. »Noch einmal mache ich so eine Tortur nicht mit«, rief sie im Davonfliegen.

Vor dem nächsten Wechsel in meine Welt werde ich fragen, wie es funktionieren wird, dachte auch Lisa. »Gehen wir«, sagte sie laut und setzte sich über einen Feldweg in Richtung Erntedank in Bewegung.

Der Fremde folgte ihr.

ERKENNTNISSE AUS DEN ALTEN SCHRIFTEN

Es dauerte eine Weile, bis Lisa und der Namenlose den Weg bis Erntedank zurückgelegt hatten. Der Marsch war für Lisa zum einen beschwerlich, da sie noch unter den Nachwirkungen der Bootsfahrt litt. Zum anderen war es auch noch ziemlich langweilig, da eine Unterhaltung mit dem Fremden nicht möglich war. Seine Beiträge zu Lisas Bemühen, ein Gespräch in Gang zu bringen, beschränkten sich auf »Ich weiß es nicht« und »Könnte sein« oder »Schon möglich, wenn du meinst«. Schließlich gab sie es auf.

Den Wachen von Stadt und Burg Erntedank war Lisa noch bekannt, sodass sie und der Fremde ohne Zögern eingelassen wurden. Sie fragte am Eingang zum Haupthaus, wo zurzeit der König, die Wissenschaftler und die Minister zu finden seien. Der Hauptmann ging mit und führte sie durch die Gänge der Burg zur Bibliothek.

Die Bibliothek war riesig. Beeindruckt starrte Lisa in eine

große Halle. An den Wänden Bücherregale, die bis unter die Decke reichten, in der Mitte Tische und Stühle. Hier saßen die Minister, die Wissenschaftler und noch einige andere Leute und lasen oder blätterten in Büchern. Der König rüttelte gerade einen Mann am Arm, der über der Lektüre eingeschlafen war. Diener gingen mit Büchern auf den Armen zwischen den Regalen und den Tischen hin und her. Einige Männer standen auf Leitern, die an die Regale gelehnt waren, und suchten nach bestimmten Bänden oder stellten Bücher wieder weg.

Eine Eule flatterte an der höchsten Regalreihe entlang. Lisa vermutete, dass die Uhlenfrau auf diese Weise nach einem bestimmten Buch suchte.

Von einem der Tische sah der freche Fritz auf. Er strahlte, als er Lisa sah, die erschrocken den Verband um seine Stirn bemerkte. »Euer Majestät«, sagte der freche Fritz, »die Dame Lisa ist zurück. Und das ist der Fremde ohne Namen.«

Der König sah auf, erhob sich und ging den Neuankömmlingen freundlich lächelnd entgegen. »Wie schön, dass Ihr zurück seid, Dame Lisa. Auch Ihr seid willkommen, wer immer Ihr sein mögt.« Der König schüttelte dem Namenlosen die Hand.

»Seid Ihr sicher?«, fragte der Mann in der Kutte überrascht.

»Aber natürlich«, sagte der König.

»Aber Ihr wisst nicht, wer ich bin, ich selbst weiß es ja auch nicht, wie könnt Ihr dann sicher sein, dass ich hier tatsächlich willkommen bin?«

Darauf wusste der König keine Antwort und sah den Fremden für Sekunden ein wenig ratlos an.

Die Uhlenfrau kam herangeflattert und nahm dicht über dem Boden ihre menschliche Gestalt an. »Gut, dass Ihr endlich da seid. Versteht Ihr Euch auf die Kunst des Lesens?«

Der Namenlose dachte eine Weile nach. »Es könnte sein, ich müsste es ausprobieren. Warum fragt Ihr?«

Die Uhlenfrau antwortete: »Wie bereits gesagt, in dieser Welt ist die Zeit stehen geblieben. Wir alle suchen in diesen Büchern nach Informationen, die uns dabei helfen könnten, diesen Zustand zu beenden. Und da Ihr Euch zweifellos darauf versteht, mit der Zeit umzugehen, findet Ihr vielleicht auch das passende Buch. Immer vorausgesetzt natürlich, eine solche Information ist in dieser Bibliothek überhaupt zu finden.«

In diesem Augenblick ertönte lautes Gelächter. Ein Minister las in einem Buch und hielt sich dabei den Bauch vor Erheiterung. »Das ist ja herrlich! Meine Herren, das müsst Ihr auch lesen, es ist einfach köstlich!«

Sogleich eilten einige Männer zu dem Minister und sahen ihm über die Schulter. Auch sie begannen zu lachen. Der König ging zu der Gruppe von Männern, nahm das Buch auf und las den Titel laut vor: »*Der abenteuerliche Simplicissimus Herbst, von Hans Jakob Christoffel von Herbsthausen. Ein Schelmenroman.* Glaubt Ihr ernsthaft, in diesem Buch etwas zu finden, das uns hilft, die gegenwärtige Situation zu ändern?«

Die Herren wurden sofort wieder ernst und zerstreuten sich. Der Minister, der in dem Buch gelesen hatte, schlug verlegen die Augen nieder. »Nein, Euer Majestät. Ich werde mir sogleich ein besseres Buch suchen.«

»Ich bin sehr gespannt, worauf Eure Wahl fällt«, sagte der König mit einem ironischen Lächeln auf den Lippen.

In der Zwischenzeit war Lisa zum frechen Fritz gegangen. »Was ist denn mit deinem Kopf passiert?«, fragte sie besorgt.

»Erinnere mich nicht daran«, sagte er, wobei er die Rechte vorsichtig an den Verband legte. »Das ist eine dicke Platzwunde. Als ich hinter der Uhlenfrau und dir die Wendeltreppe hinuntergejagt bin, hat irgendetwas mit der Reise in deine Welt nicht geklappt. Ich bin am Fuße des Turms gegen die Mauer geknallt. Mann, das tat vielleicht weh!«

»Oje«, sagte Lisa mitfühlend und legte dem Jungen die Hand leicht auf die Stirn. »Inzwischen weiß ich, warum es nicht geklappt hat. Der Namenlose hat gesagt, dass immer nur zwei Personen über eine solche Treppe reisen können. Da du als Letzter gelaufen bist, konntest du nicht mit in meine Welt wechseln. Als wir jetzt zu dritt ins Herbstland zurückgereist sind, sind wir mit einem Boot hierher gekommen. Aber das war auch nicht gerade angenehm.« Lisa schilderte ihre ungewöhnliche Reise und der freche Fritz grinste breit. Darüber war Lisa erbost. »Dir würde so etwas wohl auch noch Spaß machen, wie?«, fragte sie.

Der freche Fritz sagte nichts, grinste aber noch breiter.

Der Namenlose war zu Lisa und dem Jungen getreten. Er betrachtete interessiert den Verband um den Kopf des frechen Fritz und fragte: »Tut das sehr weh?«

Der freche Fritz nickte vorsichtig, wobei ihm das Grinsen verging. Der Fremde legte behutsam die Hand auf den Verband und schloss die Augen, gerade so, wie er es in Lisas Welt an den Spielautomaten gemacht hatte. Dann öffnete er die Augen wieder und sagte: »Entgegen der weit verbreiteten Meinung kann die Zeit nicht alle Wunden heilen, aber solche schon. Tut es noch immer weh?«

Auf dem Gesicht des Jungen zeigte sich Verblüffung. Er nahm den Verband langsam von seiner Stirn. »Nein, überhaupt nicht mehr! Wie sieht es aus?«

Lisa betrachtete die Stirn des frechen Fritz. Nicht der kleinste Kratzer war zu sehen!

Der König und die anderen Männer waren näher getreten und starrten den Namenlosen respektvoll an. »Unglaublich!«, rief einer und »Habt Ihr das gesehen, meine Herren!« ein anderer.

Die Uhlenfrau kratzte sich nachdenklich die Nase. Schließlich fragte sie den Fremden: »Ich habe es gerade eben schon angesprochen: Wäret Ihr in der Lage, aus dieser Unzahl von Büchern diejenigen herauszufinden, die das Thema Zeit behandeln? Und könntet Ihr speziell die suchen, die schildern, wie man die Zeit anhalten könnte?«

»Ich will es gerne versuchen«, sagte der Fremde. Er zog aus seiner Kutte das Instrument, das Lisa, die Uhlenfrau und der freche Fritz schon gesehen hatten. Unter dem Staunen der Wissenschaftler und Minister, die alle versuchten, dem Fremden über die Schulter zu sehen, schritt der Namenlose durch die Halle, wandte sich hierhin und dorthin, immer den Blick auf die Skalen und Zeiger gesenkt. Einige Minuten schritt er so durch die Bibliothek, den Tross der anderen Männer hinter sich herziehend. Endlich ging er zielstrebig auf ein Regal zu und blieb plötzlich stehen. Die Herren hinter ihm taten es auch, aber einige, die nicht aufgepasst hatten, stießen mit den Köpfen aneinander.

»Hier müsste etwas sehr Interessantes zu diesem Thema stehen«, sagte er, den Blick unverwandt auf das Instrument gerichtet, mit der Hand nach oben weisend. »Elfte Reihe von unten, neunzehnter Band von rechts.«

Sofort kam auf einen Wink des Königs ein Diener herbeigeeilt, legte eine Leiter an das Regal und suchte an der bezeichneten Stelle. Er nahm den Band heraus und reichte ihn dem König. Der sah gespannt auf den Titel, runzelte dann aber die Stirn.

Lieder der Bauern des Herbstlandes zur Erntezeit. Der König sah den Fremden mit einer gewissen Enttäuschung und aufkeimender Skepsis an. »Seid Ihr sicher, dass wir dieses Buch suchen?«

»Nun, es hat immerhin mit Zeit zu tun, oder?«, verteidigte der Fremde seinen Fund. »Außerdem bin ich sehr musikalisch und liebe Chöre. Aber ich versuche es gern ein zweites Mal.«

Er begann wieder durch die Bibliothek zu wandern und wieder zog er die anderen Männer hinter sich her. Wie der Rattenfänger von Hameln, dachte Lisa. Der Fremde blieb vor einem Regal stehen, zog einen Band heraus und reichte ihn der Uhlenfrau. »Ist dies das richtige Buch?«, fragte er.

Die Uhlenfrau betrachtete den Titel. Er lautete *Blitzschnelle Menüs. Ein Kochbuch für Köche, die keine Zeit haben.* »Nein, das ist es nicht. Die Bücher, die wir suchen, sollen das Thema Zeit an sich behandeln.«

»Ach so!«, sagte der Fremde. Als Nächstes fand er die Titel *Meine Zeit bei den Pygmäenpiraten, Ein Reisebericht. Zeitverschwendung in der Verwaltung, Eine kritische Betrachtung* und *Nur an deiner Seite hat meine Zeit Sinn, Ein Liebesroman.* Mit jedem Buch, das er fand, wurde seine Anhängerschar kleiner. Schließlich ging er in der Bibliothek allein hin und her, niemand folgte ihm mehr. Die Wissenschaftler und Minister wandten sich wieder ihrer bisherigen Tätigkeit des Lesens zu, denn nach den Fehlgriffen des Fremden hatten sie das Zutrauen in seine Fähigkeiten verloren. Lisa, die Uhlenfrau, der König und der freche Fritz verfolgten allerdings immer noch sein Tun. Irgendwann blieb er mitten in der Halle stehen und legte den Kopf ein wenig auf die Seite, als lausche er einer Stimme, die nur er hören konnte. Dann bewegte er sich erst langsam, dann immer schneller auf ein Regal zu. Er kniete davor nieder und zog die untersten Bücher heraus.

»Hier ist ein Buch versteckt worden«, sagte er. »Es hat mit Zeit zu tun, und jemand wollte nicht, dass es gefunden wird.«

Im Nu waren Lisa und der freche Fritz bei ihm, der König und die Uhlenfrau folgten. Hinter den anderen Büchern verborgen, mit der Vorderseite zur Wand, stand ein alter Foliant. Er war in Leder gebunden und der Titel war kaum noch zu entziffern. Das Buch musste sehr alt sein. Der Fremde zog es hervor, legte es auf den nächsten Tisch und schlug es auf. Innen wurde der Titel wiederholt. Er lautete: *Das Mysterium der Zeit.*

»Das klingt schon interessanter«, sagte die Uhlenfrau leise.

»Wer mag das Buch so versteckt haben?«, fragte Lisa, während sie neugierig den letzten Fund des Fremden besah.

»Das können wir vielleicht klären. Wir fragen den Bibliothekar«, sagte der König. »Meister der Bücher, seid so gut und kommt zu mir.«

Ein hagerer Mann mit einer schmalen Brille auf der Nase kam zum König geeilt. Er trug einen schwarzen Gehrock und ausgebeulte Kniebundhosen. »Was wünschen Euer Majestät?«

Der König zeigte auf den alten Folianten und fragte: »Wisst Ihr, wer als Letzter in diesem Buch las?«

Der alte Bibliothekar rückte seine Brille zurecht und studierte blinzelnd den Buchtitel. »Nein, Euer Majestät, offen gesagt, dieser Band ist mir unbekannt. Aber bei der Vielzahl der Bücher hier kann ich nicht jedes einzelne kennen. Welchem Regal habt Ihr es entnommen?«

»Unser Gast, der seinen Namen nicht weiß, fand es hier unten.« Der König zeigte auf das Regal. »Und es war hinter anderen Büchern versteckt. Ich möchte wissen, wer das wohl getan hat.«

Kopfschüttelnd betrachtete der Bibliothekar das Buch und sagte leise: »Ein ungewöhnlicher Titel und ein ungewöhnliches Thema. Das interessiert kaum jemanden.« Dann hob er den Kopf. »Da fällt mir etwas ein. Es war vielleicht zwei Monate, bevor die Zeit stehen blieb, da begann ein junger Mann aus einem fernen Land hier zu studieren. Er war fremdartig gekleidet und auch sein Name klang sehr fremd. Mir fiel von Anfang an auf, dass er sehr fleißig und wissensdurstig war. Er fragte nach Büchern, die über ausgefallene Themen berichten. Einen Zeitraum von wenigstens drei oder vier Wochen verbrachte er fast Tag und Nacht hier. Und eines Tages war er wieder verschwunden.«

»Wie sah er aus?«, fragte die Uhlenfrau.

»Er hatte eine auffallend blasse Haut, sie war eigentlich schon eher weiß. Passt zu jemandem, der immer nur studiert und nie die Sonne sieht, dachte ich damals. Sein Haar allerdings war pechschwarz, ebenso seine Kleidung. Aber wie dem auch sei, ich kam eines Tages zu diesem Regal und sah ihn hier knien. Ich weiß noch ganz genau, dass er erschrocken auffuhr, gerade so, als hätte ich ihn bei etwas Unrechtem ertappt.«

»Gibt es hier ein Register, ein Formular, ein Buch, irgendetwas, in dem sich Besucher der Bibliothek eintragen müssen?«, fragte die Uhlenfrau.

»Selbstverständlich«, antwortete der Bibliothekar. »Die Besucher tragen sich bei mir in einem Buch ein. Ich werde es sofort holen.« Damit eilte er davon.

Die Uhlenfrau begann in dem alten Buch zu blättern. Der König, der freche Fritz und Lisa sahen mit hinein. Lisa fiel es schwer, die verschnörkelten Buchstaben zu entziffern. Ein langweiliges, langatmiges Vorwort wurde überblättert. Dann begann die Uhlenfrau zu lesen. Sie kam allerdings nicht weit, denn schon kam der Bibliothekar zurück und legte ein anderes Buch auf den Tisch.

»Hier diese Eintragung«, sagte er und wies mit dem Finger auf eine Zeile. »Das ist der Name des jungen Studenten. Er hat sich selbst eingetragen.«

Lisa betrachtete die Handschrift und ein kalter Schauer fuhr ihr über den Rücken. Diese Schrift hatte sie schon einmal gesehen auf einer Art Abschiedsbrief, den der freche Fritz in Burg Schwarzenfels verbrannt hatte. Dieser Brief hatte die Androhung von Adragars Rache enthalten.

»Interessant«, murmelte die Uhlenfrau. »Er nannte sich Dar Raga. Das sind die Buchstaben, die den Namen Adragar bilden.«

»Ja, stimmt«, sagte der Bibliothekar verblüfft. »Ist mir bisher gar nicht aufgefallen.«

»Wir dürfen also davon ausgehen, dass sich Adragar unerkannt in Erntedank aufgehalten hat.« Der König presste die Lippen zu einem schmalen Strich zusammen. »Und hier in der Bibliothek hat sie in aller Ruhe an ihren Plänen gearbeitet. Zum Turmeinsturz, das ist ein Skandal!«

Die Uhlenfrau zuckte die Schultern. »Vor Spionen und Einschleichern kann man eben nicht sicher sein. Nun wollen wir doch mal sehen, was Adragar hier studierte und uns vorenthalten wollte.«

»Fritz, kannst du diese Schrift lesen?«, fragte Lisa. »Lies mir doch bitte vor, was da steht!«

Der freche Fritz zuckte die Achseln. »Mit dieser alten Schrift komme ich auch nicht zurecht.«

»Aber du hast doch vorhin mit den anderen Leuten hier über den Büchern gesessen!«

»Ja, schon!« Der freche Fritz grinste breit. »Aber ich habe mir nur die Bilder angesehen. Außerdem macht es immer großen Eindruck, wenn man mit einem nachdenklichen Gesicht über einem Buch hockt.«

»Du Schlingel!«, schimpfte Lisa, musste aber lachen.

Die Uhlenfrau war schon in den alten Text vertieft. »Das ist interessant. Wir haben es hier mit einem sehr frühen Werk der Wissenschaft zu tun. Dennoch erzählt das erste Kapitel eine Legende.« Sie sah sehr nachdenklich auf den Fremden ohne Namen. »Dieser Legende nach ist das Innere der Erde hohl und im Zentrum existiert ein gigantisches Räderwerk. Dieses Räderwerk hält die Zeit in Gang, gerade so wie ein Uhrwerk. Und da es der Pflege, Wartung und Reparatur bedarf, lebt dort seit Urzeiten ein Mann. Sein Name ist Chronologos.«

In den Augen des Fremden blitzte es auf. »Chronologos«, flüsterte er leise und schien dem Klang seiner Stimme nachzulauschen.

»Weckt das in Euch eine Erinnerung?«, fragte die Uhlenfrau, wobei sie den Fremden fest im Blick behielt.

»Ich weiß nicht so recht«, sagte der Angesprochene. »Der Klang dieses Namens ruft in mir ein merkwürdiges Gefühl hervor. Aber soweit ich zurückdenken kann, ist für mich alles mehr oder weniger merkwürdig.«

»Wie weit könnt Ihr Euch zurückerinnern?«, fragte die Uhlenfrau.

»Ich weiß es nicht«, bekannte der Fremde nach kurzem Zögern.

»Lisa, Euer Majestät, Uhlenfrau«, rief der freche Fritz, der neugierig in dem Buch geblättert hatte. »Hier ist ein Bild. Ich finde, da hat jemand unseren fremden Freund gemalt.«

Sofort sahen alle der Uhlenfrau über die Schulter in das Buch. Sie erblickten eine Zeichnung, die einen Raum, eine Halle, vielleicht auch eine Höhle zeigte. Darin waren viele Zahnräder, die ineinander griffen oder über Ketten miteinander verbunden waren. Mehrere Pendel waren zu sehen. Ein Hammer war über einer Glocke angebracht. Und inmitten dieser riesigen Apparatur war ein Mann zu sehen, der eine Kutte und Sandalen anhatte und das Haar und den Bart wie der Namenlose trug.

Einen Moment lang sahen sich der König, die Uhlenfrau, Lisa und der freche Fritz sprachlos an. Der Fremde schien in weite Fernen zu blicken. Die Wissenschaftler und Minister waren aufmerksam geworden und traten näher.

Da die Uhlenfrau sich von den vielen Männern fast erdrückt fühlte, gab sie das Buch weiter. »Ich weiß, es ist eine gewagte Theorie«, sagte sie, »aber nehmen wir einmal an, dass diese Legende auf Wahrheit beruht. Wir haben bereits festgestellt, dass es sich bei dem Studenten um Adragar gehandelt haben dürfte. Wir müssen weiterhin davon ausgehen, dass sie dieses Buch in Händen hielt, vom Inhalt Kenntnis nahm und es versteckte, damit es von uns nicht entdeckt würde. Könnte es da nicht sein, dass sie sich mit ihrer Kusine Hagelhart aufgemacht hat, um diesen Chronologos und sein riesiges Uhrwerk in der Unterwelt zu finden und dort Schaden anzurichten?«

Der König antwortete: »Vermutlich hat sie es bereits gefunden. Wie sonst sollte es ihr gelungen sein, die Zeit anzuhalten?«

»Und der Mann, der das Uhrwerk behütete, wurde seiner Erinnerungen beraubt und davongejagt«, ergänzte Lisa aufgeregt.

»So könnte es gewesen sein«, sagte die Uhlenfrau leise lächelnd.

Der freche Fritz war skeptisch. »Wieso hat sie das Buch nur versteckt? Wieso hat sie nicht versucht, es zu vernichten?«

»Es dürfen keine Bücher aus dieser Bibliothek entfernt werden«, wandte der König ein. »Jeder kann hier lesen, so viel er will, aber die Bücher müssen hier bleiben. Und ein Buch vor Ort zu zerstören würde auffallen. Man ist in der Bibliothek nie allein.«

»Stimmt«, sagte der freche Fritz nachdenklich. »Es gelang ihr ja so gerade eben, das Buch zu verstecken. Aber woher wusste sie, wie sie in das unterirdische Räderwerk gelangen konnte?«

»Vielleicht steht auch das in dem Buch«, vermutete der König. »Meine Herren, dürften wir noch einige Blicke in *Das Mysterium der Zeit* werfen?«

Sofort legten die Männer das Buch respektvoll vor dem König und der Uhlenfrau ab. Die begannen wieder zu lesen. Nach einer Weile sah die Uhlenfrau hoch. »Hm, hier ist lediglich die Rede davon, dass sich der Zugang zum Uhrwerk im Berg Zeitwächter befindet.«

»Zeitwächter?«, fragte der König. »Ich habe nie von einem solchen Berg gehört. – Meine Herren, unsere Aufgabe hat sich geändert: Wir suchen in allen Büchern, die mit Geographie zu tun haben, nach einem Hinweis auf einen Berg, der Zeitwächter heißt.«

Sofort schwärmten Minister, Wissenschaftler, Gelehrte und die anderen des Lesens kundigen Leute wieder in der Bibliothek aus. Schon bald waren wieder alle mit Lesen und Blättern beschäftigt. Als nach einer halben Stunde jemand zu schnarchen begann, gab der König den Auftrag, den Schläfer zu finden und mit einem nassen Lappen zu wecken.

Der freche Fritz meldete sich freiwillig, diesen Auftrag auszuführen, und erledigte ihn mit so viel Hingabe, dass danach niemand mehr einschlief.

Lisa sah sich weiter in der Bibliothek um. Ein Teil einer Saalwand war nicht mit Regalen verdeckt, dort hing eine große Landkarte. Lisa blieb vor ihr stehen. Die Karte war gewiss fünf Meter lang und wohl drei Meter hoch. Sie musste den Kopf in den Nacken legen, um langsam und mit Mühe die verschnörkelte Schrift zu entziffern, die am oberen Rand stand. Demnach handelte es sich bei der Karte um *Die Zeichnung der Jahreszeitenwelt, wie beschrieben in Reiseberichten von Abenteurern, Söldnern und Kaufleuten, gemalt von Jakob dem Dicken und Jan dem Dünnen*. Lisa beschloss, die Suche zu unterstützen, indem sie auf der Karte die Gebirge studierte.

Die Karte begann im Westen mit Winterland, ganz am Rand war ein Hinweis angebracht, dass sich noch weiter westlich das Herbstland befand. Lisas Augen glitten von links nach rechts über die Karte. Es folgte das Eismeer, welches Winterland von Frühlingsland trennte, dann Frühlingsland, das Gebirge, das Lisa mit Andreas und Alois Auenwalder bezwungen hatte, dann kam der Teil Sommerlands, in dem die kleine Stadt Palmengarten lag. Es folgte ein weiteres Meer, dann kam die Sommerlandwüste, dann das fröhliche Herbstland. Der Teil des Herbstlandes, der an Winterland und das Winterlandgebirge grenzte, war natürlich immer noch als das traurige Herbstland bezeichnet, denn die Karte war ja schon älter. Ganz am rechten Rand folgte ein Hinweis, dass sich noch weiter im Osten Winterland anschloss, dann endete die Karte. Die Künstler, die sie geschaffen hatten, hatten ihrer Phantasie freien Lauf gelassen. Die Meere waren zum Beispiel verziert mit Schiffen und Booten, Seeungeheuer waren eingezeichnet. Im Meer, das Winterland und Frühlingsland voneinander trennte, war ein Eisschiff unterwegs, wie Lisa es bereits aus ihrem ersten Abenteuer aus der Jahreszeitenwelt kannte. Am oberen und unteren Rand, also im Norden und im Süden, hörte die Karte einfach auf. Die Pole suchte sie zum Beispiel vergebens. Lisa vermutete, dass den Künstlern nicht bekannt gewesen war, was dort für Länder oder Meere folgten. Sie suchte sämtliche Gebirge ab, die auf der Karte eingezeichnet waren, aber einen Berg mit dem Namen Zeitwächter fand sie nicht.

Die Uhlenfrau trat zu Lisa und betrachtete gleichfalls die Karte. Sie schien insbesondere Sommerland durch ihre Brille zu betrachten, und zwar den Teil, der mit Frühlingsland verbunden war. Leise sagte sie zu Lisa: »Ich fürchte, dass die Herren vergeblich in den Büchern nach diesem Berg Zeitwächter suchen. Ich fand in dem Buch *Das Mysterium der Zeit* lediglich einen Hinweis, dass dieser Berg weit südlich des Teils von Sommerland zu finden sei, der mit Frühlingsland zusammenhängt.

Und wie du siehst, endet dort die uns bekannte Welt. Die Karte wurde im Norden und Süden nicht fortgesetzt, weil niemand weiß, wie es dort aussieht.«

»Das habe ich schon vermutet«, sagte Lisa. »Das heißt also, dass die Leute umsonst die Bücher durchsuchen. Und wir verlieren dadurch kostbare Zeit.«

Die Uhlenfrau nickte. »Das befürchte ich.«

»Aber was sollen wir denn tun?«, fragte Lisa.

Die Uhlenfrau schwieg einen Moment. Schließlich murmelte sie: »Was ich sagte, ist nur eine Vermutung. Es kann natürlich auch sein, dass der Zeitwächter ganz woanders liegt. Oder der Hinweis im *Mysterium der Zeit* ist falsch. Wer weiß, vielleicht gibt es diesen Berg gar nicht. Vielleicht ist alles falsch, was in diesem Buch steht. Vielleicht hat Adragar, wenn sie sich hier tatsächlich aufhielt, eine ganz andere Information gefunden, wie sie Unheil anrichten kann. Unser Problem ist, dass unsere Erkenntnisse nicht bewiesen und somit nicht gesichert sind.«

»Und die Zeit wird immer knapper für uns«, ergänzte Lisa und dachte mit Schaudern an das Schicksal, das der Jahreszeitenwelt bevorstand.

»So ist es«, antwortete die Uhlenfrau.

Wieder fragte Lisa: »Und was tun wir jetzt?«

Die Uhlenfrau ließ sich mit ihrer Antwort Zeit. Sie sah zu dem Fenster, neben dem die Karte hing. Lisa folgte ihrem Blick und stellte fest, dass sich nach wie vor nichts verändert hatte. Die

Sonne stand am selben Punkt, es war weder dunkler noch heller geworden. Sie wartete auf die Antwort der Uhlenfrau, halb fürchtend, dass vielleicht in ihrer Stimme die ersten Anzeichen von Verzweiflung zu hören sein würden.

»Wir müssen zu einer Entscheidung kommen.« Die Uhlenfrau betrachtete noch einmal das südliche Ende von Sommerland, wo die Karte aufhörte. Ihre Stimme klang fest und entschlossen. »Es ist besser, eine Sache mit ungewisser Aussicht auf Erfolg in Angriff zu nehmen als gar nichts zu tun und abzuwarten, bis wir verhungern. Ich werde jetzt versuchen, den König zu überzeugen, eine Expedition nach Sommerland zu starten. Mit vielen Leuten können wir sowieso nicht losziehen, also können die anderen ruhig hier bleiben und weiter in den Büchern forschen.«

REISEVORBEREITUNGEN

Die bisherigen Studien waren erfolglos verlaufen. Nirgends fand sich ein weiterer Hinweis auf einen Berg namens Zeitwächter. Daher war der König gerne bereit, der Uhlenfrau zuzustimmen, als diese vorschlug, einen Suchtrupp zu leiten. Nach wie vor befanden sich alle in der Bibliothek.

»Mit wie viel Leuten müsstet Ihr reisen?«, fragte er.

Nachdenklich sagte die Uhlenfrau: »Ich würde auf jeden Fall den Namenlosen mitnehmen, bei dem es sich vermutlich um Chronologos handelt. Wenn wir erfolgreich sind und den Zugang zu dem riesigen unterirdischen Uhrwerk finden, muss er sofort den Zeitmechanismus wieder in Gang setzen. Wir können dann nicht erst zurückreisen und ihn holen. So viel Zeit haben wir nicht mehr. Und Lisa soll mitkommen.«

Der König nickte zustimmend.

Die Uhlenfrau fuhr fort. »Wir wissen nicht, auf was wir unterwegs alles stoßen werden. Immerhin dringen wir in Gebiete vor, die uns bisher nicht bekannt sind. Das bedeutet, dass ich

Improvisationstalente benötige. Der Ritter Friedrich scheint mir so ein heller Kopf zu sein. Er sollte auch mitkommen. Ansonsten genügen für Notfälle vier oder fünf Bewaffnete.«

»Wie wollt Ihr reisen?«, fragte der König.

»Ich selbst werde die meiste Zeit fliegen, das geht am schnellsten«, sagte die Uhlenfrau. »Aber die anderen …«

»Ich wollte, der Regenmann wäre hier«, meinte Lisa dazu. »Er könnte ein Wolkentaxi rufen und unser Problem wäre gelöst.«

Der König wandte sich an den Fremden. »Sofern Ihr damit einverstanden seid, werden wir Euch fortan Chronologos nennen. Immerhin ist das vermutlich Euer Name. Versteht Ihr zu reiten?«

»Ich weiß nicht, was das ist«, antwortete Chronologos.

»Das ist die Fortbewegung auf dem Rücken eines Pferdes«, sagte der König.

»Was ist denn ein Pferd?«, fragte Chronologos mit hochgezogenen Brauen.

»Das sind die großen Tiere, die Ihr bereits im Burghof gesehen habt«, rief ihm Lisa in Erinnerung.

»Ach, sind das die mit den Haufen grünlicher Äpfel? Nein, nein, auf so etwas setze ich mich nicht! Nein, nein!« Chronologos schüttelte entschieden den Kopf.

Einer der Wissenschaftler meldete sich zu Wort. »Euer Majestät, dürfte ich einen Vorschlag machen? Da es sich bei der Expedition um eine Reise handeln wird, die mit Schnelligkeit durch unbekanntes Gebiet mit unbekannten Gefahren geführt werden muss, sollten die Teilnehmer über ein Fahrzeug verfügen, welches zu Lande *und* zu Wasser reisen kann, über eine gewisse Geschwindigkeit verfügt und im Notfall Schutz bietet. Ich bin davon überzeugt, dass wir Wissenschaftler, wenn wir alle unsere Energien bündeln, innerhalb kürzester Zeit ein solches Fahrzeug entwerfen und herstellen können.«

Lisa blickte die Wissenschaftler, die sich sofort stolz und wichtig in die Brust warfen, skeptisch an. Die Uhlenfrau kniff ein Auge zu und ließ das offene über die Männer mit den Doktorhüten gleiten, sagte aber nichts. Der König fragte nur: »Wann seid Ihr damit fertig?«

Der Wissenschaftler, der den Vorschlag gemacht hatte, wandte sich jetzt gleichzeitig an seine Kollegen: »Meine Herren, ich habe bereits eine Idee. Wir müssen sie nur noch in die Tat umsetzen. Ich denke, dass wir über sämtliche benötigten Materialien verfügen. Mit der Unterstützung aller sollten wir in einigen Stunden fertig sein.«

»Dann geht sofort ans Werk!«, befahl der König.

Bald war die Burg von Sägen, Hämmern und einem Geräusch, das auf die Bearbeitung von Metall schließen ließ, erfüllt. Lisa und der freche Fritz hätten gerne zugesehen, was die Wissenschaftler bastelten, doch die hatten die Türen ihrer Labors und Arbeitsräume verschlossen.

Nach gar nicht allzu langer Zeit trat ein Wissenschaftler in den Thronsaal, bedeckt von Sägespänen, gefolgt von seinen Kollegen. Freudestrahlend verkündete er: »Wir haben es geschafft! Wir sind fertig!«

Alle wurden in einen der Burghöfe gebeten. Dort standen einige Wachen mit Fanfaren. Sowie der König, die Minister und die Expeditionsteilnehmer versammelt waren, hoben die Männer auf das Zeichen eines Wissenschaftlers ihre Instrumente an die Lippen und bliesen einen lauten Tusch. Darauf öffnete sich ein Tor des Haupthauses, und die Wissenschaftler fuhren unter lautem Gequietsche und Gerassel das Ergebnis ihrer Arbeit heraus. Der Lärm war so groß, dass die Fanfaren übertönt wurden.

»Was soll das denn sein?«, rief Lisa völlig perplex.

»Das ist das von uns entworfene Fahrzeug«, rief einer der Wissenschaftler stolz.

Lisa betrachtete die merkwürdige Ansammlung von Fässern, die miteinander verbunden waren und auf Rädern ruhten. Vorne war ein Fass, an dem zwei Fässer befestigt waren, dann folgten Reihen mit drei Fässern nebeneinander. Da das Ende wie der Anfang gestaltet war, hatte das Ganze von oben betrachtet entfernt einen schiffsähnlichen Umriss. Der Wissenschaftler, der die Grundidee gehabt hatte, erklärte das Fahrzeug, während seine Kollegen aufgeblasen umherstolzierten.

»Wie Ihr seht, haben wir eine große Anzahl Fässer als Vorratsraum für Material und Lebensmittel vorgesehen, andere mit

Sitzen ausgerüstet. Hier kann das Expeditionscorps Platz nehmen. In diesen Fässern sind Pedale, wie wir sie von Fahrrädern her kennen. Sie sind mittels Ketten mit den Rädern darunter verbunden und sorgen für den nötigen Antrieb. Die Teilnehmer können also in die Pedale treten, kommen dadurch voran und sind durch die Fässer vor einem eventuellen Beschuss durch Pfeile, Steine und Ähnliches geschützt. Sollte es einmal ganz hart kommen, können die Fässer von innen mit einem Deckel verschlossen werden. Die Verbindungen der Fässer bestehen aus Spiralfedern, sodass jedes Fass an den anderen beweglich gelagert ist. So ist eine größtmögliche Geländegängigkeit gewährleistet.«

Der Wissenschaftler strahlte und wies mit dem Finger auf die technischen Details, die er erklärte. Die anderen standen daneben und waren von ihrer Wichtigkeit überzeugt. Lisa hatte den Eindruck, dass das den frechen Fritz mächtig ärgerte.

»Das ist aber noch nicht alles«, fuhr der Wissenschaftler fort. »Wir haben die Dichtigkeit eines jeden einzelnen Fasses überprüft und verbessert. Der Kettenantrieb kann mittels eines Hebels im Kommandofass, wo der Leiter der Expedition sitzen sollte, umgeschaltet werden. Dann wird die Kraft auf diesen Propeller, der sich am Heck des Fahrzeuges befindet, übertragen. Im Klartext: Es handelt sich hier um ein Amphibienfahrzeug, das zu Lande wie zu Wasser genutzt werden kann.«

Lisa trat langsam näher. »Und das funktioniert?«

Die erkennbare Skepsis verstimmte den Wissenschaftler ein wenig. »Wir hatten natürlich noch keine Gelegenheit, so etwas wie Tauglichkeitstests durchzuführen. Aufgrund der fehlenden Zeit wird die Praxis dazu herhalten müssen. Wollen die Damen und Herren nicht einmal Platz nehmen?«

Der freche Fritz sagte anzüglich: »Ich finde, Ihr hättet auch etwas an der Geräuschdämpfung tun können. Das Gerassel von eben war kaum zu ertragen!«

Der Wissenschaftler zog eine beleidigte Miene, gab aber keine Antwort.

Chronologos trat neugierig näher, lüftete seine Kutte und kletterte in eines der Fässer. »Oh, das riecht aber gut. Ich denke, ich werde in diesem Fass fahren.«

Der Wissenschaftler lächelte und sagte ein wenig versöhnt: »Ich darf Euch zu Eurer Wahl gratulieren. Ihr werdet dann in einem ehemaligen Rotweinfass sitzen.«

Der freche Fritz trat näher und schnupperte. »Da sind einige Fässer dabei, in denen ich aber nicht sitzen möchte. Hier drin waren Heringe, da drin war Sauerkraut. Ich würde noch am ehesten in dem hier fahren, da waren saure Gurken drin. Sauer macht lustig, das passt zu mir. Vielleicht werde ich dann noch frecher.«

Der Wissenschaftler blickte erneut leicht verstört. »Nun, die Gerüche werden sicher bald verschwinden. Immerhin ist die Expedition an der frischen Luft unterwegs.«

Der König näherte sich ebenfalls dem Fahrzeug, prüfte die eine oder andere Verbindung zwischen den Fässern und blickte nach unten auf die Räder. »Wie viele Personen können mit diesem Fahrzeug reisen?«

»Das kommt darauf an, Euer Majestät«, antwortete der Wissenschaftler, »wie viele Fässer mit Vorräten bepackt sind. Bei Mitnahme von Proviant für etwa zwei Wochen können fünfzehn Expeditionsteilnehmer mitfahren.«

Der König schien zufrieden zu sein. »So wollen wir hoffen, dass dieses Gefährt seine Dienste tut.«

Der freche Fritz schien einen Moment nachzudenken, ging zu einem der Wachsoldaten und sprach leise mit ihm. Der Mann entfernte sich, der freche Fritz kehrte zu der Gruppe von Leuten um das Fahrzeug zurück und sagte fröhlich lächelnd: »Euer Majestät, da dieses Fahrzeug für eine Mission verwendet wird, auf der all unsere Hoffnungen ruhen, sollte es da nicht wie ein Schiff feierlich auf einen Namen getauft werden?«

»Ja, warum eigentlich nicht?«, sagte der König überrascht. »Das ist eine ausgesprochen gute Idee, Ritter Friedrich.«

Der freche Fritz wandte sich nun an alle Versammelten, und Lisa überlegte schon, welchen Streich er jetzt wieder ausheckte, denn das fröhliche und scheinheilige Lächeln wich nicht aus seinem Gesicht. »Ich weiß auch schon einen Namen. Ihr Herren Wissenschaftler, Euch gebührt für Eure Leistung ganz gewiss besonderer Dank. Aber der Name des Fahrzeugs sollte *Ernestine* lauten, zu Ehren unseres Königs Ernst III. von Erntedank. Ich schlage vor, dass das Fahrzeug von zarter Frauenhand getauft wird. Zufällig weiß ich, dass eine entzückende junge Frau, die Ernestine heißt, in der Küche arbeitet. Was liegt näher, als dass diese Dame, die bereits mit einer Flasche Sekt zu uns unterwegs ist, dem Fahrzeug ihren Namen verleiht und danach jeden einzelnen unserer fleißigen Wissenschaftler zum Dank für die herausragende Leistung küsst?«

Der König applaudierte, die Wissenschaftler lächelten geziert und freuten sich offensichtlich schon auf die bevorstehende Ehrung, und Lisa fragte sich, was plötzlich in den frechen Fritz gefahren sein mochte.

Dessen Freude wurde noch offensichtlicher, als aus einer Tür plötzlich eine tiefe Stimme zu hören war: »Wo sind die Kerle, die ich abknutschen soll?«

Die Wissenschaftler blickten sich irritiert um und Lisa dachte: Wer hat so ein Organ? Das reißt doch einen Bären aus dem Winterschlaf! Als sie sah, dass der freche Fritz nun von Osten bis Westen grinste, ahnte sie, was nun folgen würde.

Aus der Tür trat Ernestine. Und was für eine Ernestine! Lisa beobachtete, wie sie sich in der Türöffnung bückte, denn sie war gewiss zwei Meter lang. Die Wissenschaftler wurden blass, die Verwunderung wich blankem Entsetzen, alle sahen sich nach einem Fluchtweg um.

Gewiss war Ernestine eine Frau, daran konnte kein Zweifel

bestehen. Dabei war sie so breit wie sie groß war, eine weiße Schürze spannte sich über den gewaltigen Busen. Sie war nicht gerade eine Schönheit; als Lisa ihr Gesicht sah, musste sie an Don Diegos gewaltigen Schnurrbart denken, denn Ernestine hatte auch einen. Die Sektflasche hielt sie wie eine Keule in ihrer gewaltigen Pranke, als wollte sie kein Fahrzeug taufen, sondern das Glas auf einem Kopf zerdeppern.

Der freche Fritz flüsterte Lisa zu: »So danke ich unseren genialen Wissenschaftlern, dass sie uns in diesem komischen Ding auf Reisen schicken.« Dann wandte er sich mit einem strahlenden Lächeln an die Küchenfee. »Liebe Dame, seid so gut und tauft nun mit diesem edlen Tropfen dieses Fahrzeug, auf dass es der Expedition Glück und unserer Welt die Zeit zurückbringe!«

»Was ist los?«, dröhnte Ernestine.

»Du sollst jetzt die Sektflasche an diesem Ding kaputthauen, danach küsst du die Wissenschaftler, aber jeden einzelnen!«, befahl der freche Fritz, ohne das Lächeln zu verlieren. »Mach schon, sonst gibt es keine Knutscherei!«

Ernestine bedachte den frechen Fritz mit einem ungläubigen Blick. Vermutlich hatte sie von Schiffstaufen noch nie etwas gehört und zweifelte daran, ob sie den Sekt tatsächlich vergießen sollte. Als der Junge aber nachdrücklich nickte, zog sie mit einem lauten Plopp den Korken aus der Flasche, nahm einen tiefen Zug und gab dann ein gewaltiges Rülpsen von sich. Die Wissenschaftler verdrehten die Augen und versuchten sich in den Ecken und Winkeln des Burghofes zu verstecken. Inzwischen hob Ernestine die Flasche, der freche Fritz sagte noch schnell: »Wir taufen dich auf den Namen Ernestine!«, dann sauste die Flasche nieder. Das Fass darunter wippte in seiner Federung, die Flasche war heil geblieben. Die Küchenfee fluchte »Mauerbruch, Torzerfall und Turmeinsturz!«, bückte sich, holte erneut aus und schlug die Flasche seitlich an das vorderste Fass. Nun zerbrach sie, gleichzeitig aber auch die hölzerne Wand des Fasses.

Der freche Fritz lachte schallend. »Wenn die Herren Wissenschaftler sich vom Küssen erholt haben, wartet hier Arbeit auf sie. Ich glaube, wenn wir mit diesem Ding ausrücken, sollten wir einen riesigen Werkzeugkasten mitnehmen.«

Ernestine hielt noch den Flaschenhals in der Hand. »Und jetzt?«, fragte sie den frechen Fritz.

»Jetzt darfst du die Wissenschaftler küssen. Viel Spaß!«

Ernestine sah sich um. Auf einmal war kein einziger Doktorhut mehr zu sehen, die Wissenschaftler hatten sich alle verdrückt. »Wo sind die Kerle hin?«, grollte Ernestine.

»Geh sie suchen«, schlug der freche Fritz vor. »Wenn du einen findest, darfst du ihn vielleicht behalten!«

Das Küchenungetüm machte sich auf die Suche und der freche Fritz erklärte zufrieden: »Sehr gut! Den Wissenschaftlern haben wir jetzt erst einmal gedankt!«

Nun wandte sich die allgemeine Aufmerksamkeit wieder den Notwendigkeiten der bevorstehenden Expedition zu.

»Mit wie vielen Bewaffneten wollt Ihr reisen?«, fragte der König.

»Vier Männer, höchstens fünf«, antwortete die Uhlenfrau. »Mehr Leute kosten zu viel Zeit. Das liegt schon daran, dass eine kleine Gruppe schneller satt zu bekommen ist, wenn unterwegs der Proviant ausgeht und nach Nahrungsmitteln gesucht werden muss.«

»Gut!« Der König wandte sich an den Verteidigungsminister. »Lasst unter allen Landsknechten den Tagesbefehl ausgeben, dass nach vier Freiwilligen für eine Expedition gesucht wird. Bewerbungen von erfahrenen Männern werden bevorzugt. Stellt eine Belohnung für eine erfolgreiche Unternehmung in Aussicht. Was könnte bei der Wichtigkeit der Mission als angemessen gelten?«

»Alle Landsknechte haben den Wunsch, in der Leibwache Eurer Majestät zu dienen«, antwortete der Verteidigungsminister.

Der König lächelte erfreut. »Wird das unter meinen Untergebenen als so große Ehre angesehen?«

Der Verteidigungsminister strich über seinen Bart und räusperte sich, ehe er antwortete: »Um ehrlich zu sein, Euer Majestät, in erster Linie wollen die Männer in Eurer Leibwache dienen, weil dort die Küchenfee Ernestine für sie kocht. Die Dame ist nicht unbedingt für ihre Schönheit unter den Landsknechten berühmt, wohl aber für ihre Kochkünste.«

Dem König verging das Lächeln. »Ach so!«, brummte er.

»Darüber hinaus würde ich Urlaub in Aussicht stellen«, fuhr der Verteidigungsminister schnell fort, um das Thema zu wechseln. »Über Urlaub freuen sich die Männer immer!«

»Also schön, macht es so!«

Der Minister für Verteidigung verbeugte sich. »Ich bin überzeugt, Euer Majestät, dass sich alle unsere Landsknechte freiwillig melden werden, tapfer, wie die Männer sind.« Dann eilte er davon, um den Befehl auszuführen.

»Schickt nach dem Küchenchef«, sagte der König. »Er soll Vorräte für die Expedition zusammenpacken lassen. Kräftige, haltbare Nahrung für … ja, für wie lange?«

»Es ist nicht zu sagen, wie lange wir unterwegs sein werden, Euer Majestät«, antwortete die Uhlenfrau. »Da ich annehme, dass die Vorräte auf Burg Erntedank auch schon zu schrumpfen beginnen, gebt uns Lebensmittel für zehn Tage mit.«

»Lieber für fünfzehn«, sagte der freche Fritz und leckte sich die Lippen.

»Wir könnten noch länger unterwegs sein«, gab Chronologos zu bedenken und leckte sich ebenfalls die Lippen.

»Also gut«, entschied der König, »der Küchenchef soll zusammenpacken, was wir entbehren können.«

Der freche Fritz kletterte in das Fass neben dem, in dem Chronologos saß, und sagte von dort aus: »Ich hoffe, der Küchenchef gibt uns von der Salami mit, die er selbst gemacht hat. Mit Knoblauch. Lecker, lecker!«

Mit erhobenem Zeigefinger antwortete Chronologos: »Die Vorräte allein haben nicht viel Sinn. Wir brauchen auch Kochgeschirr. Wir müssten sonst ausschließlich von kalten Mahlzeiten leben.«

»Da habt Ihr Recht«, sagte der freche Fritz. »Das bedeutet natürlich auch, dass wir Zunder und Feuersteine mitnehmen müssen. Brennholz werden wir unterwegs finden.«

Lisa verdrehte die Augen. »Komm, Uhlenfrau, überlassen wir die beiden Herren ihrer Vorfreude. Die denken nur ans Essen!«

Die Uhlenfrau aber sagte: »Das ist doch gar nicht dumm, was der freche Fritz sagt. Das unter anderem meine ich mit Improvisationstalent. Er denkt an wichtige Dinge, die ich wahrscheinlich vergessen hätte: Kochgeschirr und Feuerzeug.«

Der König sagte: »Ritter Friedrich, verlasst das Fass und wendet Euch an den General der Pioniere. Er soll Euch mit den notwendigen Gerätschaften sowie einigen Zelten versehen. Sagt ihm, das sei ein Befehl von mir!«

Mit einem Satz sprang der freche Fritz aus dem Fass. »Jawohl, Euer Majestät. Bin schon unterwegs!«

So wurden die letzten Vorbereitungen für die Abreise getroffen. Nach und nach tauchten auch die Wissenschaftler wieder auf und reparierten das beschädigte Fass; ihnen war aus zuverlässiger Quelle gemeldet worden, dass Ernestine nach erfolgloser Suche grollend in die Küche zurückgekehrt sei. Der König ging mit seinen Ministern in den Thronsaal zurück. Auch Lisa, die Uhlenfrau und Chronologos begleiteten ihn. Wenig später kam der freche Fritz wieder hinzu.

Nach einiger Zeit tauchte der Verteidigungsminister mit den Generälen auf. Die Männer machten einen leicht nervösen, vor allem aber verlegenen Eindruck. Sie schienen etwas vor sich zu haben, das ihnen peinlich war.

Der Verteidigungsminister ergriff das Wort. »Euer Majestät, wir bitten darum, Euch die Freiwilligen für die Expedition vorstellen zu dürfen.«

Der König lächelte erfreut. »Sollten wir dafür nicht lieber in den Burghof gehen? So viele Männer passen doch gar nicht in den Thronsaal!«

Einer der Generäle begann fürchterlich zu husten, ein anderer bekam einen knallroten Kopf. Alle sahen zu Boden, als der Verteidigungsminister sagte: »Ich fürchte, das wird nicht nötig sein, Euer Majestät. Trotz der in Aussicht gestellten Belohnung haben sich nicht alle Landsknechte gemeldet. – Bitte, General!«

Einer der Generäle rief mit lauter, aber leicht krächzender Stimme: »Freiwilligenkommando – vortreten!«

Darauf traten vier Männer nach vorn, drei blieben nebeneinander stehen, einer trat drei weitere Schritte vor. Dieser Mann war klein, dünn, und seine Uniform war alt und ein wenig schäbig. Seine Stiefel schienen zu groß zu sein, und die Spitzen waren nach oben gebogen. Lisa war es unmöglich, sein Alter zu schätzen. Sein Mund schien offen zu stehen, da seine Unterlippe ein wenig herabhing. Mit trüb-traurigem Hundeblick meldete er: »Feldwebel Karlchen meldet sich mit den Landsknechten Bruno, Hugo und Kuno wie befohlen zur Stelle, Euer Majestät!« Er versuchte einigermaßen gerade zu stehen, doch das misslang. Von der Seite betrachtet sah die Gestalt des Mannes wie ein windschiefes Fragezeichen aus.

Die anderen drei Männer boten ein nicht viel besseres Bild. Der erste war groß, breit, dick und hatte einen birnenförmigen Kopf, auf dem ein Nest schwarzer, strubbeliger Haare saß. Sein vorspringendes Kinn und seine dicht zusammenstehenden Augen ließen ihn nicht gerade intelligent aussehen. Der zweite war blond und mittelgroß. Der dritte war lang, dünn, schwarzhaarig und hatte eine Hakennase.

Der König schwieg, aber seine Augen blitzten und sein Kopf nahm eine dunkelrote Färbung an. Schließlich fragte er: »Sind das alle Freiwilligen?«

Der Verteidigungsminister nickte. »Jawohl, Euer Majestät!«

Der König wandte sich nun direkt an die Landsknechte. »Ihr seid also die tapfersten Männer meiner Armee. So geht ihr also mutig und furchtlos den Gefahren in der Fremde entgegen, um die Jahreszeitenwelt von der Katastrophe des Zeitstillstandes zu befreien?«

»Jawohl, Euer Majestät«, sagte der Feldwebel müde und ohne jede Überzeugungskraft.

Das Gesicht des Königs wurde womöglich noch röter. »Wie

kommt es, dass gerade ihr euch freiwillig gemeldet habt?«, wollte er wissen.

Darauf begann der eine General erneut zu husten, der Verteidigungsminister räusperte sich.

Der Feldwebel sagte mit trübem Blick und leiernder Stimme: »Ich bin nun schon seit fünfzehn Jahren Feldwebel. Ich hoffe nach dieser Mission endlich wieder einmal befördert zu werden. Die drei Männer da hinter mir sind Bruno, Hugo und Kuno. Sie haben früher in der Werkstatt gearbeitet und können daher mit Werkzeug und Maschinen umgehen. Sie haben sich gemeldet, weil sie für die nächsten Monate zum Strafdienst eingeteilt sind und davor im Café Viereck saßen.«

»Café Viereck?«, fragte Lisa leise den neben ihr sitzenden frechen Fritz. »Was soll das heißen?«

»Das ist der Landsknechtsjargon für das Gefängnis«, flüsterte der zurück.

Mit ausgesuchter Höflichkeit und einer Stimme, die verriet, dass er kurz davor war, die Beherrschung zu verlieren, sagte der König: »Und was haben sich die Herren zuschulden kommen lassen?«

Der Feldwebel leierte: »Bruno ist so dumm, dass er von den anderen immer aufgezogen wird. Dann wird er wütend und nimmt alles auseinander. Hugo wurde auf frischer Tat ertappt, wie er verbotene Glücksspiele veranstaltete und seinen Kameraden mit gezinkten Karten das Geld aus der Tasche holte. Kuno ist ein Organisationstalent, was bedeutet, dass er immer wieder Sachen stiehlt und verkauft.«

Der König wandte sich an die Uhlenfrau. »Ich bin beschämt, dass Ihr das mit ansehen musstet. Ich werde persönlich zu meinen Landsknechten sprechen und sie erneut auffordern, zum Wohle aller an der Expedition teilzunehmen.«

Doch der freche Fritz wandte ein: »Warum denn, Euer Majestät? Vielleicht sind das genau die Männer, die wir brauchen können! Der eine ist stark und die andern beiden scheinen gerissen wie Füchse zu sein. Der Feldwebel ist zwar dafür bekannt, dass er am liebsten am Bierfass Dienst tut, hat aber vielleicht auch noch versteckte Qualitäten. Auf jeden Fall sind alle handwerklich begabt und können in die Pedale treten, und darauf kommt es zunächst einmal an.«

Der König warf seinem jüngsten Ritter einen zweifelnden Blick zu. Dann fragte er: »Was sagt Ihr dazu, Uhlenfrau?«

Ohne Zögern antwortete diese: »Ich glaube, dass der Ritter Friedrich Recht hat. Wir haben auch nicht mehr die Zeit, darauf zu warten, dass sich Eure Leute anders entscheiden.«

»Aber ich fürchte fast, dass gerade diese meiner Landsknechte nicht unbedingt vertrauenswürdig und diensteifrig sind«, gab der König zu bedenken.

Die Uhlenfrau lächelte leicht. »Euer Majestät, ich bin überzeugt, dass diese Männer die Expedition mit allen Kräften unterstützen werden. Was unsere Sicherheit angeht – nun ja, ich reiste einmal durch Feuerland und ein Drache wollte mich nicht an seiner Höhle vorbeilassen. Darauf verwandelte ich ihn in eine Maus und nahm meine Eulengestalt an. Was dann geschah, kann sich jeder denken. Ich muss wirklich nicht so schnell Angst haben.«

Darauf wandte sie sich an die vier Männer. »Ich hoffe, ihr seid euch darüber im Klaren, dass unser Vorhaben gefährlich wird. Wenn ihr euch einmal entschließt, daran teilzunehmen, gibt es unterwegs kein Zurück mehr. Will nicht vielleicht doch einer von euch hier bleiben?«

Keiner der Männer rührte sich, sprach oder verzog eine Miene.

»Also los, beginnen wir die Reise!«, rief die Uhlenfrau.

ES GEHT LOS!

Sobald Vorräte, Ausrüstung und ein Sortiment an Werkzeugen verstaut waren, nahmen die Teilnehmer der Expedition ihre Plätze im Fahrzeug ein. Unter den Jubelrufen der Minister, Wissenschaftler, des Königs und der Wachen von Burg Erntedank trat die Gruppe in die Pedale. Rasselnd, ratternd und quietschend setzte sich Ernestine langsam in Bewegung.

Da die Strecke abschüssig war, nahm die Geschwindigkeit schnell zu und schon bald hatte das Expeditionskorps das letzte Tor der Burg unter nicht unerheblicher Geräuschentwicklung hinter sich gelassen. Lisa störte der Lärm weniger, aber die zunehmende Geschwindigkeit wurde ihr ein wenig unheimlich.

Mittlerweile fuhren sie durch die Straßen der Stadt Erntedank, die die Burg umgab. Hier standen die Einwohner und jubelten ebenfalls den im Fahrzeug sitzenden Leuten zu, denn es hatte sich herumgesprochen, dass eine Expedition aufbrechen sollte, um die Zeit wieder in Gang zu setzen. In den Fahrlärm hinein rief Lisa der Uhlenfrau zu: »Gibt es in deinem Fass eine Bremse?«

Die im Kommandofass sitzende Uhlenfrau nickte mit gequältem Gesichtsausdruck und zeigte auf einen Hebel. »Ich habe schon mal daran gezogen, aber es tut sich nichts. Die Bremse scheint nicht zu funktionieren!«

»Vielleicht musst du kräftiger dran ziehen«, rief Lisa.

Ernestine ratterte jetzt immer schneller über das Kopfsteinpflaster der Straßen, der Jubel der Bevölkerung nahm ein wenig ab, dafür wichen die Leute hastig an die Häuserwände zurück.

Die Uhlenfrau zog etwas entschlossener an dem Griff.

Nichts geschah.

Auch der freche Fritz sah beunruhigt aus, die Landsknechte blickten sich um, als wollten sie am liebsten aus den Fässern springen. Einzig Chronologos blickte mit unerschütterlicher Ruhe geradeaus.

Die Straße machte eine Kurve und die Uhlenfrau musste die Bremse loslassen und sich um die Lenkung kümmern. Ernestine nahm die Kurve mit quietschenden Reifen, rasselnden Federn und Fässern, die sich so weit zur Seite bogen, dass die Insassen fast hinausfielen. Die Hochrufe der Bevölkerung wandelten sich in Ausrufe des Entsetzens. Das Fahrzeug schlingerte so über die Straße, dass die Menschen ihr Heil in der Flucht suchten.

»Uhlenfrau, zieh an der Bremse!«, schrie Lisa.

Die Uhlenfrau griff nach der Bremse, zog mit aller Kraft – und hielt den Hebel lose in der Hand.

Das war nun zu viel! Mit lautem Geschrei hielten sich Lisa,

der freche Fritz, die Uhlenfrau und die Landsknechte an den Fässern fest, während die Fahrt immer wilder wurde. Chronologos schaute immer noch stumm und interessiert zu, als ginge ihn das Ganze nichts an.

Nun raste Ernestine auf ein Tor der Stadtmauer zu. Die Wachen ließen erschrocken ihre Hellebarden fallen und ergriffen die Flucht, denn es sah so aus, als würde das Fahrzeug nicht glatt durch die Toröffnung fahren, sondern an einem der Türme daneben zerschellen.

»Die Lenkung!«, schrie der freche Fritz. »Die Lenkung!«

Mit aller Kraft griff die Uhlenfrau in die Lenkung, der freche Fritz beugte sich aus seinem Fass hinüber und half ihr. Aufgrund der enormen Geschwindigkeit schien die Lenkung zu blockieren. Das Tor mit den massiven Türmen an den Seiten kam rasend schnell näher, doch mit äußerster Anstrengung brachten die Uhlenfrau und der freche Fritz das Fahrzeug um Haaresbreite durch das Tor.

Wie aus einer Pistole geschossen jagte Ernestine über den Feldweg außerhalb der Stadt. Der Schwung trug sie noch so weit, dass sie erst außer Sichtweite der Stadtmauern zum Stillstand kamen. Alle außer Chronologos rangen erschöpft nach Atem. Der Schrecken der Schussfahrt sollte ihnen eine Weile in den Gliedern sitzen.

Als das Fahrzeug ausgerollt war, kümmerten sich die Landsknechte und der freche Fritz um die Reparatur der Bremse.

»Diese Holzköpfe von Wissenschaftlern können aber auch kaum etwas richtig machen!«, fluchte er. »Warum habe ich Ernestine nicht beim Suchen geholfen! Wenn wir zurück in Erntedank sind, werde ich den König bitten, die Wissenschaftler für wenigstens eine Woche zum Küchendienst einzuteilen!«

Doch irgendwann war die Bremse repariert und alle stiegen wieder an Bord.

Dies war mit Sicherheit die seltsamste Fahrt, die Lisa je erlebt hatte. Den Fässern hafteten die intensivsten Gerüche an, das Fahrgeräusch war schlimm, das Merkwürdigste aber war sicherlich das ununterbrochene Hopsen und Hoppeln, mit dem die Fässer über die Bodenunebenheiten sprangen. Vor Lisa saß der freche Fritz, und da die Fässer keine starre Einheit bildeten, schien er mit seinem Fass mal in den Himmel zu schießen, mal in den Boden zu sinken. Auch zu den anderen Reisegefährten musste sie mal aufblicken, dann wieder nach unten sehen.

Dennoch begannen Chronologos und der freche Fritz die Fahrt offensichtlich zu genießen, die vier Landsknechte schienen auch guter Dinge zu sein. Die Uhlenfrau saß im Kommandofass und bediente mit einem leicht gequälten Gesichtsausdruck die Lenkung und, wenn notwendig, die Bremse. Lisa erwartete allerdings, dass sie bald um Ablösung bitten und in Eulengestalt vorausfliegen würde.

Der Anblick der Landschaft war Lisa vertraut, wenn man davon absah, dass sie während ihres ersten Aufenthaltes in Herbstland nur tagsüber gereist war. Nun lagen die Felder und Weiden, zwischen denen verstreut die Bauernhöfe standen, im Halbdunkel der Abenddämmerung. Die Sonne hing unverändert als Feuerball am Horizont.

Irgendwann rief Hugo: »Wohin fahren wir eigentlich?«

Die Uhlenfrau antwortete: »Wir sind auf dem Weg nach Sommerland.«

Der Landsknecht war verwundert. »Das funktioniert aber nur, weil die Zeit stehen geblieben ist, nicht wahr? Sonst müssten wir doch über Winterland und Frühlingsland nach Sommerland reisen?«

Die Uhlenfrau nickte.

Nach einer Weile fragte Feldwebel Karlchen: »Haben wir eigentlich Bier dabei?«

»Nein. Auf Luxusartikel haben wir aufgrund des begrenzten Lagerraums verzichtet. Außerdem waren die Bierfässer in Erntedank schon ziemlich leer«, antwortete der freche Fritz.

»Oje!« Der Feldwebel schien noch trüber aus der Wäsche zu blicken.

Kuno sah sich unternehmungslustig um. »Wie wäre es, wenn wir dem Bauernhof da drüben einen Besuch abstatteten? Vielleicht kann ich dort Bier oder sonst etwas Brauchbares organisieren?«

»Auf gar keinen Fall«, sagte die Uhlenfrau energisch. »Erstens haben wir keine Zeit zu verlieren, zweitens werde ich Diebstahl nicht dulden, wie immer du das auch nennen magst. Du solltest darauf bedacht sein, mich nicht gleich zu Beginn der Expedition zu verärgern.«

Daraufhin schwieg Kuno eingeschüchtert.

Die Fahrt wurde schweigend fortgesetzt. Alle traten in die Pedale, bis die Uhlenfrau auf Anregung des frechen Fritz die erste Rast befahl. Die Vorräte wurden angebrochen, jeder bekam Brot, Wurst und Käse.

»Ich denke, dass wir schon ein gutes Stück vorangekommen sind«, sagte der freche Fritz mit vollem Mund. »Bis zur nächsten Rast sollten wir die Grenze des Herbstlandes erreichen.«

»So schnell geht das?«, rief Bruno erstaunt.

»Ja«, sagte der freche Fritz, »mit Ernestine reisen wir schneller, als ich dachte.«

»Aber woher weißt du, wie weit wir schon gefahren sind?«, fragte Bruno weiter.

»Ich kenne das ganze Herbstland. Du bist wohl noch nicht oft von Erntedank weggekommen, oder?«

»Nö!«, sagte Bruno. »Nie!«

Der freche Fritz behielt Recht. Am Ende der nächsten Etappe war der breite Sandbogen erreicht, der die Grenze des Herbstlandes bildete und auf dem die sechs fahrbaren Burgen patrouillierten. Zur allgemeinen Enttäuschung war keine dieser Burgen zu sehen.

»Schade«, sagte der freche Fritz, »ich hatte gehofft, wir hätten hier noch einmal unter einem festen Dach schlafen können. Macht nichts! Los, Männer, wir schlagen die Zelte auf.«

Nachdem das Lager für einige Stunden Schlaf bereitet war, schlug Feldwebel Karlchen vor, Wachen auszulosen. Die Uhlenfrau aber sagte, dass dies nicht nötig sei, denn sie brauche keinen Schlaf. Ihre Kleider begannen um sie herumzuwirbeln, sie nahm wieder die Gestalt einer Eule an und setzte sich auf eine der Zeltstangen. Dort blieb sie, kniff ein Auge zu und beobachtete mit dem anderen aufmerksam die Umgebung.

Die restlichen Expeditionsteilnehmer gingen in die Zelte und rollten sich in ihre Schlafsäcke.

DIE REISE ZUM ZEITWÄCHTER

SOMMERLAND

Nach einem sparsamen Frühstück am nächsten Morgen wurden schnell die Zelte abgebrochen und alles ins Fahrzeug gepackt. Dann bestiegen alle wieder ihre Fässer und die Expedition setzte ihren Weg fort. Sie überquerten den breiten Sandstreifen und befanden sich in Sommerland.

Die Landschaft wurde schnell karg. Felder und Weiden waren gar nicht mehr zu sehen, bald verschwanden auch Sträucher und Bäume. Die Wüste setzte sich durch. Schon wurde der Boden steinig und felsig, es wuchsen nur noch Kakteen, Yucca und Dornbüsche. Da nun kein Fahrweg mehr vorhanden war, nahm die Hopserei im Fahrzeug noch zu. Jetzt war es so weit, dass die Uhlenfrau den frechen Fritz aufforderte, ihren Platz im Kommandofass zu übernehmen. Sie selbst flog als Eule in einiger Höhe voran.

Zum Glück hatte die Hitze der Wüste in der Abenddämmerung längst beträchtlich abgenommen, sodass die Temperaturen erträglich waren. Dennoch kamen sie wegen des unwegsameren Geländes nicht mehr so schnell voran. Lisa wünschte schon, die Wissenschaftler des Herbstlandes hätten die Sitze besser gepolstert. Wenn ich Erntedank wiedersehe, dachte sie, werde ich einen entsprechenden Verbesserungsvorschlag machen.

Nach einer ganzen Weile kam die Uhlenfrau näher geflogen. »Es könnte sein, dass du bald alte Bekannte triffst«, rief sie Lisa mit ihrer krächzenden Stimme zu. »Ich habe eine Gruppe von Reitern ausgemacht.«

Lisa fragte: »Wie weit sind sie noch entfernt?«

Die Uhlenfrau flog neben dem Fahrzeug her. »Wenn ihr in dieser Richtung weiterfahrt, solltet ihr sie in einer halben Stunde erreicht haben. Sie sitzen auf ihren Pferden und rühren sich nicht. Vielleicht warten sie auf irgendetwas.«

Lisa hoffte natürlich, dass es sich bei den Reitern um die Männer handelte, die sie schon einmal durch die Wüste Sommerlands nach Herbstland gebracht hatten.

Die Landsknechte hatten wegen der fremden Reiter Bedenken. »Können die uns feindlich gesonnen sein?«, fragte Feldwebel Karlchen mit müdem Blick und schob den Gurt mit Schwert und Dolch höher. Auch Hugo und Kuno sahen sich plötzlich besorgt um. Bruno trat weiter in die Pedale und schien sich genau wie der schweigsame Chronologos für das Thema nicht zu interessieren.

»Ich weiß es nicht genau«, sagte Lisa. »Ich bin zwar schon einmal mit Leuten aus der Sommerlandwüste gereist und die haben sich sehr gut um mich gekümmert. Sie waren zwar stolz, aber zuverlässig und ehrlich. Aber ich kenne natürlich nicht alle Bewohner dieser Gegend.«

Diese Antwort schien die Landsknechte nicht sehr zu beruhigen. Lisa bemerkte, dass sie weiter wachsame Blicke um sich warfen. Der freche Fritz war fröhlich und heiter. Er hatte offensichtlich keine Angst. Chronologos schien ähnlich wie Bruno zu denken, dass ihn das Geschehen nichts angehe.

Merkwürdig!, dachte Lisa. Dieser schweigsame Mann, dessen Lieblingsantwort »Ich weiß es nicht« ist, der soll tatsächlich an unserem Bestimmungsort die Zeit wieder in Gang setzen? Doch dann fielen ihr wieder seine seltsamen Taten ein, die Sache auf der Rennbahn und mit den Spielautomaten in ihrer eigenen Welt. Auch, wie er die Verletzung des frechen Fritz weggezaubert hatte. Und er hatte das alte Buch gefunden, das vielleicht nie mehr entdeckt worden wäre. Welche Überraschungen mochte dieser Mann noch für sie bereithalten?

Während sie noch ihren Gedanken nachhing, sah Lisa die Reiter auftauchen. Zu ihrer Rechten voraus war ein Hügelkamm, auf dem sich die Silhouetten von Pferden und Männern gegen den rötlichen Himmel abzeichneten. Einen Augenblick lang bewegten sie sich nicht, dann hob plötzlich einer die Hand, deutete auf das Fahrzeug und schien die anderen darauf aufmerksam zu machen. Daraufhin kam Bewegung in die Gruppe. Sie jagten auf ihren Pferden den Hang hinunter.

Das war nun für die Landsknechte zu viel. »Volle Deckung! Abtauchen!«, rief Feldwebel Karlchen. Die vier Männer zogen die Köpfe ein und verschlossen ihre Fässer mit den Deckeln.

Auch der freche Fritz blickte den heranstürmenden Reitern nun eher misstrauisch entgegen. Er schien mit sich zu kämpfen, ob er ebenfalls Deckung suchen oder die Fremden begrüßen sollte.

Lisa versuchte angestrengt, ein bekanntes Gesicht in der Gruppe auszumachen. Selbst auf die Entfernung gesehen kam ihr etwas an den Gestalten bekannt vor. Lisas Herz schlug schneller. Ob vielleicht …

Und tatsächlich: Der Vorderste war Sternengucker!

»Hallo!«, rief sie und winkte freudig. »Stoppe die Fahrt. Ich kenne die Leute. Sie werden uns nichts tun«, sagte sie zum frechen Fritz.

Nun hatten die Reiter das Fahrzeug erreicht und zügelten ihre Pferde. Es waren die sechs Gefährten, die Lisa durch die Wüste gebracht und vor den Schwarzen Läufern gerettet hatten. Sie strahlten vor Freude, Lisa wiederzusehen, warfen aber auch erstaunte Blicke auf das seltsame Fahrzeug.

Die Reiter kamen näher, einer nach dem anderen ritt zu Lisas Fass und reichte ihr die Hand und umarmte sie herzlich, was Lisa erwiderte.

Der freche Fritz betrachtete die in Leder gekleideten Männer, die langes Haar trugen, teils offen, teils zu Zöpfen geflochten, und die mit Speeren, Pfeil und Bogen, Messern und Beilen bewaffnet waren. Reiter wie Pferde waren mit gelber und roter Farbe bemalt, was ihnen ein etwas unheimliches Aussehen verlieh. Die Landsknechte befanden sich nach wie vor unter den Deckeln ihrer Fässer. Chronologos sah den Männern gleichgültig bis mäßig interessiert entgegen.

Wacher Blick versuchte, sein tänzelndes Pferd zu beruhigen. Auf seinem breiten Gesicht lag ein freundliches Lächeln. »Lisa, es tut so gut, dich zu sehen. Wir haben gewusst, dass du kommen würdest.«

»Woher? Von wem habt ihr diesmal eine Botschaft bekommen?«, fragte sie.

Das Gesicht von Wacher Blick wurde ernst. »Wir bekamen keine Botschaft. Der Medizinmann und die Stammesältesten haben im Versammlungszelt meditiert, als der Abend ewig wurde. Lange, lange Zeit dröhnten die Trommeln. Die alten Männer haben sich die Kehlen heiser gesungen. Dann endlich hatte einer von ihnen eine Vision. Er sah die Welt in noch größerer Gefahr als zu der Zeit, als wir dich begleiteten. Und er sah, dass du zurückkommen würdest.« Wacher Blick sprach leise auf sein Pferd ein, das dadurch endlich ruhiger wurde. »Du würdest in Begleitung von anderen Menschen sein. Aber es sollten mehr sein als der Junge und dieser Mann.«

In diesem Augenblick kam die Uhlenfrau angeflogen und verwandelte sich knapp über dem Boden in ihre Menschengestalt. Die Reiter, vor allem aber ihre Pferde erschraken gewaltig. Zwei Büffel jagte auf seinem Pferd zweihundert Meter in die Wüste, bis er es wieder im Zaum halten konnte. Das Pferd von Sternengucker stieg mit allen Hufen zugleich in die Luft, das von Wacher Blick begann erneut nervös zu tänzeln.

»Das habe ich nicht beabsichtigt«, sagte die Uhlenfrau. »Ich hätte es mir aber denken können, dass ich euch erschrecke. Ich bitte um Entschuldigung.« Darauf gab sie einen Zwitscherlaut von sich, der von einem Vogel hätte stammen können und die Pferde sofort beruhigte. Sie begannen mit den Ohren zu spielen und standen still.

Wacher Blick sah die Uhlenfrau mit einem nachdenklichen Gesichtsausdruck an. »Du musst die Uhlenfrau sein, die Magierin aus dem Land des gefrorenen Wassers.«

»Stimmt!«, sagte die Uhlenfrau knapp und bescheiden.

»Erzähle weiter«, drängte Lisa. »Was hat der alte Mann noch in seiner Vision gesehen?«

»Nicht mehr viel«, sagte Wacher Blick. »Er hat nur gesagt, dass ihr von dem Land zu uns kommen würdet, in das man hineingehen, aber das man nicht wieder verlassen kann. Und ihr würdet zu dem großen Wasser gehen, das auf der anderen Seite der Wüste liegt. Und ihr würdet es mit einem seltsamen Boot überqueren.« Wacher Blick betrachtete erneut Ernestine.

»Wir konnten aus dem Herbstland hierher reisen«, erklärte Lisa, »weil die Zeit stehen geblieben ist. Wir müssen in den Teil von Sommerland, der jenseits des Meeres liegt. Wir reisen dorthin, wo Don Diego mit seinen Leuten lebt, und dann nach Süden. Wir werden dort einen Berg namens Zeitwächter suchen. Habt ihr von dem schon mal gehört?«

Die Reiter schüttelten stumm die Köpfe.

»Ich freue mich, dass ihr uns entgegengekommen seid«, sagte Lisa. »Begleitet ihr uns bis zum Meer? Das wäre gut, dann müssen wir nicht lange nach dem Weg suchen.«

»Ja, wir werden euch begleiten!« Wacher Blick nickte. »Aber nicht nur, um euch den Weg zu zeigen. Es ist unsicher geworden in diesem Land.«

Lisa war überrascht »Warum denn?«

»Alle Stämme leben zurzeit in Fehde«, antwortete Wacher Blick, und seine Miene wurde traurig und bitter. »Es gibt nicht mehr genug Wild, das wir jagen können, weil es sich zu dieser Stunde zum Schlaf niederlegt oder noch nicht erwacht ist, weil es nachts lebt. Alle haben Hunger. So versucht jeder, dem anderen wegzunehmen, was der noch zu essen hat. Krieger eines anderen Stammes könnten euren Weg kreuzen und euch töten. Deswegen werden wir mit euch reisen.«

»Das ist traurig«, sagte Lisa ehrlich betrübt.

»Wenn das so ist, habt ihr wohl auch Hunger«, sagte der freche Fritz freundlich. »Wie wäre es mit einer Einladung zum Essen?« Darauf trommelte er auf eines der Nachbarfässer. »Hey, ihr Helden, wollt ihr nicht mal langsam herauskommen?«

Aus dem Fass, auf das der freche Fritz getrommelt hatte, war die Stimme von Bruno zu hören. »Erst auf Befehl des Feldwebels!«

»Also gut! Feldwebel Karlchen, gib den Befehl zum Auftauchen!«, rief der freche Fritz.

»Ist es auch ganz gewiss sicher?«, erklang dessen Stimme aus einem anderen Fass.

»Zum Turmeinsturz, ja!«, sagte der freche Fritz ungeduldig.

Wacher Blick war näher an Ernestine herangeritten und sah verwundert auf das Fass, aus dem Bruno geantwortet hatte. Als nun endlich Feldwebel Karlchen den Befehl »Auftauchen« gab, kam der riesige Bruno aus seinem Fass hervor. Er und Wacher Blick starrten sich verwundert an.

»Warum bist du da drin?«, fragte Wacher Blick und zeigte auf das Fass.

»War 'n Befehl!«, sagte Bruno. »Ach, übrigens: Du hast Farbe im Gesicht. Würde ich mal abwischen!«

Wacher Blick schnupperte. Weil es das größte war, saß Bruno im ehemaligen Heringsfass. »Das Ding, in dem du bist, riecht nicht gut. Warum musst du in etwas hinein, was so stinkt?«

Bruno zuckte die Achseln. »Das haben Befehle so an sich. Ist selten was zum Verstehen. Gewöhnt man sich dran!«

Es war noch zu früh, die nächste Rast einzulegen, aber der freche Fritz hatte nicht vergessen, dass Wacher Blick davon gesprochen hatte, dass die Reitervölker der Wüste Hunger litten.

So gab er jedem der Männer ein großes Stück Brot und Wurst. Wacher Blick und seine Gefährten ließen sich nicht lange bitten und bissen herzhaft zu.

»Diese Speise ist mir fremd, aber sie riecht und schmeckt gut«, lobte Sternengucker.

Dann nahmen sie die Reise gemeinsam wieder auf. Zwei Büffel und Wasserfinder ritten voraus, um den Weg zu erkunden und zu verhindern, dass die Gruppe in einen Hinterhalt geriet. Sternengucker und Wacher Blick blieben in der Nähe des Fahrzeugs, hielten aber immer wieder nach beiden Seiten Ausschau. Achtet auf Zeichen und Läuft wie ein Hirsch bildeten die Nachhut.

»Ich bleibe ein wenig zurück, damit ich bei meiner Verwandlung die Pferde nicht wieder erschrecke«, sagte die Uhlenfrau und blieb einfach stehen, wo sie war. Bald geriet sie außer Sichtweite. Kurz darauf flog eine Eule über sie hinweg, die ihnen zurief: »Ich fliege voraus zum Meer und erwarte euch dort.«

Die Fahrt wurde bald eintönig. Die Leute aus Herbstland, der wortkarge Chronologos und Lisa traten in die Pedale, der freche Fritz lenkte außerdem das Fahrzeug. Manchmal musste er großen Gruppen von Dornbüschen oder Kakteen ausweichen, ab und zu umlenkte er eine Felsformation. Einmal schreckten sie eine Schlange auf, die sich blitzschnell unter einem großen Stein verkroch.

Dann plötzlich kam Wasserfinder zum Fahrzeug zurückgeritten. Er führte ein reiterloses Pferd am Zügel. Es war offensichtlich ziemlich erschöpft.

»Dieses Pferd stand einfach so in der Wüste herum«, berichtete Wasserfinder. »Sein Besitzer war nirgends zu sehen.«

Wacher Blick betrachtete Sattel und Zaumzeug. »Dieses Pferd gehört keinem unserer Brüder. Die Machart des Zaumzeugs verrät, dass der Reiter vom Stamm der Falken sein muss.«

»Wie auch immer«, sagte Wasserfinder, »jetzt gehört es uns.«

Wacher Blick übernahm ohne ein weiteres Wort die Zügel. Wasserfinder ritt wieder an seinen Platz in der Vorhut.

Als die Gruppe ein Lager aufschlug, um ein paar Stunden zu schlafen, sammelten sich alle Männer beim Fahrzeug. Plötzlich musterten die Reiter aufmerksam die Umgebung. Zwei Büffel griff nach seinem Speer, die anderen bis auf Wacher Blick legten Pfeile auf die Sehnen ihrer Bögen.

»Was ist denn los?«, fragte der freche Fritz, dem die plötzliche Kampfbereitschaft der Krieger nicht entging.

»Jemand nähert sich dem Lager«, sagte Wacher Blick. »Hörst du ihn denn nicht?«

Der freche Fritz schüttelte stumm den Kopf und horchte angestrengt. Feldwebel Karlchen befahl »Volle Deckung«, und die vier Landsknechte waren blitzartig in ihren Fässern verschwunden. Wacher Blick blieb mit Lisa, dem frechen Fritz und Chronologos am Lagerfeuer sitzen, die anderen Krieger versteckten sich in den Büschen ringsum.

»Es ist nur einer«, sagte Wacher Blick leise. »Er ist zu Fuß und sehr müde. Er kann nichts Böses im Schilde führen, denn er schleicht sich nicht an. Er kommt ganz offen auf das Lager zu.«

»Ich höre immer noch nichts«, brummte der freche Fritz mürrisch und verdrossen, weil er wohl auch gerne ein so scharfes Gehör wie Wacher Blick gehabt hätte.

Kurz darauf hörten sie alle die Schritte. Ein einzelner Mann kam zwischen den Büschen auf das Lager zu. Er war bewaffnet mit Pfeil und Bogen, trug zwei Speere und hatte auch ein Messer am Gürtel hängen. Er hielt den Bogen in der Hand, aber der Köcher mit den Pfeilen war wie die Speere auf den Rücken geschnallt. Als er näher kam, sah Lisa, dass seine Kleidung zwar aus Leder bestand, aber auf andere Art gefertigt und verziert war als die von Wacher Blick und seinen Gefährten.

»Bleibt einfach sitzen und überlasst das Reden mir«, sagte Wacher Blick. »Sollte er feindselig werden, bekommt er die Pfeile meiner Brüder zu spüren.«

Schließlich hatte der Fremde das Lager erreicht. Wortlos blieb er fünf oder sechs Meter vor Wacher Blick stehen, warf aber aus den Augenwinkeln immer wieder Blicke auf die anderen Leute am Feuer, die Pferde und auf Ernestine. Lisa sah dem Fremden an, dass er ziemlich erschöpft war.

Nachdem sie sich einige Minuten angeschwiegen hatten, eröffnete Wacher Blick das Gespräch. »Du beweist Mut, indem du einfach hierher kommst. Unsere Stämme liegen in Fehde.«

Der Fremde nickte schwach. »Ich brauche nichts mehr zu fürchten. Ich bin so gut wie tot.«

Auch Wacher Blick nickte, blieb aber stumm.

Schließlich fuhr der Fremde fort: »Ich bitte dich, mir mein Pferd wiederzugeben. Das nächste Wasserloch kann ich nicht zu Fuß erreichen. Wenn du es mir nicht gibst, verdurste ich.«

»Du hättest uns überfallen können, während wir schlafen«, sagte Wacher Blick. »Wieso hast du es nicht getan?«

»Du bist mit mehreren Kriegern hier«, sagte der Fremde und zeigte auf die Pferde. »Ich weiß noch nicht, wie viele ihr seid, aber du allein brauchst nicht so viele Pferde. Deine Brüder sind vermutlich in den Büschen ringsum und haben Pfeile auf mich gerichtet. Ich bin zu müde und vom Durst zu sehr geschwächt, um mehrere Krieger im Schlaf zu überrumpeln. Und das weißt du sehr genau.«

»Und dann sind wir schließlich auch noch da«, rief Feldwebel Karlchen und guckte aus seinem Fass. »Auftauchen!«

Über ihren Fässern erschienen die Köpfe von Bruno, Hugo und Kuno. Überrascht sah der fremde Krieger auf die Männer in den Fässern. Schließlich lächelte er zaghaft.

»Bis vor kurzer Zeit hätte ich geglaubt, dass Durst und Müdigkeit mir einen Streich spielen, wenn ich etwas so Seltsames gesehen hätte«, sagte er leise.

»Wieso hast du überhaupt dein Pferd verloren?«, wollte Wacher Blick wissen.

»Ich war mit achtzehn Kriegern unterwegs auf der Jagd«, berichtete der andere. »Wir sahen plötzlich eine Eule. Sie flog über uns hinweg und sprach mit der Stimme eines weiblichen Dämons. Wir bekamen Angst und die Pferde wurden auch unruhig. Plötzlich flog die Eule auf den Boden und aus einem Wirbel von Federn erschien eine alte Frau, die in seltsame Kleider gehüllt war. Alle Pferde jagten davon, und meines warf mich ab. Meine Brüder waren in alle Richtungen auf und davon, also lief ich zu Fuß weg. Ich bin jetzt schon eine Weile unterwegs und halb verdurstet. Wenn du mir mein Pferd nicht gibst, bin ich tot.«

Wacher Blick sah den anderen lange und eindringlich an. »Wenn ihr auf unsere Gruppe gestoßen wäret, dann hättet ihr uns ausgeraubt und umgebracht! Das stimmt doch, oder?«

Der fremde Krieger brachte erneut ein schwaches Lächeln zustande. »Was hättet ihr denn mit uns gemacht, wenn ihr die größere Gruppe gewesen wärt? Seit der Abend ewig geworden ist, haben alle Hunger. Vorher waren wir von verschiedenen Stämmen und dennoch Brüder.«

Eine weitere lange Zeit schwiegen sich die Männer an. Schließlich erhob sich Wacher Blick, nahm einen hölzernen Behälter mit Wasser und reichte ihn dem Fremden. Der riss ihn an sich und trank ihn gierig leer. Dann gab er ihn zurück. Er sagte kein Wort, aber in seinem Blick lag Dankbarkeit.

»Hole dein Pferd«, sagte Wacher Blick.

Der Krieger zögerte nicht eine Sekunde, der Aufforderung nachzukommen. So schnell er konnte, sattelte er das Pferd und legte ihm das Zaumzeug an. Er saß auf, ritt auf das Lagerfeuer zu und blieb vor Wacher Blick stehen.

»Mein Volk nennt mich Wolf«, sagte er. »Ich bin vom Stamm der Falken. Ich schwöre dir, dass ich dir und keinem von deinem Volk ein Leid antun werde, selbst wenn es mich mein eigenes Leben kosten sollte.«

Wacher Blick antwortete: »Wenn du deine Brüder siehst, dann sage ihnen, dass auch sie uns in Ruhe lassen sollen.«

Der Fremde sagte: »Sie werden euch sowieso aus dem Weg gehen. Der weibliche Eulendämon hat nämlich gesagt, dass der Haufen von stinkenden Holzgefäßen, der mit so viel Lärm über die Erde kriecht, unter ihrem Schutz steht und die, die darin sitzen, und die, die es begleiten, ebenfalls.«

Damit ritt er davon. Als er außer Sichtweite war, kamen die anderen Krieger aus den Büschen, entspannten die Bogen und steckten die Pfeile in die Köcher zurück.

»Ich glaube, die Uhlenfrau hat uns eine sehr gefährliche Begegnung erspart«, sagte Wacher Blick.

WIEDERSEHEN IN PALMENGARTEN

Die restliche Reise durch die Sommerlandwüste verlief ohne besondere Ereignisse. Nach drei weiteren Pausen, während derer die Zelte aufgeschlagen wurden und Lisa, Chronologos, die Leute aus Herbstland und die Krieger schliefen, war das Meer erreicht, das den einen Teil Sommerlands vom anderen trennte. Ernestine blieb allerdings erst einmal in den Dünen stecken, die den Blick aufs Meer versperrten. Wacher Blick und seine Gefährten legten lederne Seile um die vorderen Fässer und ließen die Pferde ziehen, der freche Fritz, Lisa, Chronologos und die Landsknechte stiegen aus und schoben. Schließlich war der höchste Punkt überwunden und das Gefährt rutschte zum Strand hinunter.

Feldwebel Karlchen, Bruno, Hugo und Kuno, aber auch der freche Fritz blieben wie angewurzelt stehen, als sie die riesige Wasserfläche sahen, die sich vor ihnen ausbreitete. Die Leute aus Herbstland hatten das Meer noch nie gesehen. Lisa sprach aus, was ihr sofort durch den Kopf schoss.

»Meine Güte, so sieht das Meer doch nie aus!«

»Wieso?«, fragte der freche Fritz. »Wie sieht denn das Meer sonst aus?«

Lisa war sehr erstaunt. Nicht die geringste Welle kräuselte die Oberfläche des Wassers. Das Meer war spiegelglatt und lag in absoluter Windstille da.

Chronologos hatte sein Instrument aus der Kutte gezogen und starrte konzentriert darauf. »Diese absolute Ruhe der Wasserfläche wird eindeutig durch den Stillstand der Zeit bewirkt.«

Was du nicht sagst!, dachte Lisa. »Ist schon seltsam, was dieser Zeitstillstand so alles bewirkt«, sagte sie laut.

»Was meinst du damit?«, fragte der freche Fritz.

»Normalerweise ist das Meer nicht so ruhig, sondern es hat Wellen«, antwortete Lisa. »Und du hörst dann ein ständiges Rauschen. Irgendwie fehlt das. Es ist unheimlich.«

»Was sind denn Wellen?«, grunzte Bruno. »Und wo ist denn das Meer, von dem ihr dauernd redet? Und wo kommt eigentlich das viele Wasser her?«

Hugo und Kuno lachten. »Bruno, das viele Wasser ist das Meer«, sagte Hugo.

»Ach so«, brummte Bruno.

»Wie kommen wir jetzt weiter?«, fragte Feldwebel Karlchen.

In diesem Moment kam die Uhlenfrau angeflogen. Sie nahm kurz über dem Boden ihre Menschengestalt an und gab dabei die Zwitscherlaute von sich, die die Pferde beruhigten. »Ernestine muss sich jetzt als Boot beweisen«, sagte sie. »Wir fahren über das Meer in den anderen Teil Sommerlands, dort müssen wir uns dann nach Süden wenden.«

»Wenn es auch kein Bier ist, wenigstens brauchen wir uns keine Gedanken zu machen, was wir trinken, bis wir den anderen Teil Sommerlands erreicht haben«, meinte Feldwebel Karlchen trübsinnig.

»Meerwasser kann man nicht trinken«, sagte Lisa. »Es enthält viel zu viel Salz. Man würde nur noch mehr Durst bekommen und, wenn man es doch weiter trinkt, schließlich alles wieder erbrechen. Und dann wird man sehr krank und stirbt, glaube ich.«

»Au weh«, sagte Feldwebel Karlchen. »Dann sollten wir unsere Wasservorräte überprüfen, bevor wir losfahren.«

»Das hätte uns früher einfallen sollen«, sagte Hugo. »Wo sollen wir denn hier noch genügend Wasser finden, das trinkbar ist?«

»Da kann ich helfen«, sagte Wacher Blick und ritt zurück in die Dünen.

Lisa, die Uhlenfrau und der freche Fritz folgten zu Fuß. Hugo und Kuno kamen nach kurzem Zögern auch mit. Vom Kamm der Dünen aus beobachteten sie, wie Wacher Blick eine bestimmte Kakteenart suchte. Mit seinem Messer schlug er mehrere große Stücke ab. Vorsichtig entfernte er die Stacheln und steckte die Stücke in einen ledernen Beutel. Als dieser voll war, kehrte er zurück.

»Nun habt ihr Wasser für sehr lange Zeit«, sagte er.

Die Leute aus Herbstland, Lisa und die Uhlenfrau sahen sich fragend an. Schließlich sagte Kuno: »Du hast es nicht verstanden. Das mag etwas zu essen sein, aber davon haben wir erst einmal genug. Es geht um Wasser.«

Wacher Blick sah ihn ein wenig verärgert an und knurrte: »Komm mit!«

Wacher Blick ritt zurück zum Strand und schöpfte mit einem Holzgefäß Meerwasser. Vor den neugierigen Augen der anderen schnitt er ein winziges Stückchen des Kaktus ab und legte es ins Wasser. Er drückte es eine gewisse Zeit unter die Oberfläche, dann nahm er es heraus, hielt das Gefäß Kuno unter die Nase und befahl: »Trink!«

Kuno schüttelte den Kopf. »Warum denn? Die Dame Lisa hat eben gesagt, dass man Meerwasser nicht trinken kann!«

»Trink!«, befahl Wacher Blick erneut, diesmal nachdrücklicher, und warf ihm einen finsteren Blick zu.

Zögernd nahm Kuno einen Schluck. Dann riss er die Augen auf. »Bier! Es schmeckt wie Bier!«, rief er begeistert.

Sofort war Feldwebel Karlchen zur Stelle. Er übernahm das Holzgefäß und probierte ebenfalls. Auch er war erstaunt. »Schmeckt tatsächlich wie Bier!«, bestätigte er.

Die Uhlenfrau kostete. »Interessant! Wie es scheint, entzieht der Kaktus dem Meerwasser das Salz und gibt ihm gleichzeitig einen eigentümlichen Geschmack.«

Auch Lisa probierte. Sie fand das Wasser einfach nur bitter und konnte die Begeisterung der Landsknechte nicht teilen.

Hugo rieb sich das Kinn. »Diesen Kaktus, den du hineingetan hast, gibt es den hier nur selten oder oft?«, fragte er Wacher Blick.

»Unbegrenzt«, lautete die Antwort.

Hugo nickte. Er dachte eine Weile nach und sagte: »Hört mal zu, Jungs! Wir haben hier unbegrenzt Meerwasser und Kakteen dieser Art auch. Wir ziehen jetzt die verdammten Uniformen aus und desertieren. Wir sind vier Leute und gründen als gleichberechtigte Partner ein Geschäft. Wir ziehen hier eine Bierproduktion im ganz großen Stil auf. Die Rohstoffe kosten uns nichts, den sagenhaften Gewinn teilen wir unter uns vier auf. Dabei wollen wir gerecht vorgehen. Feldwebel Karlchen, Kuno und ich bekommen etwas mehr, dafür kriegt Bruno etwas weniger. Einverstanden, Bruno?«

Der dumme Bruno grunzte und nickte.

Bevor Lisa ihre Empörung über diese Treulosigkeit in Worte fassen konnte, sagte der freche Fritz grinsend: »Da habt ihr aber ein gewaltiges Problem übersehen. Wo ist denn hier die zahlende Kundschaft? An wen wollt ihr euer Gebräu verkaufen?«

Die Landsknechte sahen sich verblüfft und ratlos an.

Der freche Fritz fuhr fort: »Aber wir wissen jetzt, dass ihr bei der ersten sich bietenden Gelegenheit die Kurve kratzen würdet. Eure Zuverlässigkeit ist gleich null. Gut, dass wir das erfahren, bevor wir in gefährliche Situationen geraten, in denen wir uns auf euch verlassen hätten.«

»Außerdem«, sagte die Uhlenfrau, »habt ihr noch nicht begriffen, wie bedrohlich die Situation ist. Ihr denkt an Profite und Geschäfte, während überhaupt noch nicht klar ist, ob wir die Jahreszeitenwelt vor dem Untergang bewahren können. Ihr seid kurzsichtig und dumm.«

»Haha!«, brüllte Bruno. »Endlich bin ich mal nicht der Einzige, der dumm ist. Ihr seid es jetzt auch! Hohoho!«

Seine drei Kameraden machten mürrische und verdrossene Gesichter und Lisa bemerkte erstaunt, dass sich Chronologos von Brunos Heiterkeit anstecken ließ und ebenfalls ein wenig lachte.

»Also los, schieben wir Ernestine ins Wasser und probieren wir aus, ob sie schwimmt. Fasst mit an!«, sagte der freche Fritz munter.

Mit vereinten Kräften wurde das Fahrzeug mit dem Wasser bekannt gemacht. Es schwamm tatsächlich. Wacher Blick sah nachdenklich zu, wie die Expeditionsteilnehmer in die Fässer kletterten. Je näher der Abschied kam, desto unruhiger wurde er. Schließlich sagte er: »Wartet einen Moment. Welche Krieger schützen euch von jetzt an?«

Müde sagte Feldwebel Karlchen: »Das ist unsere Aufgabe.«

Der freche Fritz antwortete darauf: »Ihr erfüllt diese Aufgabe aber nicht sehr überzeugend. Sobald es bisher auch nur nach

Gefahr roch, seid ihr blitzschnell in den Fässern verschwunden. Wenn es wirklich mal darauf ankommen sollte, werdet ihr nicht kämpfen, sondern euch verkriechen.«

Feldwebel Karlchen, Hugo und Kuno sagten nichts dazu. Lediglich Bruno verteidigte sich: »Was wollt ihr denn? Bin ’n prima Landsknecht! Ich befolge jeden Befehl, jawoll!«

Ernst und entschlossen sagte Wacher Blick: »Euer Schicksal ist auch unseres. Wenn ihr scheitert, stirbt auch mein Volk. Ich will mit euch gehen.« Er stieg von seinem Pferd und gab die Zügel Sternengucker. »Grüßt unser Volk von mir. Ich werde mithelfen, die Ewigkeit des Abends zu beenden. Und wir werden siegreich sein.« Dann nahm er Speer, Tomahawk, Bogen und Köcher und watete ins Wasser.

Der freche Fritz war begeistert und strahlte. »Toll! Nimm direkt das Fass schräg vor mir.«

Auch Lisa und die Uhlenfrau freuten sich. Chronologos sah ebenfalls lächelnd zu, wie Wacher Blick an Bord kam. Lediglich Feldwebel Karlchen maulte: »Du gehörst aber nicht zur offiziellen Eskorte und kannst im Falle des Erfolges auch nicht befördert werden.«

»Was ist befördern?«, fragte Wacher Blick.

»Das heißt, dass du nicht Feldwebel werden kannst«, erklärte der freche Fritz.

Wacher Blick zeigte auf Feldwebel Karlchen. »Der ist Feldwebel, nicht wahr?«

Der freche Fritz nickte grinsend.

»Warum sollte ich so werden wollen wie er?«, fragte Wacher Blick. »Lasst uns das Böse aus der Welt befördern, das ist alles, was befördert werden muss.«

Der freche Fritz lachte schallend, Lisa schmunzelte, die Uhlenfrau lächelte stillvergnügt, Chronologos schien nicht zugehört zu haben.

»Volle Kraft voraus«, rief der freche Fritz, und alle begannen in die Pedale zu treten. Wacher Blick verstand erst nicht, was er tun sollte, bekam es aber von Chronologos erklärt, der einfach seine Kutte hob und auf seine Beine zeigte. Der freche Fritz legte einen Hebel um, und die Kraft wurde auf die kleine Schiffsschraube am Heck übertragen. Das ewige Quietschen und Rasseln wurde nun von einem sanften Blubbern abgelöst. Die Reiter am Strand und die Leute im Fahrzeug winkten sich zum Abschied zu, bis sie fast nichts mehr voneinander sehen konnten.

Da die Oberfläche des Meeres absolut glatt war und Ernestine nicht gegen Wellen ankämpfen musste, nahm das Fahrzeug schnell Fahrt auf. Das Ufer war nach kurzer Zeit nicht mehr zu sehen. So wurde die Fahrt alsbald eintönig. Lisa hing ihren Gedanken nach. »Wonach navigierst du eigentlich?«, fragte sie die Uhlenfrau, die wieder das Steuer übernommen hatte.

»Nach dem Stand der Sonne, die jetzt unverrückbar wie ein Fixstern am Himmel steht«, antwortete sie.

Nach einiger Zeit begannen sie Schichten einzuteilen. Die Hälfte der Leute an Bord trat in die Pedale, die andere Hälfte ruhte aus und versuchte Schlaf zu finden. Wann immer jemand Hunger verspürte, bediente er sich von den Vorräten. Durst brauchte aufgrund der mitgenommen Kaktusstücke niemand zu leiden. Lisa fand nur, dass die Mischung aus Meerwasser und Kaktus grauenhaft schmeckte. Feldwebel Karlchen trank erst viel davon, nach einer Weile gab er es aber wieder auf. Er sprach davon, dass ihn das Getränk sehr enttäusche. Die anderen Landsknechte stimmten ihm zu. Lisa vermutete stark, dass die Enttäuschung darin bestand, dass das Gebräu die Landsknechte an den Geschmack von Bier erinnerte, aber keineswegs die Wirkung von Bier hatte.

Während der Fahrt über das Meer gab es nur zwei Unterbrechungen der Langeweile. Einmal wurden sie eine Zeit lang von einer Gruppe Delphine begleitet. Die klugen und schönen Tiere schwammen neben und vor Ernestine her. Chronologos zog sein Instrument zu Rate und dozierte, dass die Geschwindigkeit der Delphine nicht zuletzt durch ihren stromlinienförmigen Körperbau ermöglicht werde.

Das andere Mal sahen sie ein Boot der Pygmäenpiraten, dessen blutrotes Segel schlaff am Mast hing. Die drei Seeräuber an Bord ruderten mit langen, mürrischen Gesichtern. Als sie Ernestine bemerkten, hielten sie mit ungläubigem Staunen inne und starrten das Gefährt mit offenen Mündern und kugelrunden Augen an. Lisa und der freche Fritz winkten ihnen fröhlich zu.

»Ich glaube, die werden noch lange rätseln, wer ihnen da begegnet ist«, sagte Lisa.

»Darauf kannst du wetten!«, bekräftigte der freche Fritz.

Als Lisa die Uhlenfrau schon fragen wollte, ob diese nicht vielleicht einmal als Kundschafter vorausfliegen könnte, weil die riesige Wasserfläche kein Ende zu nehmen schien, zeigte sich am Horizont eine minimale Veränderung. Eine Bergkette, an der ein paar Wolken festhingen, tauchte aus dem Meer auf.

»Land in Sicht!«, rief der freche Fritz. »Ich schlage vor, dass wir jetzt alle zusammen in die Pedale treten, damit diese langweilige Sache ein Ende hat.«

Dieser Vorschlag wurde ohne jede Diskussion einstimmig angenommen. Daher wurde die Fahrt wieder schneller, das Blubbern Ernestines etwas lauter und bald erkannten die Leute an Bord weitere Einzelheiten. Vor den Bergen waren bewaldete Hügel, davor Palmen, und dazwischen standen weiße Häuser mit roten Dächern. Der weiße Putz war von der Abendsonne rosa angehaucht. Ein heller Sandstrand trennte das Meer vom Land.

»Kann das denn sein?«, murmelte Lisa. »Vielleicht sehen ja alle Dörfer hier gleich aus, aber ich glaube, vor uns liegt tatsächlich Palmengarten.«

Der freche Fritz, der Lisas Worte gehört hatte, fragte: »Bist du hier schon mal gewesen?«

»Könnte sein«, sagte Lisa. »Wenn ich Recht habe, sind wir bei Freunden.«

Es war Palmengarten! Im Näherkommen erkannte Lisa den Platz mit dem Pavillon, in dem die Musiker spielten, wenn eine der häufigen Fiestas gefeiert wurde. Sie sah Don Diegos Haus, und was sie dann sah, erfüllte sie mit Entsetzen. Die Bewohner Palmengartens lagen über den Dorfplatz verstreut!

»Um Gottes willen!«, rief sie. »Was kann da passiert sein?«

Der freche Fritz war blass geworden. »Sind die etwa alle tot?«

Wacher Blick kniff die Augen zusammen. »Da hat sich gerade etwas bewegt.« Er zeigte mit dem Finger voraus. »Glaube ich jedenfalls«, setzte er dann etwas unsicher hinzu.

»Was immer denen zugestoßen sein mag, uns soll es nicht passieren.« Die Uhlenfrau nahm ihre Eulengestalt an. »Ich fliege voraus und sehe nach, ob wir da vielleicht in eine Falle tappen. Fritz, klettere in das Führungsfass und übernimm die Lenkung!«

Mit einem mächtigen Flügelrauschen flog sie davon. Ernestine näherte sich langsam dem Strand. Wacher Blick griff nach seinem Bogen und seinem Köcher. Die Landsknechte tasteten, bis auf Bruno, nach ihren Schwertgriffen. Chronologos betrachtete mit kühl-distanziertem Blick die Szene. Schließlich fuhren sie auf den Strand auf und der freche Fritz schaltete den Antrieb auf die Räder um. Das Blubbern erstarb und wurde vom bereits gewohnten Rasseln und Quietschen abgelöst, und Feldwebel Karlchen befahl: »Bereithalten zum Abtauchen!«

Auf dem Weg zum Dorfplatz kam ihnen die Uhlenfrau entgegen, jetzt wieder in Menschengestalt. »Tja, das ist rätselhaft! Was mag hier passiert sein?«

»Sind die Leute tot?«, fragte Lisa und fürchtete sich vor der Antwort.

»Ich weiß es nicht«, antwortete die Uhlenfrau mit erkennbarem Unbehagen. »An den Leuten sind jedenfalls keine Wunden oder Blut zu sehen. Bei den vereinzelten roten Flecken auf der Kleidung dürfte es sich eher um Rotwein handeln.«

Das Fahrzeug hatte den Dorfplatz erreicht und die Expeditionsteilnehmer verließen ihre Fässer.

Alle sahen sich um.

Die Männer in ihren weißen Hosen und Hemden und die Frauen mit ihren bunten Röcken und weißen Blusen waren von den Stühlen gefallen und lagen unter den Tischen. Plötzlich hörte Lisa jemanden laut schnarchen.

»Wisst ihr, was ich glaube?«, rief der freche Fritz. »Die schlafen alle!«

Was war hier geschehen? Hatte jemand die Bewohner des Dorfes mit den Schlafeiern bombardiert, der Waffe, die Lisa schon von ihrem ersten Abenteuer her kannte?

Sie erblickte Don Diego. Er lag mit dem Oberkörper auf einem Tisch und sein großer Schnurrbart und sein Ohrring waren in eine Rotweinpfütze getaucht. Vermutlich hatte er sein Glas umgekippt, als er über dem Tisch zusammengebrochen war. Bei jedem Ausatmen blubberte er Blasen in den Rotwein. Unter dem Tisch lag seine Frau, Doña Dolores.

»Don Diego«, sagte Lisa, »was ist hier passiert? Warum schlafen alle?«

Don Diego begann zu schnarchen und das Blubbern im Rotwein wurde lauter.

»Don Diego!« Lisa hob die Stimme ein wenig und fing an, den Bürgermeister Palmengartens leicht an der Schulter zu rütteln.

Daraufhin öffnete Don Diego die Augen, sah sich kurz um, murmelte: »O Gott, es ist immer noch nicht später geworden!«, legte den Kopf wieder auf den Tisch und schnarchte weiter.

Mittlerweile waren Lisas Gefährten an den Tisch getreten und betrachteten das seltsame Bild, das der Bürgermeister Palmengartens bot. Der freche Fritz, der die vergeblichen Weckversuche beobachtet hatte, sagte: »Lass mich das machen, ich glaube, ich kann das besser!« Dann schlug er seine Fäuste so fest auf den Tisch, dass es laut krachte.

Es funktionierte! Mit einem Ruck saß Don Diego kerzengerade am Tisch und hatte die Augen geöffnet.

»Don Diego«, wiederholte Lisa ihre Frage, »warum schlafen bei euch alle? Was ist hier passiert?«

Endlich nahm Don Diego Lisa bewusst wahr. »Lisa, was machst *du* denn hier? O Gott, es ist immer noch nicht später geworden!«

Lisa verlor nun langsam die Geduld. »Don Diego, nun antworten Sie mir doch endlich! Was ist geschehen?«

Der Bürgermeister verdrehte die Augen, die er mit Anstrengung offen hielt, und sagte: »Das ist die grässlichste Geburtstagsfeier, die ich je erlebt habe. Wir begannen die Fiesta, um meinen Geburtstag zu feiern. Wie es bei uns Sitte und Tradition verlangen, dürfen wir erst mit dem Morgengrauen mit dem Feiern aufhören und schlafen gehen. Es bringt Unglück für sieben Generationen, wenn man vorher aufhört. Aber es wurde einfach nicht Morgen, es ist ja nicht einmal Nacht geworden! Also haben wir gefeiert und gefeiert und gefeiert …« Langsam schienen Don Diego wieder die Augen zuzufallen.

Lisa verstand. »… und irgendwann sind alle vor Übermüdung eingeschlafen«, beendete sie den Satz.

»Genau! O Gott, es ist immer noch nicht später geworden!«, sagte Don Diego müde und schien mit dem Gedanken zu spielen, den Kopf wieder auf die Tischplatte zu legen und weiterzuschlafen.

»Wenn ihr diesmal nicht mit der Tradition brecht, werdet ihr vermutlich noch lange feiern und gleichzeitig schnarchen müssen«, sagte die Uhlenfrau.

Verblüfft glotzte Don Diego auf die weiteren Neuankömmlinge, die er jetzt erst zu bemerken schien und die ihrerseits Don Diego neugierig anstarrten. »Wer sind denn diese Leute?«

Lisa stellte ihre Begleiter vor und erklärte endlich, woher sie kamen und was sie über den vermutlichen Grund des Zeitstillstandes wussten.

Als Don Diego von Adragars und Hagelharts Hexenwerk hörte, wurde er endlich vollständig wach. Nickend sagte er: »Ich habe schon geargwöhnt, dass vielleicht ein Fluch auf Palmengarten und seinen Bewohnern liegt. Aber wie es scheint, liegt dieser Fluch ja wohl auf der ganzen Jahreszeitenwelt. O Gott, es ist immer noch nicht später geworden!«

»Ja, und wir sind unterwegs, um Adragar und ihrer Kusine das Handwerk zu legen.« Lisa erzählte von der Legende, die von dem unterirdischen Uhrwerk und dem Berg Zeitwächter handelte. »Don Diego, haben Sie schon mal von diesem Berg gehört? Oder vielleicht von diesem unterirdischen Uhrwerk?«

»Zeitwächter«, murmelte Don Diego nachdenklich. »Ein Berg, der Zeitwächter heißt! Hmm!« Er strich sich über den Schnurrbart, wunderte sich, dass dieser nass war, und sagte: »Ich habe tatsächlich mal von einem solchen Berg gehört. Er soll sehr weit im Süden liegen, man sagt am Ende der Welt, und die Gegend dort und der Berg selbst sollen nicht geheuer sein.«

»Kennen Sie den Weg dorthin?«, fragte die Uhlenfrau.

»Nein, und ich kenne auch niemanden, der ihn kennt.« Don Diego erhob sich leicht schwankend. »Aber so viel steht fest: Ich werde an eurer Reise teilnehmen und euch dorthin begleiten. Wenn ich schon meinen Geburtstag nicht so feiern kann, wie es unsere Traditionen verlangen, dann muss ich wenigstens mithelfen, den Grund für diesen Frevel zu beseitigen. Ich fürchte nur, dass ich vorher noch ein wenig schlafen muss.«

»Das ist kein Problem, wir brauchen alle eine Pause«, sagte die Uhlenfrau.

Don Diego weckte seine Frau und die anderen Leute in seiner Umgebung, was keineswegs einfach war. Er fand aber Unterstützung durch den frechen Fritz, der schnell ein wenig Wasser aus dem Dorfbrunnen schöpfte und das kühle Nass auf die Gesichter der Schläfer rinnen ließ. Die auf diese Weise munter gewordenen Leute weckten dann ihrerseits andere Schläfer.

Als schließlich irgendwann alle Bewohner des Dorfes müde und benommen vor sich hin blinzelten, hielt Don Diego eine Ansprache.

»*Muchachos*, wir stehen vor einem großen Problem: Wir müssen mit der Tradition brechen und meine Geburtstagsfeier beenden, obwohl der Morgen noch längst nicht graut.«

Mit einem Schlag war jede Müdigkeit beseitigt, es erhob sich protestierendes Gemurmel, das aber verstummte, als Don Diego die Hände hob und weitersprach. »Es geht nicht anders. Das noch größere Problem ist nämlich, dass Adragar und ihre Kusine Hagelhart die Zeit angehalten haben. Versteht ihr, *muchachos*, wir können nicht bis zum Morgen weiterfeiern, weil der Morgen nicht kommen wird. Geht nach Hause, schlaft euch aus und räumt danach den Festplatz auf. Ich werde mit diesen Leuten, die es sich zum Ziel gesetzt haben, gegen die Hexen zu kämpfen, nach Süden ziehen. Gemeinsam werden wir die Zeit wieder in Gang setzen, und dann, das verspreche ich euch, wird die Fiesta nachgeholt, und es wird die beste, größte und strahlendste Geburtstagsfeier werden, die Palmengarten je gesehen hat. Denn es wird gleichzeitig eine Siegesfeier sein!«

Die Leute jubelten und brüllten: »Bravo! Hurra! Viva!«

»Geht jetzt nach Hause und schlaft«, schloss Don Diego. Dann wandte er sich an Lisa und ihre Begleiter. »Ihr schlaft selbstverständlich bei mir. Ich habe ein großes Haus und Platz für alle. Seid meine Gäste!«

SCHWEBENDER REGEN

Nach einigen Stunden Schlaf brach die Gruppe wieder auf. Don Diego, der jetzt einen schweren Säbel bei sich führte, wunderte sich sehr über die Konstruktion des Fahrzeugs. Als die Fahrt begann, machte er ein Gesicht, als hätte er plötzlich Zahnschmerzen, und er schien seinen Entschluss, an der Expedition teilzunehmen, bereits zu bereuen.

»Ist das ein Krach! Und strampeln muss ich auch noch! Wie lange fahrt ihr schon mit diesem grässlichen Ding?«

»Das wissen wir nicht genau«, antwortete Chronologos in sachlich-neutralem Tonfall, »denn die Zeit ist ja bekanntlich stehen geblieben. Da die Konstrukteure auch keinen Kilometerzähler eingebaut haben, können wir uns nur auf grobe und ungenaue Schätzungen verlassen. Aber ich würde sagen: Wir fahren schon sehr lange!«

»Und wie haltet ihr das Gerassel und Gequietsche aus?«

»Man gewöhnt sich daran«, sagte Chronologos achselzuckend.

»Und was ist mit dieser lieblichen Mischung erlesener Düfte, die diesem Ding anhaftet?«, fragte Don Diego weiter und rieb sich dabei seine Nase.

»An die gewöhnt man sich auch«, sagte Bruno aus seinem Heringsfass. »Es dauert nur länger.«

»Wenn du noch eine Weile in deinem Fass sitzt, wirst du ewig nach Fisch stinken«, spottete Hugo. »Sag mal, wachsen dir nicht schon langsam Flossen?«

Daraufhin drückte Bruno seinen Kameraden in dessen Fass hinunter und schloss von außen den Deckel. Dennoch hörte man Hugo von drinnen noch lachen.

»Das kann ja eine feine Fahrt werden!«, murmelte Don Diego verdrossen. Schließlich traten alle schweigend in die Pedale, da Ernestines Geräusche eine Unterhaltung nicht gerade einfach machten.

Nach und nach begann sich die Landschaft zu verändern. War bisher die Fahrt durch Palmenhaine gegangen, so wurden diese durch Baumgruppen und Buschwerk abgelöst. Schließlich ging es über offenes Grasland, in dem Büsche und Bäume seltener wurden.

Weiter voraus schienen die Sichtverhältnisse in der Abenddämmerung noch trüber zu werden.

»Da vorne sieht es merkwürdig aus. Worauf fahren wir da zu?«, fragte Lisa.

»Es ist, als liege ein Schleier auf dem Land«, antwortete Wacher Blick. »Ich kann nichts Genaues erkennen, gerade so, als würde dünner Rauch die Sicht nehmen, aber es ist kein Rauch.«

»Wenn ich raten sollte«, sagte Don Diego, »würde ich sagen, dass einer der seltenen Regengüsse vor uns niedergeht. Aber die dauern hierzulande nur Minuten.«

Wacher Blick sah sehr aufmerksam auf den ungewissen Dunst und sagte: »Etwas befindet sich in diesem Schleier.«

»Unklare Lage«, kommentierte Feldwebel Karlchen. »Abtauchen!«

Sofort verschwanden die drei Landsknechte in den Fässern und schlossen die Deckel. Hugo befand sich ohnehin auf Tauchstation.

Don Diego sah diesem Schauspiel verwundert zu. »Sind die immer so mutig?«, fragte er.

»Aber selbstverständlich«, antwortete der freche Fritz mit einem breiten Grinsen. »Das sind die tapfersten Streiter der Herbstlandarmee.«

»Die Tapfersten sind immer die, die als erste tot sind«, erklang es leicht gedämpft aus dem Fass von Feldwebel Karlchen.

»Was er da sagt, ist gar nicht so dumm«, sagte die Uhlenfrau. »Das, was die meisten Menschen für Mut halten, ist in vielen Fällen nichts als Dummheit.«

Die weitere Strecke zu dem merkwürdigen Schleier legten sie wortlos zurück, bis sich der freche Fritz plötzlich über die Stirn wischen musste. »Hoffentlich war das kein Vogel«, brummte er.

Auch Lisa fühlte einen kühlen und feuchten Punkt auf ihrem Handrücken und wischte ihn weg. Dann plötzlich wusste sie, auf was sie zufuhren.

»Stoppt die Fahrt!«, rief sie.

Die Expeditionsteilnehmer traten in die Rücktrittbremse. Alle bis auf die abgetauchten Landsknechte sahen zu, wie Lisa aus ihrem Fass stieg und sich einem winzigen, durchsichtigen Etwas näherte, das in ihrer Augenhöhe in der Luft hing. Als sie es mit der Fingerspitze berührte, lief der Wassertropfen an ihrem Finger entlang. Lisa ging ein paar Schritte weiter. Fasziniert betrachtete sie einen weiteren Wassertropfen, der in der Höhe ihrer Schulter in der Luft schwebte. Je weiter sie auf den merkwürdigen grauen Schleier zuging, desto zahlreicher wurden die Tropfen. Einige befanden sich in Kniehöhe, andere direkt über dem Boden, weitere hoch über ihrem Kopf, und sie wurden immer dichter. Die Sicht wurde getrübt von unzähligen Wassertröpfchen, die in den unterschiedlichsten Höhen schwebten. Schräg über diesem Schleier aus Wasser stand eine graue Wolke unbeweglich am Himmel.

Die Uhlenfrau nickte verstehend. »Es sind Regentropfen, nicht wahr?«

»Ja«, sagte Lisa. »Was wir da vor uns sehen, ist tatsächlich ein Regenschauer, und weil die Zeit stehen geblieben ist, sind die Tropfen nicht zu Boden gefallen, sondern schweben in der Luft.«

Darauf begann der freche Fritz vergnügt auf den geschlossenen Fässern zu trommeln und rief: »Ihr könnt rauskommen, es ist nur Wasser!«

»Wir bleiben trotzdem hier drin«, sagte Feldwebel Karlchen. »Dann bleiben wir wenigstens trocken.«

»Habt ihr es denn immer noch nicht begriffen?« Der freche Fritz trommelte munter weiter. »Der Regen fällt nicht. Also könnt ihr auch nicht nass werden.«

Misstrauisch öffnete Feldwebel Karlchen den Deckel seines Fasses, lugte vorsichtig hinaus und befahl dann: »Also gut, auftauchen! Bruno, lass Hugo wieder aus seinem Fass raus!«

»Wacher Blick«, sagte Lisa, die etwas Bestimmtes vermutete, »du hast von uns allen die besten Augen. Kannst du erkennen, ob sich jemand in dem Regenschauer befindet?«

Wacher Blick schob die Unterlippe vor und meinte: »Schwer zu sagen. Es könnte sein, dass dort jemand ist. In diesem Schleier ist eine dunklere Stelle.«

»Ich könnte ja hineingehen«, sagte Lisa, »aber dann werde ich nass.« Dann rief sie, so laut sie konnte: »Regenmann!«

Wacher Blick kniff die Augen zusammen. »Es bewegt sich etwas.« Er zögerte, schien noch angestrengter in das Grau zu spähen. »Es sieht so aus, als würde einer, der bisher zusammengekrümmt gesessen hat, den Kopf heben und nun aufstehen. – Ja, tatsächlich! Es muss ein Mensch sein. Ich glaube, er hat dich gehört und kommt auf uns zu.«

Aus dem schwebenden Regenschauer kam eine Gestalt auf die Leute im Fahrzeug zu. Sehr bald erkannten Lisa und ihre Gefährten, dass der Mann einen breitrandigen Hut, einen langen Mantel und hohe Stiefel trug. Die gesamte Kleidung war grau wie Regen, und so war auch seine Hautfarbe. Er hatte ein schmales Gesicht mit sympathischen Zügen, auf denen jetzt Erstaunen und Freude lag.

Tropfnass verließ er den Regenschauer, wo er entlanggegangen war, war ein trockener Tunnel entstanden, da alle Tropfen an ihm hängen geblieben waren.

»Lisa, Uhlenfrau, Fritz, was tut ihr denn hier?«

»Wir sind unterwegs, um die Zeit wieder in Gang zu setzen«, antwortete Lisa und umarmte den Regenmann vor Freude.

»Und ich glaube, wir haben einen weiteren klugen und mutigen Mitstreiter gefunden«, ergänzte die Uhlenfrau lächelnd.

»Aus euren Worten schließe ich, dass ihr mehr wisst als ich. Was ist geschehen?«, fragte der Regenmann.

»Es ist mal wieder Hexenwerk. Adragar und Hagelhart haben die Zeit angehalten«, antwortete Lisa, wobei die Uhlenfrau leise etwas von Rufschädigung und Schande für die ganze Zunft murmelte.

Das Erstaunen auf dem Gesicht des Regenmannes wurde womöglich noch größer. »Wie haben sie das denn geschafft?«

Lisa setzte ihn von dem Ergebnis ihrer Nachforschungen in Kenntnis und stellte dabei auch die Leute vor, die der Regenmann noch nicht kannte. Ernestines Konstruktion musste ihm nicht lange erklärt werden, die durchschaute er sofort.

»Diese Art der Beförderung funktioniert jedenfalls noch«, sagte er. »Ich sitze hier seit einiger Zeit fest, weil die Taxizentrale in der Jahreszeitenwelt keine Wolkentaxis zur Verfügung stellen kann. Und jetzt weiß ich auch, warum das so ist. So wie kein Regen mehr fällt, so bleiben auch die Wolken unverändert in der Luft stehen.«

Die Uhlenfrau dachte bereits weiter. »Regenmann, deine Aufgabe führt dich doch durch die ganze Welt. Kennst du einen Berg namens Zeitwächter?«

»Aber ja!«, sagte er sofort. »Er liegt südlich von hier. Mit einem Wolkentaxi wären wir in kürzester Zeit da, aber die sind ja außer Betrieb. Wie schnell fährt dieses Ding da?«

»Das können wir nicht genau sagen«, antwortete Lisa. »Aber wenn du mitkommst und mit in die Pedale trittst, wird es auf jeden Fall schneller gehen.«

Es wurde beschlossen, zunächst eine weitere Rast einzulegen. Der freche Fritz und die Landsknechte entzündeten ein Feuer und kochten in einem großen Kessel eine Erbsensuppe. Schließlich saßen alle in einem großen Kreis um das Feuer herum und langten kräftig zu.

Nach der Pause setzten sie mit neuen Kräften die Reise fort. Der Regenmann wählte ein Fass, in dem einmal Bier gebraut worden war. Sie schafften noch eine gute Strecke und schlugen dann ein Lager auf. Wie schon einmal zuvor hielt die Uhlenfrau die ganze Zeit Wache, während die anderen schliefen. Diesmal allerdings leistete ihr der Regenmann, der ebenfalls keinen Schlaf benötigte, Gesellschaft.

Die nächste Etappe brachte sie in Sichtweite des Zeitwächters. Sehr bald machte Don Diego erstaunte Bemerkungen über die erneute Veränderung der Landschaft, denn nach der Rast fuhren sie zwar zunächst über eine ebene, grasbewachsene Fläche, auf der es weder Büsche noch Bäume gab. Doch dann tauchte am Horizont wie eine Insel im Meer die weiße Spitze eines Berges auf. Je näher sie kamen, desto größer und mächtiger ragte er vor ihnen auf. Er war kegelförmig und trug eine Kappe aus Eis, die ungefähr das oberste Drittel bedeckte. Während sie in die Pedale traten, erzählte der Regenmann das wenige, das er über den Berg wusste.

»Der Zeitwächter hat eine relativ glatte Oberfläche. Es dürfte dennoch nicht allzu schwierig werden, an ihm hinaufzuklettern. Wahrscheinlich geht es am besten an der Westseite, die ist von Wind und Wetter stark zerklüftet. Mir sind allerdings nie Höhlen oder Felsspalten aufgefallen, die so etwas wie einen Zugang bilden könnten. Das lässt nur den Schluss zu, dass der Eingang irgendwo oben im Bereich des ewigen Schnees liegen muss. Vermutlich ist er nicht zu sehen, wenn die Sonne die Schnee- und Eisfläche in blendendes Weiß verwandelt.«

»Klingt logisch«, sagte die Uhlenfrau. »Es wird also meine Aufgabe sein zu erkunden, wo dieser Zugang liegt. Das erspart dem Rest der Truppe nutzlose Kletterei. Ich beginne sofort damit. Fritz, übernimm das Führungsfass!«

Und die Uhlenfrau flog davon. Eine Weile sah man die Silhouette der Eulengestalt vor dem Weiß der Bergspitze kleiner werden, dann war sie verschwunden. Die Gruppe radelte schweigend weiter, nur das Rasseln und Quietschen des Fahrzeugs unterbrach die Stille, die auf dem ebenen, baum- und strauchlosen Grasland lag. Soweit Lisa die Gesichter der anderen sehen konnte, waren diese ernst und ein wenig verschlossen. Lediglich der dumme Bruno guckte wie immer aus der Wäsche, und Chronologos betrachtete die Umgebung sachlich-distanziert und gelangweilt.

Die anderen empfinden vermutlich dasselbe wie ich, dachte Lisa, während Ernestine durch die unwirklich anmutende Landschaft ratterte. Der Berg ist bald erreicht, ab jetzt wird die Sache also spannend. Aber auch gefährlich.

DER ZUGANG

Sie waren vom Fuß des Berges nicht mehr weit entfernt, als die Uhlenfrau zurückkehrte. Dicht über einem leeren Fass nahm sie ihre menschliche Gestalt an. Ihre Miene war ernst.

»Tja, ich schätze, wir haben ein neues Problem. Ich habe nicht den geringsten Hinweis auf einen Zugang finden können. Wie der Regenmann schon sagte, weist die Oberfläche des Felsens keinerlei Höhlen oder Felsspalten auf. Das Eis und der Schnee sind sogar absolut glatt.«

»Das könnte Hagelharts Werk sein«, mutmaßte der Regenmann. »Immerhin beherrscht sie die Fähigkeit, mit Eis und Schnee umzugehen. Es dürfte für sie keine große Sache sein, eine Gletscherspalte oder so etwas Ähnliches zu schließen.«

»Kann durchaus sein«, sagte die Uhlenfrau. »Dieses Weib sollte sich schämen, der Ehre der Hexenzunft mit so schändlichem Treiben zuwiderzuhandeln.«

»Vielleicht kann uns Chronologos helfen«, sagte der freche Fritz.

Sofort richteten sich alle Blicke auf den Mann in der Kutte. Die Uhlenfrau wiederholte die indirekte Frage, da der Mann stumm blieb. »Und, könntet Ihr den Zugang in den Berg finden?«

In der für ihn typischen Art antwortete Chronologos: »Könnte sein, schon möglich! Wenn Sie meinen, warum nicht?«

»Wir werden Euch einfach suchen lassen und hoffen, dass Ihr den Eingang schnellstmöglich findet«, sagte Lisa. »Wir haben keine andere Wahl, als uns auf Euch zu verlassen.«

»Ich werde mein Bestes geben. Das fragliche Buch in der Bibliothek fand ich nach mehreren Versuchen schließlich auch, oder?«

Der freche Fritz grinste breit. »Die Fehlversuche vor dem Fund fand ich sehr lustig. Bekommen wir auch dieses Mal etwas zu lachen?«

Ohne die Miene zu verziehen antwortete Chronologos: »Ich werde mir alle Mühe geben. Das verspreche ich!«

Einen Augenblick lang guckte der freche Fritz verdutzt, dann grummelte er etwas mit verdrossener Miene, dass man manche Leute einfach nicht verschaukeln könne. Lisa hörte das und schmunzelte stillvergnügt.

Endlich war der Fuß des Berges erreicht. Die Expeditionsteilnehmer verließen ihre Sitze. Der freche Fritz zog aus einem der Fässer Rucksäcke hervor. »Hier packen wir jetzt an Vorräten ein, was wir tragen können«, sagte er. »Der General der Pioniere hat an alles gedacht.«

Die Landsknechte waren es gewöhnt, auf langen Märschen Lasten auf ihrem Rücken zu transportieren. Wacher Blick verzog auch keine Miene, ebenso wenig wie Don Diego. Chronologos machte allerdings ein erstauntes Gesicht, als der freche Fritz ihm mit einer gewissen Schadenfreude einen Rucksack auf den Rücken schnallte, fügte sich aber in die Notwendigkeit. Lisa hoffte, dass ihre Last nicht allzu schwer werden möge, was dann auch eintraf.

»Das war's erst mal, Ernestine«, sagte der freche Fritz und klopfte auf eines der vorderen Fässer. »Den Berg hinauf kannst du uns nicht bringen. Jetzt hast du erst mal Pause.«

Das durch das Klopfen in Bewegung geratene Fass bewirkte, dass Ernestine ein letztes Quietschen zum Abschied von sich gab. Diese Geräusche werde ich bestimmt nicht vermissen, dachte Lisa.

Dann machte sich die Gruppe an den Aufstieg. Der Schwierigkeitsgrad entsprach zunächst etwa dem des Treppensteigens. Es war also anstrengend, aber nicht gefährlich. Immer häufiger wurden Pausen eingelegt. Niemand sprach. Lisa vermutete, dass jeder aus der Gruppe den Augenblick begrüßte, als endlich die Zone erreicht war, wo der Schnee begann.

»Nun kommt Euer Einsatz, Chronologos«, sagte die Uhlenfrau. »Bitte versucht, den Eingang zur Höhle oder zum Tunnel oder was immer es sein mag, zu finden.«

Wortlos griff Chronologos in seine Kutte und holte sein Instrument hervor. Den Blick fortwährend darauf gerichtet begann er, seine Füße in den verharschten Schnee zu stampfen. Dabei wandte er sich, wie in der Bibliothek in Erntedank, bald hierhin und bald dorthin. Als er einmal auf eine vereiste Stelle trat, verlor er das Gleichgewicht und rutschte einige Meter auf der Kehrseite abwärts, wobei seine Beine in die Luft ragten und seine Kutte nach oben rutschte. Schließlich blieb er im Schnee stecken. Aber sofort stand er wieder auf und setzte seine Suche fort. Anfangs folgte ihm die Gruppe in kürzester Distanz, dann wurden die Gefährten dessen müde und ließen den Abstand zu ihm größer werden.

Irgendwann bildete sich aus Chronologos' Wanderung eine grobe Zielrichtung heraus. Er führte die Gruppe um den Berg herum auf die Ostseite. Schließlich blieb er stehen und sagte: »Hier müsste eigentlich der Eingang sein.«

Er hatte kaum ausgesprochen, als das Eis unter ihm mit einem lauten Krachen nachgab. Blitzartig war der Mann mit der Kutte versunken.

»O Gott, das darf nicht wahr sein!«, entfuhr es Lisa.

Alle Mitglieder des Expeditionscorps rannten zu der Stelle, wo Chronologos verschwunden war. Lisa erreichte sie als Erste und sah nach unten. Vielleicht zwei Meter tiefer saß Chronologos im Schnee und sah sich verwirrt um.

»Ich habe doch gesagt, dass hier der Eingang sein muss«, sagte er ein wenig erschrocken.

In diesem Augenblick gab die Eisdecke unter Lisa nach. Ehe sie sich versah, saß sie neben Chronologos. Ein wenig verharschter Schnee rieselte auf ihren Kopf. Die anderen Gefährten sahen besorgt von oben auf die beiden hinunter.

»Ist euch etwas passiert?«, fragte die Uhlenfrau.

Bevor Lisa oder Chronologos antworten konnten, knackte es verdächtig. Die Eisdecke gab ein drittes Mal nach und die ganze restliche Gruppe purzelte zwei Meter tief und war wieder vereint. Hugo schimpfte laut, weil Bruno auf seiner Hand lag. Es dauerte eine Weile, bis der große und schwerfällige Mann begriff, dass er nur aufzustehen brauchte, um Hugos Hand zu befreien.

»Wenigstens brauchen wir uns jetzt keine Gedanken mehr zu machen, wie wir zu euch hinunterkommen«, sagte der freche Fritz fröhlich und befreite Lisa vom Schnee, der sie halb zugeschüttet hatte.

Glücklicherweise waren alle unverletzt geblieben. Nur Hugo rieb sich noch seine schmerzende Hand. Wacher Blick, Don Diego, die Uhlenfrau, der freche Fritz und Lisa sahen sich bereits suchend um, wo der von Chronologos prophezeite Weg wohl beginnen möge. Blitzartig erkannten alle die nächste Schwierigkeit: Sie waren von weißblau schimmerndem Eis umgeben. Darin waren sieben Löcher, die, zumindest hatte es den Anschein, zu sieben Wegen führten. Welcher war wohl der richtige?

»Ich glaube, dass es sich hier um einen Gruß von Hagelhart und Adragar handelt«, sagte die Uhlenfrau und rückte ihre Brille zurecht. »Sie haben als kleine Vorsichtsmaßnahme, dass ihnen doch jemand folgt, ein Labyrinth in das Eis gebaut. Diese beiden nichtsnutzigen Weiber schrecken doch vor nichts zurück! Wenn diese Sache hier ausgestanden ist, werde ich ihren Ausschluss aus der Hexen- und Zauberergilde beantragen.«

»Da haben sie aber die Rechnung ohne Chronologos gemacht«, sagte der freche Fritz hoffnungsvoll. »Er findet bestimmt einen Weg hindurch.«

»Ja«, sagte die Uhlenfrau nachdenklich. »Sie müssen ihn unterschätzt haben, sonst hätten sie versucht, ihn gefangen zu halten.«

»Vielleicht haben sie das versucht, aber er konnte entkommen«, mutmaßte Lisa.

»Wie auch immer«, sagte der freche Fritz. »Eure Arbeit ist noch nicht beendet, Chronologos. Ihr müsst den richtigen Weg finden.«

»Gut, ich fange sofort an.« Der Mann rappelte sich auf, klopfte sich den Schnee von der Kutte und zog sein Instrument wieder zu Rate. Eine ganze Weile starrte er darauf, dann ging er entschlossen auf eine der Röhren im Eis zu. »Wir müssen hier entlang.«

Die anderen folgten ihm. Lisa hatte die Landschaft um den Zeitwächter und den Berg selbst schon als unwirklich empfunden, jetzt aber wurde es regelrecht bizarr. Der Tunnel im Eis war so niedrig, dass der riesige Bruno gebückt gehen musste. Sie passierten häufig Abzweigungen, an denen Chronologos auf die Skalen sah und sich dann für eine Richtung entschied. Der Weg führte mal aufwärts, mal abwärts. Lisa war erstaunt, dass sie ohne Fackeln und Laternen auskamen. Das Eis war transparent genug, dass ein bläuliches Licht allgegenwärtig war. Endlich trafen sie auf felsigen Untergrund. Vor ihnen klaffte ein schwarzes Loch.

Nachdenklich blieb Chronologos stehen. »Das ist der Eingang«, murmelte er leise. »Hier beginnt mein Reich.«

Die Uhlenfrau fragte: »Erkennt Ihr etwas wieder? Kehrt Euer Erinnerungsvermögen zurück?«

Chronologos zögerte einen Moment mit der Antwort. »Ja, es scheint fast so«, sagte er dann und steckte das Instrument in die Kutte. »Ab hier brauche ich das nicht mehr.«

»Aber ab hier werden wir wohl Fackeln brauchen«, sagte der freche Fritz und machte sich daran, seinen Rucksack abzuschnallen.

»Aber keineswegs«, entgegnete Chronologos und trat in den Höhleneingang. Sofort begann von den Wänden ein fluoreszierendes Licht zu strahlen. Lächelnd wandte er sich um, winkte den anderen, dass sie ihm folgen sollten, und ging in den Tunnel. Das Licht strahlte einige Meter in den Tunnel hinein.

»Das ist ja toll!«, staunte der freche Fritz mit großen Augen.

Die Gruppe folgte Chronologos. Lisa sah sofort, dass die

Wände des Tunnels nicht aus Fels bestanden, sondern aus hellen, quadratischen Steinen gemauert waren. Die Steine hatten eine Seitenlänge von bestimmt fünfzig Zentimetern. Das hatte sie nicht erwartet! Wer mochte das gebaut haben? Und wie lange war er wohl damit beschäftigt gewesen? Wie alt war der Tunnel? Und vor allem: Konnte er einstürzen und sie alle begraben? Allerdings machte er einen sehr soliden Eindruck.

Der Gang war gewölbt, gewiss drei Meter hoch und im Abstand von ungefähr zwanzig Metern mit je einer vergitterten Deckenlampe versehen. Sie begannen zu leuchten, wenn Chronologos sich näherte, und verloschen langsam, wenn die Gruppe vorbeigegangen war. Ihre Schritte hallten unheimlich.

Dann kamen sie an einen Schacht, in den eine nach unten führende Metalltreppe gebaut war. Ohne Zögern begann Chronologos hinabzusteigen.

»Wohin gehen wir?«, fragte Lisa ein wenig furchtsam. »Wohin führt dieser Gang?«

Die engen Wände des Schachtes warfen nun das Echo ihrer Schritte auf der Metalltreppe zurück.

Chronologos zögerte einen Augenblick, dann antwortete er: »Ich weiß es noch nicht genau, meine Erinnerungen kehren nur nach und nach zurück. Außerdem fällt es mir zum Teil noch schwer, die Bruchstücke in meinem Kopf zu einem sinnvollen Ganzen zusammenzusetzen.«

Nach jeweils fünfzehn Stufen knickte die Treppe um neunzig Grad nach rechts ab. So stiegen sie immer weiter abwärts. Lisa hätte nicht zu sagen vermocht, wie tief sie jetzt schon waren.

Chronologos sprach weiter: »Ich spüre allerdings, dass wir auf dem richtigen Weg sind. Es gibt keinen Zweifel.«

Lisa war überrascht, in welch kurzer Zeit sich das Verhalten des Mannes verändert hatte. Er war jetzt ernster, bestimmter, entschlossener und schneller in seinem Handeln.

Irgendwann hatte der Abstieg ein Ende. Am Fuß der Treppe befand sich ein Gang ähnlich dem weiter oben. Er war allerdings höher und breiter und führte in zwei Richtungen. Über ihnen begann eine Deckenleuchte zu brennen. In beiden Richtungen blieb der Gang dunkel.

Lisa war gespannt, in welche Richtung sich Chronologos nun wenden würde. Auch die anderen sahen ihn erwartungsvoll an. Doch er blieb einfach stehen und schien auf etwas zu warten.

»Was geschieht jetzt?«, fragte die Uhlenfrau. »Warum gehen wir nicht weiter?«

»Wir müssen warten«, sagte Chronologos. »Aber nicht lange, denke ich.«

»Worauf müssen wir denn warten?«, fragte Don Diego.

»Wir werden erwartet«, antwortete Chronologos nur. Nun stellte niemand mehr Fragen.

Lisa schätzte, dass zwei Minuten vergangen waren, als sie leise, merkwürdige Geräusche hörte. Es klang, als würden mehrere Hämmer auf Stein geschlagen. In diesem Geräusch schien auch so etwas wie ein Rhythmus zu stecken, den sie aber nicht ergründen konnte. Die nächste Überraschung ließ nicht lange auf sich warten. Im Dunkel des Tunnels tanzten vier winzige Lichtpunkte. Während die klickenden Geräusche lauter wurden, nahmen die Lichter an Größe zu. Als sie so groß wie Taschenlampen waren, sahen alle, was da auf sie zukam. Zwei silbrig glänzende Pferde, deren Augen wie kleine Scheinwerfer strahlten, zogen eine große offene Kutsche. Anfangs dachte Lisa, die Pferde trügen Rüstungen wie mittelalterliche Ritter, aber der zweite Blick zeigte ihr, dass die Pferde wohl aus glitzerndem Metall bestehen mussten. An Stelle von Gelenken hatten sie Scharniere.

»Dieser Wagen bringt uns weiter«, sagte Chronologos. »Steigt alle in die Kutsche.«

Das klang nun schon fast wie ein Befehl. Der Mann, der noch vor kurzer Zeit nur Äußerungen von sich gegeben hatte wie »Schon möglich« und »Kann sein«, war kaum wiederzuerkennen, seit sie den Tunneleingang passiert hatten.

Chronologos setzte sich ganz nach vorn, Lisa und der freche Fritz neben ihn.

Im Vorübergehen wollte Kuno eines der Pferde an den Ohren kraulen, aber es schüttelte schon unwillig den Kopf, bevor die Hand es berührt hatte. Die Scheinwerferaugen wurden für einen Moment rot, aus dem geöffneten Maul, dessen Inneres ebenfalls rot schimmerte, kaum ein metallisches Knurren. Erschrocken fuhr Kuno zurück.

Kaum hatten alle in der Kutsche Platz genommen, da ruckte sie auch schon an. Die seltsamen Pferde hatten sich in Bewegung gesetzt. Wieder ertönte das Klicken der Hufe, das Lisa für Hämmer auf Stein gehalten hatte. Der Rhythmus wurde schneller und Lisa spürte einen leichten Fahrtwind. Niemand sprach. Chronologos sah geradeaus, während die anderen Gefährten immer wieder beunruhigt Blicke nach hinten warfen. Zu sehen war allerdings nichts als die Dunkelheit.

Wie in dem oberen Tunnel begannen die Lampen an der Decke zu leuchten, sobald sie sich näherten, und verloschen hinter ihnen. Der Tunnel schien endlos. Lisa begann das Gefühl dafür zu verlieren, wie lange sie schon unterwegs sein mochten. Die Pferde schienen keine Pause zu benötigen und trabten in einem absolut gleichmäßigen Tempo.

»Sind das Tiere oder Maschinen?«, fragte Lisa.

»Weder – noch«, antwortete Chronologos. »Es handelt sich um reine Energie, die Gestalt angenommen hat. Mehr ist hier nicht nötig, um die Kutsche voranzutreiben.«

»Und woher kommt die Energie?«, fragte die Uhlenfrau.

»Ich glaube, das werden wir gleich sehen«, sagte Chronologos. »Wir werden demnächst ein Kraftwerk passieren, wenn ich meinen wiederkehrenden Erinnerungen trauen darf.«

Nach kurzer Zeit weitete sich der Tunnel. Zu beiden Seiten

befanden sich Metallräder, die so hoch wie die Decke waren. Am Rand der Räder befanden sich Hohlräume, in denen sich jeweils eine Kugel aus demselben Material befand, aus dem auch die Räder bestanden. Die Räder drehten sich um die eigene Achse, einige langsam, andere schnell. Die Kugeln bewegten sich dabei in den Hohlräumen hin und her. Ein tiefes Summen, das wie ein Kribbeln am ganzen Körper zu spüren war, erfüllte diesen Tunnelabschnitt. Die Pferde blieben an einem der Räder, das sich langsam drehte, stehen. Darauf wurde die Umdrehung schneller, bis die Einzelheiten des Rades verschwammen.

»Wir tanken gerade«, erklärte Chronologos.

»Was sind das für seltsame Dinger?«, fragte Lisa, der die Umgebung unheimlich vorkam.

»Das sind *Perpetua mobilia*«, sagte Chronologos. »Ein *Perpetuum mobile* ist eine Maschine, die Energie erzeugt, ohne selbst zum Betrieb Energie zu benötigen, und deshalb nie stillsteht. Allerdings funktioniert sie nur in meiner Welt hier unten. An der Oberfläche scheitert sie an der Existenz der Zeit.«

»Bedeutet das, dass hier unten die Zeit immer steht?«, fragte Lisa.

»Mehr noch«, sagte Chronologos. »Hier ist die Zeit nicht existent.«

»Wie kann das sein?«, wollte Don Diego wissen. »So etwas kann es doch nicht geben!«

»Und doch«, antwortete Chronologos, »ist in eurer Jahreszeitenwelt die Zeit stehen geblieben. Das hättet ihr auch nicht für möglich gehalten. Es ist wie im Auge des Sturmes. Dort ist es absolut windstill. Da hier alle Zeiten des gesamten Universums zusammenlaufen, gibt es hier keine eigene Zeit, und somit ist sie hier nicht existent.«

Die Gefährten schwiegen und dachten über das soeben Gehörte nach.

Kurz darauf ließ die Rotation des Rades nach und die Pferde, die nun noch intensiver zu glänzen schienen, setzten sich erneut in Bewegung. Der Tunnel nahm wieder die vorherige Form an. Die Räder und das tiefe Summen blieben zurück. Lisa atmete auf und empfand wie die meisten anderen Erleichterung.

Niemand hätte sagen können, wie lange sie schon wieder fuhren, als der Tunnel seine Richtung änderte. Er begann nach links unten abzufallen. Mit konstanter Geschwindigkeit setzten die merkwürdigen Pferde ihre Hufe auf den Boden. Lisa erwartete, dass Chronologos nun die Kutsche irgendwie bremsen würde, damit sie durch das Gefälle nicht auf die Pferde auffuhr, aber das war offensichtlich nicht notwendig. Die Biegung wurde stärker, die Neigung ebenfalls, und Lisa begriff, dass sie in einer Art Spirale abwärts fuhren.

Feldwebel Karlchen sprach mit ängstlicher Stimme aus, was wahrscheinlich allen in diesem Moment durch den Kopf schoss. »Meine Güte, wie tief soll es denn noch gehen? Kommen wir hier jemals wieder heraus?«

Mit einem Lächeln auf den Lippen drehte sich Chronologos um. »Es gibt keinen Grund zur Beunruhigung. Das werdet ihr auch bald sehen.«

Ohne Vorankündigung öffnete sich der Tunnel zu einer weiten, hell leuchtenden Halle. Sie war kreisrund, die Decke gewölbt. Überall waren Tunnelöffnungen wie die, durch die sie in die Halle gefahren waren. Lisa drehte sich kurz um und las einen Schriftzug über diesem Tunnel: *Zeitwächter, südliches Sommerland, Jahreszeitenwelt.*

Soweit sie sehen konnte, trug jede Öffnung, die in diese Halle mündete, eine Bezeichnung. »Wo führen diese Wege hin?«, fragte sie.

»An alle möglichen Orte«, sagte Chronologos. »Wir können die Fahrt durch die Halle noch ein wenig fortsetzen, dabei erkläre ich euch das Prinzip.«

Die Kutsche fuhr an der runden Hallenwand entlang. Lisa las die Namen über den Tunneln. Über dem nächsten stand *Gletscherhafen, Winterland, Jahreszeitenwelt.* Dann folgte *Neuss-Schlicherum, Deutschland, Erde*, gefolgt von *Meer der Beständigkeit, Sirion 4.* Der nächste Tunneleingang war ein wenig größer. Dort stand *Lichtweg.*

»Diese Tunnel führen zu den Orten, die darüber namentlich genannt sind«, erläuterte Chronologos. »Das kann auf allen möglichen Planeten sein, denn mein Reich, in dem ihr euch jetzt befindet, existiert sozusagen überall. Nein, ich sollte vielleicht sagen: Fast überall! Der Lichtweg wiederum führt zu jedem beliebigen Ort, auf ihm zu reisen kostet allerdings die meiste Energie. Das nimmt die Kraftwerke sehr in Anspruch, und die benötigte Energie muss woanders eingespart werden, wenn nicht gerade hohe Reserven zur Verfügung stehen. Ist es für mich notwendig, beispielsweise nach *Weatherford, Texas, Nordamerika* zu reisen, nehme ich diesen Tunnel.« Dabei wies er auf den Eingang, den sie gerade passierten.

Lisa sah noch viele Schilder. *Grainau, Bayern, Erde*, aber auch *Tokyo, Japan, Erde*, dann *Zzyxz, 4. Mond des Khangulem-Systems.*

»Niemand weiß, wer diese Tunnel gebaut hat«, fuhr Chronologos in seinen Erläuterungen fort. »Das war lange vor meiner Zeit. Ich habe auch keine Ahnung, warum die Tunnel an ausgerechnet diese Orte führen. Derjenige, der sie anlegte, mag einen Sinn darin gesehen haben, ich kann allerdings darin nur Zufälle entdecken. Ab und an muss ich allerdings die eine oder andere Aufschrift ändern, wenn die Wesen, die dort wohnen, dem Ort einen neuen Namen gegeben haben.«

Plötzlich geschah etwas, was alle aufschrecken ließ. In rasendem Tempo schoss aus dem nächsten Tunnel eine schwarze Kutsche, die von acht schwarzen Pferden gezogen wurde. Der einzige Passagier, der zu sehen war, war von Kopf bis Fuß vollständig in schwarze Tücher gehüllt und mit schwarzen Stricken auf seinen Sitz gefesselt. Die Gestalt krümmte sich hin und her, sie schien auch irgendetwas in einer unverständlichen Sprache von sich zu geben. Während die Kutsche wie ein schwarzer Blitz über den Boden der Halle raste, begann die Gestalt plötzlich schauerlich zu lachen. Dann verschwanden Fahrzeug und Passagier in einer Tunnelöffnung. Wie ein Phantom war der Spuk verschwunden.

Ihre Kutsche mit den silbrig leuchtenden Pferden war stehen geblieben, um einen Zusammenstoß zu vermeiden. Nun setzte sie sich langsam wieder in Bewegung. Alle waren schreckensbleich geworden, Lisa zitterte sogar ein wenig, dem frechen Fritz standen die Haare zu Berge. Selbst Chronologos war ein gewisses Unbehagen anzusehen.

»Was um alles in der Welt war das?«, fragte Don Diego mit heiserer Stimme.

Chronologos zog das Instrument aus der Kutte und sah lange darauf. Währenddessen sagte Wacher Blick mit Entsetzen in der Stimme: »Ich ahne es, aber ich mag es fast nicht aussprechen. Der Ort, zu dem diese Kutsche fährt, hat keinen Namen.«

Chronologos steckte das Instrument weg und sagte langsam: »Tja, ich bin hier keineswegs ein unumschränkter Herrscher, ich weiß längst nicht alles, was hier vorgeht. Aber nach dem, was mir die Anzeigen und Skalen gerade berichtet haben, war das die Seele eines Diktators, der sich unsäglicher Verbrechen schuldig gemacht hat.«

»Und seine Seele ist nun auf dem Weg zur Hölle?«, fragte Lisa schaudernd.

»Nein, dieser Diktator ist noch nicht gestorben. Aber die Untaten, die er verbrochen hat, waren selbst für seine hartherzige Seele zu viel, sodass er schließlich den Verstand verlor. Und seine vom Wahnsinn gequälte Seele wird nun, bis er stirbt, dort sein, wo dieser Tunnel hinführt.«

»Welcher Name steht über diesem Tunnel?«, fragte der Regenmann leise.

»Keiner!«, sagte Chronologos. »Wacher Blick hatte Recht. Dieser Ort hat keinen Namen. Es ist der Ort, an dem die Schatten vor sich selbst fliehen. Es ist der böseste und grausigste Ort, den man sich vorstellen kann.«

Die Uhlenfrau schüttelte sich kurz und sagte: »O nein, schrecklich! Ich hätte nicht gedacht, dass es einen Ort geben könnte, vor dem sogar eine Hexe sich fürchten muss.«

Wacher Blick sah sich plötzlich misstrauisch um. »Ich habe das deutliche Gefühl, dass wir beobachtet werden.«

Nun war Chronologos überrascht. »Wirklich? Wer sollte das denn sein?«

Die Gefährten suchten mit ihren Augen aufmerksam die Umgebung ab, aber niemand sonst war in der schattenlos ausgeleuchteten Halle zu sehen, und es gab außer den Tunneleingängen keinen Ort, an dem sich jemand hätte verbergen können.

Don Diego sagte: »Könnte es sein, dass dir noch der Schrecken von eben in den Knochen sitzt? Ich gebe es zu, ich fühle selbst noch das blanke Entsetzen in mir.«

Wacher Blick schüttelte leicht den Kopf. »Jemand beobachtet uns.«

»Es ist niemand zu sehen«, sagte die Uhlenfrau. »Chronologos, gibt es hier unsichtbare Wesen?«

»Ausschließen kann ich das nicht«, bekannte der Angesprochene. »Zumindest gibt es welche, die nur schwer zu erkennen sind.«

»Wie auch immer, wir sind zu mehreren, und wir sind bewaffnet«, sagte der freche Fritz. »Und wir sollten eine weitere Rast einlegen, denn ich habe Hunger.«

Die Landsknechte nickten beifällig.

Chronologos wandte sich unwillig und erstaunt zu dem Jungen um. »Wir sind kurz vor dem Ziel und du redest von Pause?«

Die Landsknechte zogen lange Mienen, brummelten und murmelten unwillig vor sich hin und sahen Chronologos mürrisch an.

»Ich weiß nicht, wie das bei Euch ist«, verteidigte der freche Fritz seinen Vorschlag, »aber ich habe seit unserer letzten Rast erst fleißig in die Pedale getreten, bin dann mühsam den Berg hinaufgeklettert, und dann sind wir hier schon sehr lange Zeit in den Tunneln unterwegs. Ich hab Hunger!«

Die Landsknechte nickten wieder heftig.

»Der freche Fritz hat Recht«, sagte Don Diego. »Wir sind schon wieder ziemlich lange unterwegs.«

Die Landsknechte ließen beifälliges Gemurmel hören.

Chronologos lächelte ein wenig. »Verzeiht, aber seit ich mein Reich wieder betreten habe, sind mir Dinge wie Müdigkeit nicht mehr vertraut. Ihr habt selbstverständlich alles Recht der Welt auf eine Pause. Ihr solltet sogar noch ausruhen und Kräfte sammeln, bevor wir uns dem Schauplatz nähern, an dem wir wohl gegen unsere Gegnerinnen werden kämpfen müssen.«

Jetzt zogen die Landsknechte lange Gesichter.

Wacher Blick sah sich weiterhin aufmerksam um, während alle die Kutsche verließen und die Vorräte auspackten. Der freche Fritz äußerte Bedauern, dass kein Feuerholz da war, aber Chronologos konnte helfen. Er legte sein Instrument mit der gläsernen Seite nach oben auf den Boden. Aus dem Glas schlug bald darauf eine Flamme.

»Sie wird so lange brennen, wie ihr sie braucht«, sagte Chronologos.

Der freche Fritz beeilte sich, einen Metallständer und eine Pfanne aufs Feuer zu setzen. Innerhalb kurzer Zeit duftete es nach Röstkartoffeln.

Während sich alle zum Essen zusammensetzten, sah sich Wacher Blick immer wieder um. Offensichtlich konnte er seine Befürchtungen und seine Unruhe nicht ablegen. Die übrigen Gefährten fühlten sich auch nicht unbedingt wohl, aber die Müdigkeit, die fast allen anzusehen war, machte sie ein wenig gleichgültiger gegenüber eventuellen Gefahren.

Zur allgemeinen Überraschung lehnte Chronologos sowohl

Speise als auch Trank ab. »Brauche ich hier nicht mehr«, sagte er nur knapp.

Nach dem Essen rollten sich die Expeditionsteilnehmer in ihre Schlafsäcke und suchten Ruhe. Die Uhlenfrau, der Regenmann und Chronologos unterhielten sich leise, um die anderen nicht zu stören.

Lisa sah noch, dass Chronologos das Instrument ein weiteres Mal zu Rate zog, auf die Skalen starrte und dann aufmerksam die Umgebung musterte. Die Uhlenfrau fragte ihn etwas, was Lisa aber nicht verstand, denn die Worte waren sehr leise gesprochen worden, und außerdem schlief sie schon halb. Chronologos schüttelte den Kopf, und Lisa hatte den Eindruck, dass die Uhlenfrau mit dieser Antwort nicht zufrieden war.

ENTFÜHRT!

Lisa schlug die Augen auf und blickte in das Gesicht des frechen Fritz. Sie bemerkte sofort, dass er sehr aufgeregt war. Seine Hände lagen auf ihren Schultern.

»Du kannst aufhören, mich zu rütteln«, sagte sie. »Ich bin wach. Was ist los?«

»Chronologos, der Regenmann und die Uhlenfrau sind weg!«, sagte der freche Fritz aufgeregt. »Spurlos verschwunden!«

Lisa setzte sich auf und sah sich um. Bis auf Wacher Blick, der seinen Bogen und einen Pfeil schussbereit hielt und die Umgebung absuchte, schliefen alle noch. Von der Uhlenfrau, dem Regenmann und Chronologos war nichts zu sehen, ebenso fehlte die Kutsche mit den seltsamen Pferden.

Wie konnte das sein? Lisa wusste, dass keiner der drei sie je allein gelassen hätten.

»Das kann nur bedeuten«, sagte Lisa, »dass sie entführt wurden, während wir schliefen.«

»Ja, mag sein«, sagte der freche Fritz. »Aber warum nur die

drei? *Wir* haben geschlafen, wieso sind wir dann nicht alle überwältigt worden?«

Lisa zuckte nur mutlos mit den Schultern und der freche Fritz weckte die anderen Schläfer. »Alarm! Los, wacht auf! Alarm!«

Don Diego war sofort auf den Beinen und zog seinen Säbel. Mit wildem Blick sah er um sich. Die vier Landsknechte blinzelten trüb aus der Wäsche.

»Die Uhlenfrau, der Regenmann und Chronologos sind weg«, berichtete Lisa, »und wir haben keine Ahnung, wo sie sind.«

Don Diego sah sich immer noch misstrauisch in der sonst leeren Halle um. »Die Kutsche ist auch nicht mehr da. Sollten sie ohne uns weggefahren sein? Das kann ich nicht glauben!«

»Nein, Don Diego, das glaube ich auch nicht«, sagte Lisa. »Niemals hätten sie uns im Stich gelassen. Wir nehmen an, dass sie entführt wurden, als wir schliefen, und vermutlich mit der Kutsche abtransportiert. Aber wohin? Und von wem?«

Don Diego trat zu Wacher Blick. »Du hattest wohl mit deiner Vermutung doch Recht. Es hat uns jemand beobachtet, das glaube ich jetzt auch. Und jetzt sind wir unseren Chronologos, der sich hier auskennt, los und auch noch die Uhlenfrau. Und den Regenmann.«

Wacher Blick nickte nur.

»Wer kann das bloß gewesen sein?«, fragte Lisa.

»Die Antwort liegt doch auf der Hand«, sagte der freche Fritz. »Hagelhart und Adragar natürlich. Die treiben sich doch schon länger in Chronologos' Welt herum. Außerdem traue ich Hexen am ehesten die Macht zu, diese drei Leute zu überwältigen.«

Don Diego nickte beifällig. »Hört sich logisch an!«

Wacher Blick sagte nichts. Die Landsknechte blieben ebenfalls stumm, sahen von einem zum anderen und warteten ab, was entschieden würde.

»Mag sein, dass du Recht hast«, sagte Lisa. »Aber was tun wir jetzt?«

Wacher Blick hob den Arm und zeigte ringsum. »Sie können nur durch einen der Tunnel verschwunden sein. Wir sollten uns am besten in zwei Gruppen teilen. Wir beginnen bei dem Eingang, der uns am nächsten liegt. Die eine Gruppe geht links-, die andere rechtsherum. Wir suchen jeden einzelnen Tunnel nach Spuren ab, die uns verraten könnten, durch welchen sie entführt wurden.«

»Das klingt vernünftig«, sagte Don Diego. »Dabei sollten wir auf die Aufschriften über den Tunneln achten. Vielleicht ist ja ein Weg dabei, der uns als die logischste Möglichkeit erscheint.«

»Dann lasst uns sofort anfangen«, sagte der freche Fritz. »Lisa und ich gehen mit Bruno und Kuno nach links, ihr geht mit Hugo und Feldwebel Karlchen nach rechts.«

Sie begannen bei dem Tunnel, der die Aufschrift *Weatherford, Täksas, Nortammericka*, trug. Lisa sah nachdenklich auf die

Schrift, die ihr merkwürdig vorkam. Was stimmte dort nicht? Sie vermochte es nicht zu sagen. Überhaupt schien alles ein wenig anders als bei ihrer Ankunft auszusehen. War die Halle plötzlich etwas höher oder waren die Tunnelöffnungen runder geworden?

Nun setzten sie sich wie verabredet in entgegengesetzte Richtungen in Bewegung. Lisa und der freche Fritz gingen voran, Kuno und der riesige Bruno folgten. Die beiden Gruppen hielten stets Blickkontakt, um einander bei Gefahr zu Hilfe eilen zu können.

Die Tunneleingänge unterschieden sich nicht voneinander. Nichts deutete darauf hin, dass hier vor kurzer Zeit die Kutsche mit den Entführten durchgefahren sein könnte. Die Schriftzüge über den gemauerten Bögen wiesen auf alle möglichen Orte hin, aber Lisa und dem frechen Fritz kam keiner als ein mögliches Ziel vor.

Hamburch, Doitschland, Erde,

dann *Erloschener Wulkan, Daxnar, 3. unbewohnter Stärn der Cycladen-Sonne*

und dann *Trubelburg, Härbstland, Jahreszaitenwelt* und so weiter.

Beim Tunnel *Blaya del Ingels, Gran Kannaria, Schpanien* trafen sie wieder die andere Gruppe.

»Und, ist euch etwas aufgefallen?«, fragte der freche Fritz.

Wacher Blick schüttelte den Kopf. »Ich habe nicht den Hauch einer Spur gefunden.«

»Wir auch nicht«, sagte Lisa. »An den Schriftzügen kommt mir irgendetwas komisch vor, aber ich kann nicht sagen, was genau. Geht euch das nicht auch so?«

Lisa erntete nur erstaunte und verständnislose Blicke.

»Einer der Tunnel hatte eine vielversprechende Aufschrift«, sagte Don Diego dann. »Da stand *Kronologos' Uhrwärk* drüber.«

»Das wird es sein«, sagte der freche Fritz spontan. »Es können doch nur die Hexen gewesen sein, die die anderen entführt haben. Und die haben auch die Zeit angehalten, also das Uhrwerk von Chronologos lahmgelegt. Also kamen sie aus diesem Tunnel und gingen bestimmt auch wieder dahinein.«

»Das nehme ich auch an«, sagte Don Diego.

Wacher Blick sagte zunächst nichts. Die Landsknechte beschränkten sich weiterhin auf das Zuhören.

»Wer ist dafür, dass wir den Tunnel *Kronologos' Uhrwärk* versuchen?«, fragte der freche Fritz. »Hand hoch!« Und sein Arm schoss nach oben. Lisa und Don Diego schlossen sich seiner Meinung sofort an, dann die Landsknechte.

Wacher Blick schien mit etwas nicht zufrieden zu sein. »Habt ihr einen Tunnel ohne Aufschrift bemerkt?«, fragte er.

Lisa und der freche Fritz sahen sich an, dann schüttelten beide die Köpfe.

»Merkwürdig«, sagte Wacher Blick. »Wir auch nicht. Aber es muss einer da sein. Die schwarze Kutsche mit der Seele des Wahnsinnigen ist doch hineingefahren.«

Einen Augenblick schwiegen alle. Wieso hat keiner diesen Tunnel gesehen?, dachte Lisa. Und wieso beunruhigt mich dieser Gedanke? Und wieso kommt mir die Schrift über den Tunneleingängen so seltsam vor?

Der freche Fritz warf alle Bedenken über Bord. »Vielleicht haben wir diesen Tunnel einfach übersehen. Wie dem auch sei, wir haben jetzt nicht die Zeit, ein zweites Mal alles abzugehen. Ich bin dafür, sofort in den einen Tunnel zu marschieren.«

Niemand widersprach, da keiner eine bessere Idee hatte; also brach die Gruppe auf und betrat den Tunnel. Er unterschied sich in keiner Weise von dem, durch den sie mit der Kutsche gekommen waren. Sie lauschten dem Echo ihrer Schritte und horchten, ob darüber hinaus noch etwas anderes zu hören war. Sie sahen sich immer wieder um. Wacher Blick äußerte erneut den Verdacht, dass jemand sie beobachtete.

Wie zuvor begannen über ihnen die Deckenlampen zu leuchten, wenn sie sich näherten, und erloschen hinter ihnen wieder. Der Gang vor ihnen war dunkel. Doch plötzlich begann weit voraus eine Lampe zu leuchten. Darunter stand eine einzelne Gestalt. Noch war nicht zu erkennen, ob sie groß oder klein, bewaffnet oder unbewaffnet, ihnen bekannt oder unbekannt war. Die Gruppe blieb stehen. Die Landsknechte, Don Diego und Wacher Blick hielten ihre Waffen bereit.

»Wer kann das sein?«, murmelte der freche Fritz.

Lisa sagte leise: »Vielleicht ist es Adragar oder Hagelhart. Ich spüre irgendwie, dass der oder die da vorne uns nicht gut gesonnen ist. Irgendetwas Böses geht von dort aus.«

Die Gestalt stand unbeweglich. Sie gab mit nichts zu erkennen, dass sie die Annäherung der Gruppe überhaupt bemerkt hatte.

»Du da vorn! Freund oder Feind?«, rief der freche Fritz.

Keine Antwort!

Langsam setzten die Gefährten ihren Weg fort. Lisa beobachtete aus den Augenwinkeln, dass Wacher Blick angestrengt in die Ferne starrte.

»Erkennst du irgendetwas Bedrohliches?«, fragte sie.

Wacher Blick schüttelte den Kopf, doch Lisa merkte ihm sein Unbehagen und Misstrauen an.

Ihr Erstaunen war groß, als sie endlich Einzelheiten der Gestalt ausmachen konnten. Nach wie vor sah sie ihnen unbewegt entgegen, schien aber zu lächeln. Das Wesen war hübsch anzusehen, aber gleichzeitig zum Schaudern. Es hatte blonde Locken, die bis fast auf die Schultern reichten, war schmal und schlank, und es war nicht auszumachen, ob es sich um einen Mann oder eine Frau handelte.

Und dann sprach dieses Wesen. »Ich grüße euch von Chronologos, der Uhlenfrau und dem Regenmann. Sie sind während eures Schlafes zu Chronologos' Uhrwerk vorausgefahren.« Auch die Stimme war neutral, hätte sowohl einem jungen Mann als auch einer Frau gehören können.

»Dem glaube ich kein Wort«, raunte Lisa so leise, dass es nur ihre Gefährten hören konnten.

»Wer bist du?«, fragte Don Diego. »Wieso haben sie uns nicht selbst gesagt, dass sie vorausfahren wollen?«

Das angedeutete Lächeln des Wesens schien etwas deutlicher zu werden, als es die Schultern zuckte.

»Sag mal, war das etwa die ganze Antwort?«, fragte der freche Fritz. »Wer bist du überhaupt?«

»Ich habe keinen Namen. So etwas braucht man da, wo ich herkomme, nicht.«

»Und wo kommst du her?«, fragte der freche Fritz erneut.

Die Gestalt ließ die Frage unbeantwortet. »Ihr werdet mir schon folgen müssen, wenn ihr Chronologos und die anderen wiedersehen wollt.«

»Dem Tunnel folgen können wir auch allein, dafür brauchen wir dich nicht«, knurrte Don Diego.

»Dann begleite ich euch einfach«, sagte die Gestalt. Die Stimme klang unverändert, aber das Lächeln war jetzt deutlich und hatte etwas Triumphierendes.

Die Gefährten gingen weiter, neben ihnen das sonderbare Wesen. Niemand schien sich in seiner Nähe wohl zu fühlen, denn jeder der Gefährten suchte Abstand zu halten. Selbst Bruno hegte solche Empfindungen, denn er sagte unverblümt: »Lauf neben jemand anderem her. Ich kann dich nicht leiden. Hau ab!«

Doch mit jedem Schritt schien die Gestalt vergnügter zu werden, bald begann sie sogar auf unheimliche Weise zu kichern. Dann hüpfte sie auf einmal ein paar Schritte.

Don Diego knurrte erneut etwas Unfreundliches und blieb schließlich stehen. »Was lachst und tanzt du so herum? Wohin führst du uns?«, fragte er.

Auch die anderen Gefährten waren stehen geblieben und bedachten die Gestalt mit misstrauischen Blicken.

»Warum sollte ich nicht lachen und hüpfen? Ist das verboten?«, fragte das Wesen betont arglos.

»Ich traue dir nicht! Deine gute Laune bedeutet für uns nichts Gutes«, antwortete Don Diego.

Doch die Fröhlichkeit des Wesens nahm nicht ab. Während die Gefährten um es herumstanden, tanzte es einige Pirouetten und rief: »Ich sage euch, es ist nicht mehr weit, wir sind bald am Ziel.«

»Was nennst du Ziel?«, fragte der freche Fritz misstrauisch.

Das Wesen sah wieder in den Tunnel hinein und plötzlich verschwand das Lächeln. Mitten in einer Tanzbewegung erstarrte die Gestalt.

»Was ist da?«, fragte Wacher Blick, der nun auch in die Richtung sah.

Ungefähr einhundert Meter entfernt brannte noch ein Licht. Dort befand sich ein Schlagbaum im Tunnel. Daneben stand ein Schreibtisch, an dem ein Mann in einer grauen Uniform und einer grauen Schirmmütze saß. Er hielt den Kopf nach vorne geneigt und schien sich mit etwas zu beschäftigen, das auf dem Schreibtisch lag.

Von einer Sekunde auf die andere stand das Wesen nicht mehr bei den Gefährten, sondern am geschlossenen Schlagbaum und starrte auf den Schreibtisch und den Mann in Uniform. Keiner hätte sagen können, wie das Wesen die Distanz so schnell zurückgelegt hatte.

»Da hat ihm aber etwas die Laune verdorben«, sagte der freche Fritz. »Wir sollten zusehen, dass wir auch so schnell wie möglich da vorne sind, das wird bestimmt hochinteressant!« Und schon rannte er los.

Die anderen folgten ihm und kamen gerade noch rechtzeitig, um den Beginn des Gespräches mitzuhören. Das Wesen stand am Schreibtisch und funkelte den Mann, der seelenruhig Stempel auf Papiere setzte und sonst nichts wahrzunehmen schien, rasend vor Wut an.

»Wer bist du?«, zischte es.

»Ich denke, Namen braucht man hier unten nicht«, warf der freche Fritz breit grinsend ein, aber weder die Gestalt noch der Uniformierte achteten darauf.

»Hier ist eine mobile Personenkontrolle und ich bin Oberkontrollrat Niemand. Die Reisepässe, bitte!«, sagte der Uniformierte, ohne den Blick von seinem Schreibtisch zu heben. Er hörte nicht auf, Stempel auf Formulare zu drücken.

Die Gestalt trat schnaufend vor Zorn von einem Fuß auf den andern. »Du dürftest gar nicht hier sein. Dich kann es hier gar nicht geben. Ich erschaffe diesen Traum, er ist mein Werk! Verschwinde!«

Nun sah der Mann erstmals das merkwürdige Wesen an. Seine Stimme klang ein wenig drohend, als er sagte: »Also: Hier ist eine mobile Personenkontrolle und ich bin der Oberkontrollrat Niemand. Herr Oberkontrollrat natürlich! Das bedeutet, dass ich mit Sie anzusprechen bin und keinesfalls mit du. Zuwiderhandlungen stellen eine Beamtenbeleidigung dar und werden geahndet. So viel dazu! Zweitens: Hier wird nur durchgelassen, wer sich mittels eines Reisepasses oder ersatzweise eines Personalausweises legitimieren kann. Wer das mangels amtlicher Dokumente nicht kann, wird bis zur Feststellung seiner Identität festgehalten. Wer randaliert oder sonst wie gegen die öffentliche Ordnung verstößt, wird mit Freiheitsentzug bestraft. Hat jemand dazu Fragen?«

Lisa kam etwas an der Sprechweise des Mannes bekannt vor. Neugierig trat sie näher.

Inzwischen schäumte das fremde Wesen vor Wut und brüllte: »Es gibt dich nicht! Du existierst nicht! Verschwinde! Sofort!«

Der Uniformierte zeigte sich von dem Zornesausbruch nicht im Geringsten beeindruckt. »Solche Unverschämtheiten lasse ich mir nicht bieten. Sie zeigen mir jetzt als Erster Ihren Reisepass, und zwar sofort!«

Die Gestalt stürzte an den Schlagbaum und wollte ihn nach oben drücken, doch er war unverrückbar fest. Dann bemerkte das Wesen, dass seine Hände am Schlagbaum klebten. Es heulte vor Wut, konnte sich jedoch nicht befreien.

Der Oberkontrollrat Niemand wandte sich an Lisa und sagte wesentlich freundlicher: »Nun, hast du denn deinen Reisepass dabei?«

Lisa schüttelte den Kopf.

»Das ist aber sehr bedauerlich.« Der Mann runzelte die Stirn. »Verstehst du, ich muss einen Pass vorgelegt bekommen, damit ich einen solchen Stempel hineinsetzen kann.«

Der Mann nahm ein weißes Blatt Papier und drückte einen großen Stempel darauf. Dann sah er Lisa an und reichte ihr das Blatt. Lisa sah in das Gesicht des Mannes. Er hatte die Augen der Uhlenfrau!

»Verstehst du, dieser Stempel ist wichtig! Sehr wichtig sogar!«

Lisa sah auf das Papier, auf das der Uniformierte mit seinem Zeigefinger deutete. Der Text des Stempelabdruckes lautete:

Ihr seid in Gefahr! Ihr seid in einem Traum gefangen! Geht sofort zurück in die Halle! Folgt keinesfalls diesem Tunnel!

Die Erkenntnis kam schlagartig. Die merkwürdige Schreibweise der Tunnelnamen! Waren nicht in einem Traum manche Dinge seltsam und kurios? Und das seltsame Wesen! Und erst die

Sache, dass die Uhlenfrau, Chronologos und der Regenmann ohne ein Wort der Erklärung verschwunden sein sollten! Lisa legte einen Moment die Hand auf die Stirn. Nicht die anderen drei waren entführt worden, sondern die acht Gefährten, und mit Sicherheit waren ihre Seelen jetzt im Traum im Tunnel ohne Namen unterwegs!

»Wir müssen umkehren«, sagte Lisa leise, aber bestimmt. »Und zwar jetzt gleich! Ich hoffe, dass es noch nicht zu spät ist!«

Sofort begann das Wesen noch lauter zu heulen. »Das dürft ihr nicht! Ihr kommt mit mir! Ich lasse euch nicht zurückgehen!«

»Was ist denn los?«, fragten Don Diego und der freche Fritz wie aus einem Mund, während Wacher Blick verstehend nickte. »Wir sind in den Tunnel ohne Namen geraten! Habe ich Recht?«

»Ja«, bestätigte Lisa. Sie sah schaudernd auf das Wesen, das am Schlagbaum mit den Händen festklebte und zappelte und sich wie ein Irrsinniger gebärdete. »Wir sind alle in einem Traum unterwegs. Das hier ist nicht real.«

»Was soll das heißen?«, fragte Don Diego. »Ich träume das alles nur und liege in Wirklichkeit zu Hause in meinem Bett?«

Lisa schüttelte den Kopf. »Nein. Wir alle träumen zur selben Zeit denselben Traum. Ich glaube, dass der merkwürdige Kerl damit zu tun hat. Hat er nicht eben gegenüber dem Mann in Uniform behauptet, er habe einen Traum erschaffen? So etwas hat er doch gesagt! Unsere Körper liegen noch in der Halle, und

Chronologos, der Regenmann und die Uhlenfrau sind auch jetzt noch dort. Sie sind weder entführt worden noch ohne uns losgefahren. Aber unsere Seelen sind auf dem Weg zu dem Ort, der keinen Namen trägt und wo die Schatten vor sich selbst fliehen.«

Der Mann in der grauen Uniform lächelte freundlich und deutete ein Nicken an, sagte aber nichts. Der freche Fritz ging an den Schreibtisch, nahm einen großen Stempel und knallte ihn dem zappelnden Wesen auf die Stirn. *Ungültig!* stand nun dort. Das Geheul wurde noch lauter und wütender. Darauf setzte der freche Fritz den Stempel kurz auf das Stempelkissen und hieb danach erneut auf die Gestalt ein. Schließlich war der Unhold mit über einem Dutzend Abdrücken verziert.

»So«, sagte der freche Fritz zufrieden, »jetzt lasst uns hier verschwinden! Aber flott, denn das Gejaule von diesem Kerl halte ich nicht mehr lange aus!«

Der Uniformierte begann sich aufzulösen, ebenso der Schreibtisch und der Schlagbaum. Die Konturen verschwammen, die Farben wurden blasser und verwaschener, dann war alles bis auf das Wesen verschwunden. Dieses hing aber immer noch an etwas fest, wenn auch der Schlagbaum ebenfalls nicht mehr da war.

Was nun folgte, war so schauerlich anzusehen, dass sich Lisa abwenden musste. Der freche Fritz schluckte, Don Diego wurde blass und begann zu fluchen. Wacher Blick ging langsam rückwärts auf die Halle zu, die vier Landsknechte gaben Fersengeld und rannten, so schnell sie konnten.

Das Wesen verlor vor ihren entsetzten Augen seine blonden Locken, sie fielen zu Boden und wurden zu Staub. Die Haut wurde runzelig und schwarz wie eine uralte Baumrinde. Dabei wurden Arme, Beine und der Leib spindeldürr. Dafür wuchs die Gestalt, bis sie sicherlich drei Meter hochragte. Die Stimme war so kreischend, dass sie in den Ohren wehtat.

Nun hielt es auch Lisa nicht mehr aus und rannte davon. Hinter und vor sich hörte sie die Schritte der anderen. Zum Glück wurde das abscheuliche Geschrei schnell leiser.

Und dann merkte Lisa, dass sie um sich schlug, öffnete mühsam die Augen und setzte sich auf. Sie befand sich in der Halle, in der sie sich schlafen gelegt hatte. Ihre Atmung beruhigte sich langsam, sie rieb sich mit beiden Händen über das Gesicht.

»Gott sei Dank«, hörte sie die Stimme der Uhlenfrau. »Wir haben sie zurückholen können! Ich glaubte sie schon verloren!«

Lisa sah, dass alle anderen auch da waren, und sie sah die erleichterten Blicke des Regenmannes und der Uhlenfrau. Chronologos hatte die zufriedene Miene eines Mannes, der ein lange gejagtes Ungeziefer erlegt hat, und blickte auf sein Instrument, das auf dem Boden lag, mit der Skalenseite nach oben. Ein dünner Lichtstrahl schien aus dem Glas nach oben zu steigen und wie Rauchschwaden zu tanzen. Der Strahl war ungefähr drei Meter hoch. Ein leises, sehr hohes Pfeifen lag in der Luft.

Wacher Blick verzog gequält das Gesicht und hielt sich die Ohren zu.

Lisa sah die Uhlenfrau fragend an.

Diese nickte langsam. »Ja, das ist der Dämon, der euch beinahe zu dem Ort entführt hätte, wo die Schatten vor sich selbst fliehen.«

»Was ist geschehen? Wie habt ihr festgestellt, dass wir in Gefahr sind?«, fragte Don Diego.

»Das war im Grunde genommen sehr einfach«, antwortete die Uhlenfrau. »Wir wollten weiterfahren, aber es gelang uns nicht, euch zu wecken. Ihr habt fest geschlafen, aber eindeutig alle geträumt, jeder Einzelne von euch.«

»Woher wusstet ihr das denn?«, fragte der freche Fritz.

»Wenn ein Mensch träumt«, fuhr die Uhlenfrau fort, »dann bewegt er die Augen hinter den geschlossenen Lidern. Das kann man sehen. Übrigens hatte auch Chronologos das Gefühl, dass uns jemand beobachtet, als ihr euch zum Schlafen niederlegtet. Als wir dann mit ansehen mussten, dass ihr in einem Alptraum gefangen wart, wusste Chronologos, welcher Unhold seine Netze ausgeworfen hatte.«

»Es war ein Traumtrapper«, erklärte Chronologos. »Ich habe ihn mit meinem Instrument gefangen. Töten kann ich ihn damit nicht, aber da ihr nun wach seid, werde ich ihn dahin schicken, woher er kam.«

»Was ist ein Traumtrapper?«, fragte Wacher Blick.

»Er stellt Fallen, wie es jeder andere Trapper auch tut«, sagte Chronologos. »Er sendet Menschen, die hier ohne Schutz schlafen, üble Träume und fängt sie damit ein. Wer in sein Traumspinnennetz erst einmal hineingeraten ist, findet nicht mehr hinaus. Die so gefangenen Seelen nimmt er mit zu seinem Wohnort. Das ist, wie die Uhlenfrau schon sagte, der Ort ohne Namen, wo die Schatten vor sich selbst fliehen. Und dort foltert er seine Gefangenen, denn er ernährt sich von ihren Qualen.«

»Zauberhafter Junge«, sagte Lisa schaudernd. »Und wie habt ihr uns gerettet?«

»Das war meine Idee«, sagte die Uhlenfrau. »Als Hexe verstehe ich mich auf das Hypnotisieren. Ich habe auf euch eingesprochen und damit gelang es mir, den Traum des Dämons zu beeinflussen.«

»Du warst der Mann in der Uniform«, sagte Lisa. »Ich habe deine Augen gesehen.«

»Sehr richtig«, sagte die Uhlenfrau. »Und da ihr alle im selben Traum gefangen wart, habt ihr alle den Beamten, den Schreibtisch und den Schlagbaum gesehen. Ich habe diesen Mann sozusagen in den Traum hineingeschleust. Chronologos hat wenig später den Traumtrapper gefangen. Und dann habt ihr zum Glück sehr bald die Augen geöffnet und wart frei.«

»Der Traumtrapper ist explodiert vor Wut, als er deine Störung bemerkte«, sagte der freche Fritz, der jetzt wieder vergnügt grinsen konnte. »Und erst recht, als er bemerkte, dass er gefangen war.«

»Wie können wir uns zukünftig vor solchen Dämonen schützen?«, fragte Wacher Blick. »Ich habe zwar geschlafen, bin aber durch den Traum noch müder als zuvor.«

Chronologos nickte verstehend. »Er hat eure Lebensenergie angezapft. Deswegen war der Schlaf für euch nicht erholsam, sondern eine Strapaze. So ein Dämon hat außerhalb seiner Welt auch nichts zu suchen. Derjenige, der ihn hierher geholt hat, wird eines Tages dafür einen Preis bezahlen müssen.«

»Ich vermute, dass das Adragar sein wird«, sagte die Uhlenfrau nachdenklich. Kurz darauf fluchte sie: »Dieses liederliche und gemeine Weibsbild! Der Ausschluss aus der Gilde der Hexen und Zauberer ist gar nicht Strafe genug!«

»Nun gut«, rief Chronologos. »Wir müssen zwar weiter, aber ich glaube, dass ihr eure Erholung dennoch bekommen werdet. Mir ist gerade wieder etwas eingefallen. Steigt bitte alle in die Kutsche!«

Müde und zerschlagen statt frisch und ausgeruht brachen sie das Lager ab. Chronologos nahm sein Instrument auf, wischte durch den Lichtstrahl, der daraufhin Wellenlinien schlug, und sagte: »Verschwinde dorthin, wo du hingehörst, und kehre nie wieder zurück.« Der Lichtstrahl schoss darauf mit einem Zischen auf einen der Tunnel zu. Von einer Sekunde auf die andere war er nicht mehr zu sehen. Das Pfeifen verschwand.

»Diese Brüder können eines nicht vertragen«, sagte Chronologos. »Wind oder ähnliche Bewegungen vertreibt die Traumtrapper sofort. Soweit ich weiß, existiert an dem Ort, wo die Schatten vor sich selbst fliehen, kein Wind.«

Nun setzten sich alle auf ihre Plätze in der Kutsche, die sich daraufhin sofort in Bewegung setzte. Sie fuhren auf einen Tunnel zu, über dem *Meer der Stille und Sternentor* stand.

»Gibt es keinen Tunnel, über dem *Chronologos' Uhrwerk* steht?«, fragte der freche Fritz.

Chronologos schüttelte leise lächelnd den Kopf. »Falls ihr so etwas gesehen zu haben glaubt, dann hat euch das nur der Traumtrapper vorgegaukelt, damit ihr euch auf dem richtigen Weg fühlen solltet.«

»Dieser raffinierte Schweinehund!«, grollte der freche Fritz. »Ich hätte ihn noch ein bisschen länger stempeln sollen.«

Nach einigen Minuten Fahrt öffnete sich der Tunnel erneut zu einer Halle, die eher noch größer als die vorige war. Die Luft hier drinnen war ziemlich kühl, der Boden über und über mit Sand bedeckt, der teilweise zu Dünen aufgeschüttet war. Lisa hielt den Atem an. Die Decke der Halle war durchsichtig wie Glas. Und über ihren Köpfen schien ein riesiges Aquarium zu schweben. Merkwürdige Fische in allen Größen, aber alle nahezu farblos, tollten durch das Wasser. Ein riesiger Krebs kroch über den Boden und zeigte seine Unterseite. Ein Tintenfisch schrak auf und trübte das Wasser um sich herum mit seiner Tinte ein.

»Das ist ja unglaublich!«, rief Lisa. Auch die anderen starrten wie verzaubert nach oben.

»Das ist das Meer der Stille. Dieser Ozean ist mehr als zwölftausend Meter tief. Ihr seht über euch sozusagen die tiefste Stelle. Wichtiger als das Meer der Stille ist aber dieser Herr«, sagte Chronologos und zeigte auf einen schnurrbärtigen Mann von ungefähr sechzig Jahren. Er trug einen kleinen Strohhut, ein Hemd mit kurzen Ärmeln und eine alte graue Hose, die er bis über die Waden aufgerollt hatte. Er saß in einem Liegestuhl, seine nackten Füße spielten im Sand. Als er die Kutsche sah, stand er gemächlich auf und begann von einem großen Stapel weißblaue Sonnenschirme zu nehmen und im Sand aufzustellen. Als seien sie Lampen, warfen die Sonnenschirme ein warmes Licht nach unten auf den Sand, sobald der Mann an einer Schnur gezogen hatte, die an der Schirmstange wie bei einer Stehlampe herabhing. Der Mann lächelte den Gefährten freundlich zu, wobei ein großer Goldzahn blitzte.

»Ihr könnt ihm bedenkenlos vertrauen«, sagte Chronologos. »Legt euch unter die Schirme und schließt die Augen. In kürzester Zeit werdet ihr ausgeruht sein und lange keinen Schlaf mehr brauchen. Das ist auch notwendig, denn die Begegnung mit Adragar und Hagelhart steht bald bevor. Und dann braucht ihr alle eure Kräfte.«

Mittlerweile baute der Mann unter den Sonnenschirmen Liegestühle auf. Dankbar ließ sich Lisa in einen der Stühle sinken. Das Licht aus dem Schirm war angenehm warm. Der Mann lächelte freundlich, sagte etwas in leisem und ruhigem Ton, was Lisa aber nicht verstand, und ging weiter. Was hat er wohl gesagt?, dachte sie noch. Dann schlief sie schon.

Auch Chronologos ließ sich auf einer Liege nieder. »Das Licht, das aus den Schirmen fällt, ist reine Energie«, hörte Lisa halb im Traum seine Stimme. »Es schützt auch vor jedem Unhold, der etwa euren Kurzschlaf stören wollte. Seid also unbesorgt.«

GLATTEIS

Lisa konnte nicht sagen, wie lange sie geschlafen hatte. Sie erwachte von selbst. Im gleichen Augenblick schienen auch die Gefährten wieder munter zu werden. Sie fühlte sich herrlich ausgeruht und voller Tatendrang.

Chronologos zog an der Schnur seines Energieschirmes, dessen warmes Licht daraufhin verlosch. Dann erhob er sich mit Schwung aus seinem Liegestuhl. »Nun werden wir endgültig unser Ziel ansteuern«, sagte er.

»Dann haben wir das Uhrwerk bald erreicht?«, fragte der freche Fritz.

»Sagen wir, es ist nicht mehr weit entfernt«, sagte Chronologos. »Wie lange wir für die restliche Strecke benötigen, ist eine andere Sache.«

Die Uhlenfrau kniff ein Auge zu. »Dann argwöhnt Ihr also, dass von jetzt an der Weg versperrt sein oder mit weiteren unliebsamen Überraschungen gespickt sein könnte?«

»Ich vermute so etwas«, antwortete Chronologos. »Immerhin

ahne ich, dass der Mittelpunkt meines Reiches vor uns liegt, denn meine Erinnerungen nehmen mehr und mehr Gestalt an. Also sollten wir uns auf Fallen oder Ähnliches gefasst machen.«

Lisa erhob sich gleichfalls von ihrer Liege. »Was sind das nur für seltsame Schirme!«, sagte sie verwundert.

Chronologos lächelte. »Es sind Sammelschirme. Sobald sie eingeschaltet sind, sammeln sie die Kälte, die vom Meer der Stille über unseren Köpfen ausgeht, und transformieren sie in Energie und Wärme. Und da das Meer der Stille aufgrund seiner Tiefe sehr kühl ist, geht diesen Schirmen nie die Energie aus. Praktische Sache, nicht wahr?«

Die Gruppe rüstete zum Aufbruch. Alle nahmen ihre Plätze in der Kutsche ein. Die Gefährten winkten dem freundlichen Mann, der wieder gemütlich in seinem Liegestuhl saß, zum Abschied zu und er winkte lächelnd zurück. Die Räder knirschten eine Weile im Sand, dann änderten die Pferde die Richtung und zogen die Kutsche wieder in einen Tunnel hinein.

Dieser war wesentlich höher und breiter als die bisherigen. Die Deckenlampen fehlten, dafür leuchteten die Wände in einem hellen Blau. Das Klicken der Hufe nahm einen anderen Ton an, wurde gedämpfter.

Lisa wunderte sich darüber und versuchte die Ursache zu ergründen. Sie beugte sich zur Kutsche hinaus und blickte auf den Boden. »Was ist das?«, rief sie leise. »Wir fahren über Schnee, glaube ich.«

»Stoppt die Fahrt!«, befahl Chronologos den Pferden, sprang von der Kutsche und rutschte sofort aus. Er erhob sich, nahm eine Hand voll Schnee vom Boden auf und sagte: »Tatsächlich! Bemerkenswert! So was hatte ich hier noch nie!« Er sah den Gang in Fahrtrichtung hinab. »Und der Schnee scheint dort vorne noch höher zu liegen. Hoffentlich kommen wir da durch.«

Die Fahrt ging weiter. Chronologos' Befürchtungen schienen zunächst grundlos zu sein. Wenn auch der Schnee einen Hügel bildete, so zogen die Pferde die Kutsche dennoch hinauf. Ihre Hufe versanken zwar ein wenig, doch das Tempo wurde nicht geringer. Dann aber war die Hügelkuppe überwunden, und was nun folgte, war eine Art hochgefährliche Achterbahnfahrt.

Dem ersten Hügel lag ein zweiter, der genauso hoch war, gegenüber. Das Tal dazwischen war eine spiegelglatte Eisfläche. Kaum hatten Pferde und Kutsche den höchsten Punkt überschritten, verloren Hufe und Räder den Halt. Mit schnell steigendem Tempo schoss das Gefährt den ersten Hügel hinunter und den jenseitigen Hügel hinauf.

Lisa hielt sich krampfhaft an der Sitzlehne fest und fürchtete dennoch, aus der Kutsche geschleudert zu werden. Sie schrie laut auf und die meisten ihrer Gefährten ebenso. Kurz vor der Hügelkuppe ließ der Schwung nach und die Kutsche rollte rückwärts. Wieder nahm das Tempo kurz vor dem Scheitelpunkt des ersten Hügels ab. So schossen sie wieder und wieder in das Tal hinunter, bis die Kutsche irgendwann auf dem tiefsten Punkt zum Stillstand kam.

Die Pferde waren auf dem Eis die ganze Zeit schon auf ihren Hufen und Kniescharnieren hin und her gerutscht. Als sie nun die Kutsche wieder in Gang bringen wollten und ständig ausglitten, brachen die Beine schließlich in den Scharnieren auseinander. Die Scheinwerferaugen wurden dunkel und die Pferde stellten jede Bewegung ein. Ein Summen und Brummen ertönte, dann lösten sie sich auf und verschwanden spurlos.

Eine ganze Weile saßen die Gefährten auf ihren Plätzen und rangen nach Atem.

Dann sah sich der freche Fritz um und sagte: »Schätze, dass wir festhängen!«

Die Uhlenfrau schimpfte nun aus voller Seele über Adragar und Hagelhart. »Zum Donnerwetter, diese unmöglichen und schandhaften Weiber! Unerhört! Ich werde den Rat der Hexen und Zauberer bitten, sie mit … mit … Ja, mit was denn? Mir fällt nichts Angemessenes ein. Also, jedenfalls mit einer ganz fürchterlichen Strafe zu belegen!«

»Wer hat eine Idee, wie wir jetzt weiterkommen?«, fragte Don Diego.

Wacher Blick sagte nichts, stieg aber probeweise aus der Kutsche. Prompt saß er auf der Kehrseite. Er versuchte aufzustehen, schlug aber wieder hin. Mit aller Vorsicht schaffte er es auf die Knie, setzte dann einen Fuß auf und lag wieder auf dem Eis.

Seine Gefährten streckten hilfreich die Hände aus und halfen ihm zurück in die Kutsche. Dort angekommen, rieb sich Wacher Blick leise stöhnend Knie und Kehrseite.

»Besteht die Aussicht, dass ich hier irgendwo für uns Hilfe finden kann?«, fragte die Uhlenfrau, die von der Achterbahnfahrt und der anschließenden Schimpfkanonade ein wenig erschöpft war. Sie nahm dennoch ihre Eulengestalt an und erhob sich flügelschlagend aus der Kutsche.

Chronologos schüttelte den Kopf. »Wenn ich mich recht besinne, sind wir hier auf uns allein gestellt. Hilfe können wir nicht erwarten, ich wüsste jedenfalls nicht, von wem.«

»Wie dem auch sei«, rief die Uhlenfrau. »Ich fliege voraus und sehe, was ich ausrichten kann.«

Nachdenklich sah ihr der freche Fritz hinterher. Dann fiel sein Blick auf die Landsknechte oder vielmehr auf ihre Waffen. Neben den Schwertern hatten sie Dolche an ihren Gürteln hängen. Der freche Fritz wandte sich an Feldwebel Karlchen und an Bruno. »Gebt mir eure Dolche!«

»Was willst du denn damit?«, fragte Karlchen erstaunt.

»Ich will etwas ausprobieren. Nun macht schon!«, sagte der freche Fritz und streckte fordernd die Hände aus.

Die beiden Männer zogen die Dolche aus den Gürteln und gaben sie dem Jungen. Der legte seinen Rucksack ab, holte ein Seil heraus und band es sich um. Dann verließ er mit äußerster Vorsicht die Kutsche und ließ sich bäuchlings auf das Eis nieder.

Dann stemmte er erst eine Dolchspitze in den glatten Untergrund, dann die zweite und zog sich über das Eis, ähnlich wie es ein Skifahrer mit seinen Stöcken tut.

»Ich weiß, was er vorhat«, sagte Don Diego. »Hugo und Kuno, gebt auch ihr eure Dolche her. Ich gehe mit dem frechen Fritz.«

Dem Beispiel folgend band sich auch Don Diego ein Seil um und zog sich wie der freche Fritz über das Eis. Bald begann die Steigung des zweiten Hügels, und die Sache wurde anstrengend. Sie hielten sich nun an einem Dolch fest und holten mit dem anderen aus, um sich dann eine Armeslänge weiterzuziehen. Immer wieder mussten sie Pausen einlegen, während derer sie sich an den Waffen festhielten.

Von der Kutsche aus sahen die anderen gespannt zu, wie sich die beiden langsam und mühsam, aber sicher die Steigung hinaufarbeiteten. Nach einer scheinbar endlosen Zeitspanne standen Don Diego und der freche Fritz auf dem Kamm des Hügels im Schnee. Keuchend versuchten sie wieder zu Atem zu kommen. Beide rieben ihre strapazierten Armmuskeln.

»Jetzt kann ich nur hoffen, dass die Seile lang genug sind«, sagte der freche Fritz, als er wieder einigermaßen Luft hatte. Er massierte immer noch seine von der Anstrengung schmerzenden Oberarme.

»Wir werden sie aneinander binden müssen«, vermutete Don Diego.

Er behielt Recht. Sie banden die Seile zusammen, dann befestigten sie einen Dolch am einen Ende und schleuderten es Richtung Kutsche. Die Schwerkraft genügte, um den Dolch und somit das Seil bis zu den Gefährten rutschen zu lassen.

»Sehr schön!«, rief der freche Fritz nach unten. »Jetzt können wir den Ersten von euch hierher ziehen. Chronologos, Ihr kommt zuerst.«

Mit vereinten Kräften gelang es ihnen, den Mann mit der Kutte nach oben zu befördern. Dieser half nun mit, den Regenmann auf die Hügelkuppe zu holen. Dann folgte Lisa, dann Feldwebel Karlchen, Hugo und Kuno. Schließlich war nur noch Bruno in der Kutsche.

»Los, Bruno!«, rief der freche Fritz nach unten. »Binde dir das Seil um und lass dich hochziehen.«

Ungeschickt band der Landsknecht das Seil um seinen umfangreichen Bauch, dann verließ er vorsichtig die Kutsche. Nicht vorsichtig genug allerdings, denn er rutschte sofort aus. Das Dröhnen, das sein Aufschlag auf dem Eis fabrizierte, war bis zu den Leuten auf der Hügelkuppe zu hören und zu spüren.

»Wenn sich unter dem Eis kein massiver Boden, sondern Wasser befände, wäre er jetzt eingebrochen«, sagte der freche Fritz.

Nun begannen die Gefährten am Seil zu ziehen. Sie hatten den dicken und schweren Mann schon mehr als die Hälfte des Hügels hinaufgezogen, als plötzlich der Verbindungsknoten in der Mitte aufging. Von einer Sekunde auf die andere sauste

Bruno wie ein Geschoss auf die Kutsche zu. Sein angsterfülltes Jammern hallte durch den ganzen Tunnel. Dann krachte er gegen das außer Betrieb geratene Fahrzeug. Der Schwung genügte vollauf, um das Gefährt wieder in Richtung des ersten Hügels in Fahrt zu bringen. Atemlos beobachtete Lisa, wie Bruno im Tal benommen auf dem Boden saß, während die Kutsche rückwärts den jenseitigen Hügel hinauffuhr, langsamer wurde, kurz vor der Hügelkuppe einen Moment verharrte und dann talwärts auf Bruno zuschoss.

»Vorsicht! Bruno, pass auf!«, schrien Lisa und der freche Fritz wie aus einem Mund.

Bruno sah sich um, und glücklicherweise hatte er dieses eine Mal einen Geistesblitz. Er tat das Einzige, was in seiner Situation sinnvoll war. Er legte sich flach auf den Bauch, mit dem Kopf in Richtung Hügelkamm, wo seine Gefährten standen, mit den Füßen zur Kutsche, die auf ihn zuraste.

Mit angehaltenem Atem sah Lisa, wie die Kutsche auf Bruno traf und ihn mit großer Geschwindigkeit vor sich her schob. Während die Kutsche langsamer wurde, jagte Bruno immer noch rasend schnell auf die Hügelkuppe zu. Wieder schrie er laut und lang gezogen. Seine Geschwindigkeit nahm nicht ab, sodass er beinahe wie eine Kanonenkugel seinen Gefährten entgegenkam.

»Aus dem Weg!«, schrie der freche Fritz, der die neue Gefahr erkannte.

Die Gefährten teilten sich nach rechts und links und Bruno schoss mitten hindurch. Da hier aber die Eisfläche zu Ende war, bohrte sich der große Mann wie ein zu dick geratener Speer in den Schnee.

Einen Moment lang waren alle wie gelähmt vor Schreck und Überraschung. Dann sprangen sie zu dem Landsknecht und gruben ihn aus. Nach einigen Minuten hatten sie ihn größtenteils vom Schnee befreit.

»Bruno, sag was«, rief der freche Fritz.

»He, Bruno!«, schrien auch Feldwebel Karlchen, Hugo und Kuno. »Bist du verletzt?«

Brunos Kopf tauchte auf, Augen, Nase und Ohren ganz von Schnee verstopft.

Lisa wischte ihm über das Gesicht und er öffnete die Augen.

»Bruno, bist du verletzt?«, wiederholte Feldwebel Karlchen seine Frage.

»Nein«, sagte Bruno. »Ich wüsste nur gerne, was die Leute am Wintersport so toll finden.«

Einen Augenblick lang herrschte Schweigen, dann begannen alle vor Erleichterung hysterisch zu lachen.

DAS UHRWERK

Nun stapfte die Gruppe zu Fuß durch den Schnee. Feldwebel Karlchen fragte Chronologos, ob er nicht vielleicht eine neue Kutsche besorgen könne.

Aber der schüttelte den Kopf. »Ich weiß nicht, ob es hier in der Nähe eine weitere gibt. Außerdem lohnt es sich nicht. Wir sind bald da.«

Der Tunnel weitete sich und sie passierten eine Energiestation gleich jener, an der die Pferde aufgetankt hatten. Doch hier drehten sich die Räder nicht. Sie standen still und waren dick mit Eis überzogen.

Der freche Fritz sah mit offenem Mund auf die eingefrorenen Räder und sagte: »Ich ahne langsam, wie Adragar und Hagelhart die Zeit zum Stillstand gebracht haben.«

Chronologos sagte nichts, aber ihm war anzusehen, dass ihn der Anblick schmerzte.

Und dann kam der Augenblick, auf den alle gehofft und vor dem sie sich doch gefürchtet hatten. Vor ihnen erschien ein großer Torbogen. Die Steine, die ihn einfassten, waren fein bearbeitet, in die geglättete Oberfläche waren Sterne, Sonnen und Monde eingearbeitet. Der Durchgang war weder mit einem Gitter noch mit Torflügeln verschlossen. Der Weg war frei.

»Das Sternentor«, sagte Chronologos. »Dahinter liegt meine Wirkungsstätte.«

Lisa und der freche Fritz hielten den Atem an. Es war so weit! Lisa sprach den Gedanken aus. »Da sind dann ja wohl auch Adragar und Hagelhart zu finden.«

Chronologos nickte und schritt durch den Bogen.

Alle folgten ihm, und was sie sahen, war nicht nur auf den ersten Blick sehr verwirrend. Hinter dem Sternentor öffnete sich eine große Halle, größer als alle, die sie bisher gesehen hatten. Eine jenseitige Wand war nicht zu erkennen. Die Halle war ausgefüllt mit Zahnrädern aller Größen, kleine und winzige, riesige, mittelgroße. Sie griffen teils direkt ineinander, teilweise waren sie über Ketten verbunden. Es gab Pendel aller Größen, die hin- und herschwangen. In der Luft lag ein Ticken, das aus den verschiedensten Richtungen kam. Zwischen und durch die Anlage führten Gänge, schmale und breite.

Chronologos bewegte sich zielstrebig in eine bestimmte Richtung.

»Das ist also das Uhrwerk, das die Zeit in Gang hält«, sagte Lisa. »Aber es läuft! Wieso kann dann in der Jahreszeitenwelt die Zeit stillstehen?«

Chronologos wollte gerade antworten, da schlug eine Glocke in unmittelbarer Nähe. Wacher Blick legte sich die Hände auf die Ohren, der freche Fritz und Don Diego verzogen gequält das Gesicht. Auch Lisa und der Regenmann steckten sich die Finger in die Ohren. Die Landsknechte sahen so aus, als wünschten sie sich ihre Fässer zurück.

Chronologos verdrehte die Augen und wartete ab. Nach dem dritten Glockenschlag war der Geräuschpegel so weit gesunken, dass die anderen seine Stimme vernehmen konnten. »Das hier ist nicht nur ein Uhrwerk, sondern unzählige. Dieses zum Beispiel steuert die Zeit von Lisas Welt.« Chronologos zeigte auf einen bestimmten Abschnitt, an dem ein sehr großes Pendel schwang. Ein Zifferblatt und zwei Zeiger gaben eine Zeit von 2 Uhr 23 an. *Greenwich-Zeit* stand auf dem Zifferblatt.

»Das heißt also, wenn wir ein Uhrwerk finden, das stillsteht, dann ist es vermutlich das der Jahreszeitenwelt«, folgerte Lisa.

»Wahrscheinlich«, sagte Chronologos, während er in einen anderen Gang abbog. »Wir gehen direkt auf dieses Uhrwerk zu. Unter Umständen ist es Adragar und Hagelhart schon gelungen, weitere Uhrwerke außer Betrieb zu setzen, was ich natürlich nicht hoffe.«

Alle sahen sich wachsam um.

»Wo mag wohl die Uhlenfrau geblieben sein?«, fragte der freche Fritz.

»Das habe ich mich auch schon gefragt«, sagte der Regenmann. »Dass wir nichts mehr von ihr gehört und gesehen haben, kann eigentlich nichts Gutes bedeuten.«

Lisa bemerkte, dass die Kälte, die in der ganzen Halle wie auch im Tunnel geherrscht hatte, zunahm. Chronologos, der weiterhin vorangegangen war, blieb plötzlich wie angewurzelt stehen.

»Da haben wir es«, sagte er. »Drei Uhrwerke sind lahm gelegt. Neben dem der Jahreszeitenwelt die der Planeten Orion und Daxnar.«

Lisa sah an ihm vorbei. Das Gewirr der Zahnräder, Pendel und Ketten vor ihnen war vereist. Nichts bewegte sich hier. Hier war auch das allgegenwärtige Ticken leiser. Chronologos ging langsam weiter und sah mit kummervollem Blick auf die stillstehenden Räder. Eiszapfen hingen an den Ketten, die Pendel waren dick mit Eis verkrustet.

»Es tut mir weh, das sehen zu müssen«, sagte er. »Immer habe ich darauf geachtet, dass alle Räder und Rädchen rund laufen. Mit Liebe und Sorgfalt habe ich alles justiert, hier geölt und dort in einer Kette schadhafte Glieder ausgetauscht. Und jetzt Stillstand!« Er achtete gar nicht mehr auf seine Umgebung, sondern ließ seine Hand über die vereisten Uhrwerke wandern.

»Also gut!« Der freche Fritz schlug einen Eiszapfen ab, der von einem großen Zahnrad herabhing. »Wie bekommen wir die Uhrwerke wieder in Gang?«

»Gar nicht, du widerlicher, rotznasiger Rotschopf!«, ertönte eine Stimme, die gehässig und dabei so kalt wie Eis klang.

Erschrocken sahen sich alle um. Aus welcher Richtung war das gekommen? Ohne lange darüber nachzudenken bildeten die Gefährten einen Kreis, aus dem alle nach außen sahen, die Rücken nach innen gekehrt. Obwohl sie wusste, dass Schwerter und Pfeile den Hexen nichts anhaben konnten, wünschte sich Lisa, dass auch sie irgendetwas in den Händen hätte, was als Waffe dienen könnte.

»Wer hat mich so genannt?«, rief der freche Fritz. »Zeige dich!«

Ein leises Kichern, das von überall und nirgends zu kommen schien, war die einzige Antwort.

Lisa hatte das Gefühl, dass sie in einer Falle saßen. Sie waren von den Uhrwerken umgeben und konnten sich im Augenblick nur in zwei Richtungen wenden. Von wo waren sie überhaupt gekommen? Von rechts oder links? Sie wusste es nicht mehr, sie hatte vollständig die Orientierung verloren.

»Was tun wir jetzt?«, fragte der Regenmann leise.

»Angriff ist die beste Verteidigung«, schlug Don Diego vor. »Suchen wir die, der die Stimme gehört.«

»In Ordnung«, sagte Chronologos. »Wir müssen aber zusammenbleiben. Hier gibt es unzählige Möglichkeiten, sich zu verlaufen.«

»Gut«, raunte der freche Fritz. »In welche Richtung gehen wir?«

Chronologos wies mit der Hand nach links. Die Gefährten

bewegten sich langsam in die Richtung, wobei sie in etwa die Kreisformation beibehielten. Als sie um die nächste Ecke bogen, prallten sie zurück.

Gestalten aus Eis versperrten den weiteren Weg. Sie waren alle gleich groß und sahen aus wie in weiße Uniformen gehüllte Soldaten mit weißen Gesichtern und Händen. Sie nahmen die gesamte Breite des Weges ein und standen in fünf Reihen hintereinander. Als hätten sie nur auf ihre Entdeckung gewartet, setzten sie sich nun in Bewegung, gleichmäßig und seelenlos wie eine Maschine.

Die Gefährten wichen zurück. Lisa hörte das Geräusch des Marschierens im Gleichschritt noch aus einer anderen Richtung. Schon sah sie, woher es kam. Weitere Eisgestalten versperrten den Weg, auf dem sie gekommen waren. Wenig später bog die erste Gruppe um die Ecke.

»Jetzt ist der Weg in beiden Richtungen blockiert«, knurrte Don Diego, streckte die Hand mit dem Säbel nach vorn und hob die Spitze bis in Augenhöhe. »Wir werden wohl kämpfen müssen.«

»Wie willst du gegen Eis kämpfen?«, entgegnete Wacher Blick.

»Das ist eine sehr gute Frage«, höhnte wieder die kalte und gehässige Frauenstimme.

Zwischen den Eissoldaten, die stehen geblieben waren, tauchte eine Frau auf.

Einen Augenblick lang glaubte Lisa, es sei Adragar. Doch das Haar der Frau war weiß, ebenso ihre langen Gewänder, die gesamte Erscheinung war weiß wie Schnee. Das muss Hagelhart sein!, schoss es Lisa durch den Kopf.

Die Frau grinste mit fürchterlich langen Zähnen. »Steckt eure Schwerter wieder ein. Ihr könnt gegen mich nichts ausrichten. Ergebt euch!«

Die Gefährten sahen zurück zu der anderen Gruppe von Eissoldaten. Dort war ebenfalls eine Frauengestalt aufgetaucht. Langes schwarzes Haar fiel auf schwarze, wallende Gewänder. Nur Gesicht und Hände waren weiß. Die langen, krallenförmigen Fingernägel waren schwarz wie die übrige Erscheinung.

»Adragar!«, rief Lisa entsetzt.

»Jawohl, meine Liebe«, hörten alle Adragars tiefe Stimme. »Ich bin auch entzückt, dass wir uns wiedersehen. Nun kann ich Rache nehmen für die schmähliche Niederlage, die du mir bereitet hast. Ich wusste, dass du hier auftauchen würdest, sobald du von der Not deiner Freunde erfährst. Wie wundervoll doch meine Rechnung aufgegangen ist!«

Plötzlich verstand Lisa alles! »Also deswegen habt ihr Chronologos laufen lassen! Damit er mich in diese Welt bringt.«

Hinter ihnen lachte Hagelhart schrill auf. »Was für ein ausgesprochen kluges Kind du doch bist! Ich musste ihm nur ein wenig den Verstand vereisen, schon konnten wir ihn auf die Reise schicken. Hat doch alles wunderbar geklappt, oder?«

»Und mehr noch«, sagte Adragar. »Er hat nicht nur dich hierher gebracht, sondern auch noch diesen rotznasigen Widerling mit den roten Haaren, der im Haus der Türen mein Zauberwissen verschloss. Auch er wird meine Rache zu spüren bekommen.«

»Ich glaube, die meint mich«, sagte der freche Fritz trocken.

Feldwebel Karlchen warf hektische Blicke um sich. So ein Temperament hätte Lisa ihm gar nicht zugetraut. »Wir müssen uns möglichst schnell an einen anderen Ort begeben«, sagte er leise. »Hier können wir uns unmöglich verteidigen.«

Chronologos nickte kaum merklich und raunte: »Ich weiß schon, wohin wir uns wenden können.«

»Was habt ihr jetzt mit uns vor?«, rief Don Diego laut. »Wollt ihr auch uns in Eiszapfen verwandeln?«

Nun lachten die beiden Hexen gemeinsam.

»Das wäre doch viel zu einfach«, kreischte Hagelhart.

»Wir wissen viel Besseres«, dröhnte Adragar.

»Stellt euer schauerliches Duett ein«, rief Chronologos. »Immerhin ist, um eure Ausdrucksweise zu benutzen, mein Verstand wieder aufgetaut. Ihr habt noch nicht gewonnen!«

Damit wandte er sich einem kleinen Spalt zwischen zwei Zahnrädern zu und schlüpfte hindurch. »Folgt mir! Schnell!«, rief er über die Schulter zurück.

Lisa und der freche Fritz verschwanden blitzartig in dem Spalt. Dann kamen Don Diego, Wacher Blick, der Regenmann und die Landsknechte. Bruno musste sich hindurchquetschen und fluchte, als er sich an den Zahnrädern Kleidung und Haut aufriss.

Alle liefen nun hinter Chronologos einen schmalen Gang entlang, der sich kreuz und quer durch die Uhrwerke wand. Hinter sich hörten sie die Hexen Kommandos brüllen.

»Hinterher! Lasst sie nicht entkommen!«

Gleich darauf hörten sie auch schon den Gleichschritt der Eissoldaten, die sich auf den Spalt zubewegten.

»Chronologos, wohin gehen wir?«, rief Lisa.

»Ich kenne einen Ort, an dem wir sicher sind«, antwortete er ohne sich umzusehen, wandte sich nach links und stieg schnell eine zwischen zwei Metallstreben verborgene Stiege hinauf in die höheren Bereiche der Uhrwerke. »Zumindest vorläufig sicher, denke ich.«

In drei Metern Höhe verlief ein Gang, dessen Boden aus Metallplatten bestand, die auf einem Gerüst auflagen. Unter sich sahen Lisa und der freche Fritz die Eissoldaten durch das Uhrwerk strömen.

»Sie kommen aus allen Richtungen«, bemerkte Wacher Blick. »Das kann nur bedeuten, dass sie uns vorher schon umzingelt hatten.«

»Das ist richtig«, sagte Chronologos. »Ich hoffe, wir erreichen noch den Turm.«

»Was für einen Turm?«, fragte der freche Fritz.

»Folgt mir, verliert keine Zeit!«, sagte Chronologos nur.

Auch der obere Weg hatte Abzweigungen, Chronologos wandte sich mal hierhin, mal dorthin. Plötzlich trat aus einer der Abzweigungen ein Trupp Eissoldaten auf sie zu. Lisa schrie auf.

Don Diego stürzte an ihr vorbei und schlug mit seinem Säbel der vordersten Gestalt den Kopf ab. Als wäre nichts geschehen marschierte die Gestalt weiter und streckte die Arme nach Don Diego aus. Dieser schwang nun wie wild den Säbel, sodass das Eis in alle Richtungen flog. Auch die Landsknechte hieben mit ihren Schwertern auf die Eissoldaten ein, Wacher Blick drosch mit seinem Tomahawk um sich. Nach zwei Minuten waren nur noch ein paar Eisstücke übrig, die größtenteils auf den Boden drei Meter tiefer gefallen waren. Mit Entsetzen sah Lisa, dass sich die Eisklumpen sofort zusammenzogen und zu neuen Gestalten formten. Die Gefährten flohen weiter.

»Ich fürchte, dass das kein großer Sieg war«, sagte der Regenmann argwöhnisch, wobei er das Tempo beibehielt. »Hagelhart ist ohne weiteres in der Lage, unzählig viele seelenlose Eisgestalten zu produzieren. Vermutlich hat sie nur drei Uhrwerke vereist, um ihre Kräfte nicht zu erschöpfen.«

»Ja, und dann wird sie noch durch Adragar unterstützt, deren verbliebene Kräfte wir nicht kennen«, sagte Chronologos grimmig, während er weiterhastete. »Es ist schlecht um uns bestellt. Wir sind wie von ihr geplant in die Falle gelaufen.«

Vor ihnen tauchte ein Turm auf. Der Gang führte zu einem Tor, das den Zugang zu dem Bauwerk darstellte. Wie an einem Kirchturm gab es ein Zifferblatt, allerdings war es keine Uhr, sondern vielmehr eine große Ausgabe des Instrumentes, das Chronologos bei sich führte. Neben dem Gang, über den die Gefährten auf den Turm zuhielten, führte zu dem Tor auch eine Treppe.

Unter sich sahen sie plötzlich viele der Eisgestalten.

Adragar und Hagelhart waren auch dort und bemerkten, dass die Gefährten sich dem Tor näherten.

»Beeilt euch, haltet sie auf!«, kreischte Hagelhart.

»Bewegt euch, los, macht schon!«, trieb auch Adragar die Eissoldaten an.

Diese begannen nun eilig die Treppe zu erklimmen.

»Schnell!«, rief Chronologos, erreichte das Tor und stieß es auf. Ein Eissoldat, der die Treppe heraufkam, griff nach ihm. Chronologos setzte ihm den Fuß auf die Brust und warf ihn um. Dadurch purzelten er und die ihm nachfolgenden Eiswesen die Treppe wieder hinunter, einige brachen dabei in mehrere Stücke.

Das gab den Gefährten die nötige Zeit, in den Turm zu laufen, hinter sich das Tor zuzuwerfen und zu verriegeln. Schwer atmend blieben sie alle einige Augenblicke stehen.

Lisa sah sich um. Der Turm war rund, eine Wendeltreppe führte an der Innenwand nach oben. Von draußen war das Fluchen der Hexen zu hören. »Ihr hirnlosen Idioten, ihr habt es verpatzt. Nun schlagt das Tor ein!«

Wenig später hörten die Gefährten zwischen ihren Atemzügen wieder Schritte auf der Treppe. Danach hämmerten Fäuste an das Tor.

Chronologos lachte leise. »Zwecklos! Die Eisfäuste dürften nicht hart genug sein, um das Tor aufzubrechen. Lasst uns aber dennoch nach oben gehen.« Und er begann die Treppe zu ersteigen.

DIE VERTEIDIGUNG DER ZEIT

BELAGERT!

Nach ein paar Dutzend Stufen im Inneren des Turms folgte ein Zwischengeschoss. Hier befanden sich einige Pritschen, auf denen sich die Landsknechte, aber auch Don Diego, Wacher Blick, der freche Fritz und Lisa einen Augenblick aufseufzend niederließen. Nur Chronologos und dem Regenmann war keine Erschöpfung anzumerken.

»Was jetzt?«, fragte Don Diego in die Runde, während aus der Ferne erneut mehrmals eine Glocke schlug. »Wacher Blick hat Recht, wenn er sagt, dass man gegen Eis nicht kämpfen kann. Aber das Eis kann gegen uns kämpfen.«

»Irgendwie ungerecht«, brummte der freche Fritz verdrossen.

»Ich bin davon überzeugt, dass man auch gegen Eis kämpfen kann«, widersprach der Regenmann. »Uns fehlen nur die richtigen Waffen.«

»Welche Waffen sollten das denn sein?«, fragte Don Diego. »Und selbst wenn es sie gibt, woher bekommen wir sie?«

»Es müsste eine Waffe sein, die Hitze produziert«, überlegte der Regenmann. »Aber ich weiß auch nicht, wie wir an so etwas gelangen könnten.«

Für einen Moment herrschte Schweigen. Unten hörte das Hämmern gegen das Tor auf.

Chronologos trat an eines der Fenster und sah hinaus. »Wenn wir genug Lebensmittel für euch hätten, befänden wir uns in einer klassischen Pattsituation. Wir können nicht hinaus, aber die können auch nicht herein. Wenn sie euch nicht aushungern könnten, käme es nur darauf an, wer die größere Geduld hat.«

»Ich hab jetzt schon Hunger!«, brummte Bruno.

»Nicht weiter tragisch«, sagte der freche Fritz. »Noch haben wir Vorräte. Die Rucksäcke sind noch nicht leer.«

»Ihr scheint alle eines zu vergessen«, gab Lisa zu bedenken. »Für die Jahreszeitenwelt ist es allerhöchste Eisenbahn, dass die Zeit wieder in Gang gesetzt wird. Die Reitervölker in der Sommerlandwüste hungern schon. Und vielleicht ist es mittlerweile genauso in Winterland, Frühlingsland und Herbstland. Und dann sind da ja auch noch die beiden anderen Planeten …«

»Ich denke, die sind das geringere Problem«, sagte Chronologos. »Soweit ich weiß, gibt es weder auf Daxnar noch auf Orion irgendwelches Leben. Aber die Jahreszeitenwelt, natürlich! Wie konnte ich das vergessen?«

Wie zur Bestätigung von Lisas Worten erklang von draußen die Stimme Adragars. »Hallo, ihr da im Turm! Hört ihr mich?«

Der Regenmann sagte: »Lasst mich mit ihr reden.« Er trat zu

Chronologos ans Fenster und rief hinaus: »Wir hören dich, Adragar. Was willst du?«

»Nichts weiter!«, kam von draußen die Antwort. »Ich wollte euch nur an etwas erinnern. Während ihr in diesem dämlichen Turm hockt, stirbt die Jahreszeitenwelt langsam vor sich hin. Und ihr könnt nichts, gar nichts dagegen tun. Ihr seid zwar in das Uhrwerk eingedrungen, aber mein Plan geht trotzdem auf. Wie gefällt euch der Gedanke?« Adragar und Hagelhart lachten höhnisch.

Der Regenmann besann sich einen Augenblick, dann rief er: »Ich glaube nicht, dass dein Plan aufgeht. Du hast etwas sehr Wichtiges vergessen, Adragar!«

»Ach nein! Und was?«

»Wenn die Jahreszeitenwelt tot ist, willst du dann immer noch dort herrschen? Wenn dort niemand mehr lebt, wen willst du tyrannisieren und unterdrücken? Wen willst du ausbeuten? Wer soll dir huldigen, wenn du zum Beispiel auf dem Thron in Erntedank sitzt? Es wird niemand mehr da sein.«

Gespannt warteten die Gefährten auf Adragars Antwort. Draußen sprachen die Hexen miteinander, aber sehr leise. Lisa sah fragend Wacher Blick an, der den Kopf ein wenig auf die Seite gelegt hatte und angestrengt lauschte. Nach einer Weile schüttelte er den Kopf. »Zwecklos, sie reden in einer Sprache, die ich nicht verstehe.«

Schließlich hörten sie Adragar rufen: »Das soll euer Problem nicht sein. Das Schicksal der Jahreszeitenwelt liegt in meiner Hand. Und euer Schicksal ebenso!«

Chronologos, der immer noch aus dem Fenster sah, sagte: »Die beiden Hexen ziehen sich zurück, aber die Eissoldaten bleiben. Wir sind belagert.«

Der Regenmann trat in den Raum zurück. »Also gut, was ist nun zu tun?«

Spontan sagte Don Diego: »Chronologos, nehmen wir an, wir würden einen Ausfall riskieren! Könntet Ihr Euch zum Uhrwerk der Jahreszeitenwelt schleichen und es wieder in Gang setzen?«

Chronologos zuckte die Achseln. »Das kann ich nicht sagen. Das Problem ist, dass ich zwar seit Ewigkeiten die Zeit pflege, aber vereiste Uhrwerke hatte ich noch nie.«

»Das bedeutet, wenn wir uns in einem Ausfall aufopfern, wissen wir nicht einmal, ob es etwas nützt«, sagte Don Diego düster. »Nicht sehr würdevoll, so ein sinnloser Tod!«

Feldwebel Karlchen und die anderen drei Landsknechte warfen sich unbehagliche Blicke zu.

»Was seid Ihr eigentlich, Chronologos?«, fragte Lisa. »Seid Ihr ein Gott? Oder ein Geist oder ein Dämon?«

Chronologos lächelte. »Auch diese Frage kann ich nicht beantworten. Ich bin einfach Chronologos. Seit ich zurückdenken kann, kümmere ich mich bis auf gelegentliche Ausflüge in andere Welten um die Uhrwerke, und das wird auch immer so sein, solange, wie es die Zeit gibt.«

»Wo mag wohl die Uhlenfrau sein?«, fragte der freche Fritz.

»Ja, es ist seltsam, dass wir von ihr nichts mehr gehört und gesehen haben«, sagte Chronologos betrübt. »Ich hoffe nur, dass sie nicht gleichfalls in die Gefangenschaft der Hexen geraten ist.«

»Das ist nicht anzunehmen«, wandte der Regenmann ein. »Wenn sie in der Gefangenschaft der Hexen wäre, hätten die uns das gerade eben gesagt. Nichts macht ihnen mehr Freude, als uns schlechte Nachrichten zu überbringen.«

»Stimmt!«, sagte Don Diego. Dann erhob er sich, trat an jedes Fenster und sah hinaus. Nach einer Weile sagte er: »Nach meiner Schätzung stehen da unten mindestens dreihundert Eissoldaten.«

»Oje«, jammerte Feldwebel Karlchen mit seiner trüben Stimme. »Gegen eine so gewaltige Übermacht kommen wir nicht an.«

»Übermacht oder nicht!« Don Diego trat in die Mitte des Raumes. »Nach Lage der Dinge bleibt uns nichts anderes übrig, als einen Ausfall zu riskieren. Wir können hier nicht endlos sitzen bleiben, während die Jahreszeitenwelt untergeht.«

Wacher Blick nickte. »Don Diego hat Recht. Es gibt keinen anderen Ausweg. Aber lasst uns noch einen Augenblick ruhen und etwas essen, damit wir mit erholten Kräften in den Kampf gehen.«

Es wurde eine trübsinnige Mahlzeit, die keiner genießen konnte. Niemandem fiel etwas ein, was er hätte sagen können.

Lisa konnte kaum etwas hinunterbringen. Die Angst vor der bevorstehenden Schlacht verschloss ihr die Kehle.

Nachdem er sein Essen verdrückt hatte, machte sich der freche Fritz daran, eine der Pritschen auseinander zu nehmen.

»Was hast du vor?«, fragte Lisa.

Der freche Fritz wog ein längliches Holzstück aus dem Pritschenrahmen in der Hand. »Ich habe vor, damit ein paar Eissoldaten zu zerschlagen. Willst du auch so einen Holzprügel?«

Lisa nickte stumm. Sie fragte sich, ob ihr die improvisierte Waffe helfen konnte. Als sie den Holzprügel in der Hand hielt, fühlte sie sich nicht viel wohler. Ob ich diesmal besser zu Hause geblieben wäre?, dachte sie.

MIT DEM MUT DER VERZWEIFLUNG

Mit einem lauten Knall flog das Tor des Turms auf und schlug an die Außenmauer. Mit einem Satz war Don Diego draußen und stürzte sich auf einige in der Nähe stehende Eissoldaten. Wacher Blick folgte ihm, dann kamen die vier Landsknechte. Gemeinsam hackten sie auf ihre Gegner aus Eis ein, dass es krachte.

»Schnell, wir müssen ständig in Bewegung bleiben!«, schrie Don Diego.

Auf dem drei Meter über dem Boden liegenden Gang kamen weitere Eissoldaten anmarschiert, daher rief Wacher Blick: »Wir müssen auf den Boden hinunter. Da können wir den Gegnern eher ausweichen als hier oben.«

Also kämpften sich die Gefährten die Treppe hinunter. Hier kamen von allen Seiten die Eisgestalten an. Der Regenmann, der als Letzter die Treppe hinuntergelaufen war, wurde von einem Gegner am Kragen seines Mantels erwischt. Geschickt drehte er sich, setzte einen Armhebel an, um den Griff zu lösen, und sandte darauf den Eissoldaten mit einem Hüftwurf zu Boden. Mit einem Krachen brach die Gestalt in der Mitte durch.

Zwei Gegner stampften auf den frechen Fritz zu. Der duckte sich und schwang seinen Holzprügel dicht über dem Boden gegen die Beine der Gestalten. Diese verloren das Gleichgewicht, stürzten und zerbrachen gleichfalls. Wacher Blick schlug mit seinem Tomahawk um sich, Don Diegos Säbel fuhr zischend durch Luft und Eis, die Landsknechte bearbeiteten die Gegner mit ihren Schwertern.

Nach kurzer Zeit war der Ring der Belagerer so weit aufgebrochen, dass Lisa und ihre Begleiter schwer atmend weiterlaufen konnten. Der Kampf gegen die unzähligen Gegner hatte bereits viel Kraft gekostet. Lisa sah aus den Augenwinkeln, während sie mit den anderen davonlief, dass sich aus dem Eis sofort wieder neue Gestalten zusammensetzten. Sie hoffte nur, dass diese Neubildung wenigstens so lange dauerte, dass sie bis dahin einen tüchtigen Vorsprung gewonnen hatten.

Chronologos lief voran, bestimmte sowohl Tempo als auch Richtung. Die anderen folgten ihm dicht auf den Fersen. Immer wieder kamen aus irgendwelchen Gängen Eissoldaten auf sie zu und versuchten ihnen den Weg abzuschneiden. Immer wieder mussten sie ihren Lauf zu den vereisten Uhrwerken unterbrechen, um gegen eine Übermacht von Gegnern zu kämpfen. Lisa merkte bald, dass das ständige Laufen und Kämpfen ihre Kräfte schon fast vollständig aufgezehrt hatte. Sie versuchte sich in der Mitte ihrer Gefährten aufzuhalten und so den direkten Konfrontationen auszuweichen, das Weiterlaufen war schon anstrengend genug.

Schließlich waren die vereisten Uhrwerke erreicht. Chronologos war um eine Ecke gebogen und blieb wie angewurzelt stehen. Die anderen taten es ihm gleich.

»Heilige Mutter Gottes, steh uns bei«, hauchte Don Diego.

»Das darf nicht wahr sein«, keuchte der freche Fritz.

»Wir hätten uns doch nicht freiwillig melden sollen«, sagte Feldwebel Karlchen traurig.

Die Uhrwerke waren von einer unüberschaubar großen Anzahl von Eissoldaten umgeben. Lisa vermochte nicht zu sagen, ob sie nach Hunderten oder Tausenden zählten. Aus den Augenwinkeln beobachtete sie, dass Don Diego und Wacher Blick einen kurzen Moment mutlos ihre Waffen sinken ließen. Doch dann wurde der Griff um Tomahawk und Säbel wieder fester. Hinter sich hörten sie das Marschieren weiterer Eissoldaten. Sie waren nun erneut eingekreist und hatten bestimmt nicht mehr die Möglichkeit, in die Sicherheit des Turms zurückzukehren.

»Los, *muchachos*!«, brüllte Don Diego. »Wir werden unser Leben so teuer wie möglich verkaufen. Schlagt sie kurz und klein!«

Mit Geheul und Gebrüll stürzten die Gefährten auf die seelenlosen Eissoldaten zu, die ihnen mit gleichgültigen, unbeweglichen Mienen entgegenstarrten. Mit dem Mut der Verzweiflung drosch auch Lisa auf die Gestalten ein. Das Eis flog in alle Richtungen. Es gelang ihnen sogar, eine Bresche in die Reihen zu schlagen und bis zum Uhrwerk der Jahreszeitenwelt durchzudringen.

»Was machen wir jetzt?«, rief der freche Fritz.

»Chronologos, seht zu, dass Ihr etwas an dem Uhrwerk tun könnt! Regenmann, hilf ihm dabei!«, schrie Don Diego. »Wir anderen kämpfen weiter und halten euch den Rücken frei, so lange wir können!«

Chronologos und der Regenmann versuchten nun das Eis von Zahnrädern und Ketten zu entfernen, was ihnen aber offensichtlich nicht gelang. Währenddessen schlugen sich die anderen mit ihren letzten Kräften gegen die Übermacht der Eissoldaten, von denen sie mehr und mehr eingeschlossen wurden.

Ich kann nicht mehr, dachte Lisa verzweifelt. Sie schaffte es kaum noch, mit dem Knüppel die Gestalten abzuwehren, die ihre eisigen Hände nach ihr ausstreckten, und zog sich in eines der Uhrwerke zurück. Von hier aus beobachtete sie, dass auch der freche Fritz am Rande der Erschöpfung war. Schließlich war es so weit, dass ihn mehrere Eisgestalten auf einmal packten. Schneeweiße Hände legten sich um seinen Hals. Der Blick des Jungen wurde starr, das Gesicht ausdruckslos. Seine Haut nahm erschreckend schnell eine blassblaue Färbung an.

»Nein!«, schrie Lisa und stürzte mit erhobenem Knüppel auf

die Eissoldaten los, die den frechen Fritz bedrängten. Wie verrückt schlug sie auf die Gestalten ein. Sie schaffte es auch, die Angreifer zu zertrümmern, die den frechen Fritz in ihrer Umklammerung hielten, aber der Junge konnte nicht mehr kämpfen, nicht einmal mehr auf den Beinen bleiben. Als die Gegner in Stücken am Boden lagen, sank auch er in sich zusammen, der Knüppel entfiel der kraftlosen Hand.

»Fritz!«, schrie Lisa und kniete neben dem Jungen nieder. »Was ist mit dir? Sag doch was!«

Und dann fühlte sich auch Lisa von eiskalten Händen gepackt, die sich um ihren Hals legten und sie nach oben zogen. Die frostige Berührung nahm ihr den Atem. Sie sah noch, dass ihre Freunde mehr und mehr in Bedrängnis gerieten. Don Diego focht zwar wie ein Irrer, trotz der Kälte war sein Gesicht von Schweiß überströmt. Wacher Blick schwang seinen Tomahawk, aber die Bewegungen wirkten immer kraftloser. Der kleine Feldwebel fiel zu Boden, als ein Eissoldat ihn gegen die Brust stieß.

Lisa fühlte, dass sie umgedreht wurde. Über sich sah sie das ausdruckslose Gesicht eines Eissoldaten. Ein Tropfen fiel von seinem Kopf auf ihr Gesicht.

Merkwürdig, dachte sie, es kann doch nicht sein, dass er schmilzt. Er muss wohl weinen …

Lisa hatte das Bewusstsein verloren.

AN DAS NÄCHSTLIEGENDE DENKT MAN ZULETZT

Lisa lag auf einem Handtuch in der Sonne. Ringsum war es herrlich warm, freundlich und hell. Merkwürdig, was hatte sie nur eben noch für einen bösen Traum gehabt? Aber der war vergessen, weit weg und …

Lisa genoss die Wärme, die Ruhe, das Licht, das so angenehm war und das sie irgendwo, irgendwann schon einmal kennen gelernt hatte. Wo konnte das gewesen sein? Sie hatte noch nie einen Urlaub am Meer verbracht. Außerdem fehlte das Rauschen der Brandung, das gehörte doch angeblich dazu, das fiel ihr jetzt ein, aber hier war es so still … Oder tickte da etwa eine Uhr? Ach ja, die Zeit! Was war noch mit der Zeit gewesen? Hatte es da nicht noch irgendein Problem gegeben? Auch egal, es war warm, es war friedlich und hoffentlich blieb es noch möglichst lange so …

Schließlich begann sich Lisa doch zu wundern, warum die Uhr in mehreren Takten tickte und auch noch Tropfgeräusche von sich gab. Dann störte ein lauteres Geräusch, das aber auch mit Flüssigkeit zu tun hatte, ihre Ruhe: Jemand wrang ein Tuch in einen Eimer aus. So eine unverschämte Störung! Hatte man denn nie seine Ruhe? Wer verhielt sich da so rücksichtslos?

Das Erste, was Lisa sah, als sie die Augen öffnete und den Kopf drehte, war ein Mann in einer Kutte, der graues Haar und einen grauen Bart hatte und mit einem Schrubber und einem Putzlappen den Boden wischte. Mit etwas säuerlicher Miene wischte Chronologos die Nässe vom Boden auf und wrang den Aufnehmer ein weiteres Mal in einen Eimer aus. Der Regenmann half ihm, ebenfalls mit Schrubber und Putzlappen bewaffnet.

Das Ticken, das Lisa gehört hatte, produzierten die Uhrwerke der Jahreszeitenwelt und der Planeten Daxnar und Orion. Das Tropfen kam von den letzten noch verbliebenen Eiszapfen, die hier und da noch an einem Pendel mitschwangen. Lisa lag unter einem der Schirme des Schirmverleihers vom Meer der Stille. Wo kam dieser Schirm her? Und die Liege, auf der sie lag?

Sie versuchte sich aufzurichten, aber eine kleine Hand drückte sie auf die Liege zurück. »Steh noch nicht auf, Lisa, du solltest erst wieder vollständig zu Kräften kommen«, hörte sie eine krächzende Stimme sagen.

Lisa drehte den Kopf in die andere Richtung. Die Uhlenfrau saß auf einem kleinen Schemel an ihrer Seite. Hinter ihr waren weitere Liegen, auf denen der freche Fritz, Don Diego, Wacher Blick und die Soldaten lagen. Über jedem war einer der Schirme aufgespannt. Die Gefährten ruhten sich in dem Energie spendenden Licht aus und schienen guter Dinge zu sein. Nur der freche Fritz schlief.

Don Diego lächelte Lisa zu. »Ich denke, wir haben uns wacker geschlagen, jeder Einzelne von uns. Das war eine große Schlacht, aber wir wären ruhmreich untergegangen, wenn nicht Hilfe gekommen wäre.« Und er nickte der Uhlenfrau zu und dem Schirmverleiher, der es sich in ihrer Nähe ebenfalls auf einer Liege bequem gemacht hatte.

Die Uhlenfrau sagte: »Noch ungefähr zehn Minuten, dann müsstest du eigentlich wieder gestärkt sein. Der freche Fritz ist von den Eissoldaten am meisten in Mitleidenschaft gezogen worden. Er braucht sicher einige Minuten länger, bis er wieder er selbst ist.«

»Was ist passiert?«, fragte Lisa leise.

»Ich denke, wir sind euch in letzter Minute zu Hilfe gekommen«, sagte die Uhlenfrau. »Ich bin, nachdem ich euch bei der zusammengebrochenen Kutsche verlassen hatte, hierher geflogen und habe die Bescherung entdeckt, die Adragar und Hagelhart angerichtet haben. Mir war sofort klar, dass wir gegen die Unmassen von Eis und gegen die Kälte allein nichts würden ausrichten können. Hagelhart beherrscht Kälte und Eis so souverän, wie ich das Fliegen und Reisen durch die Zeit beherrsche, wenn sie denn läuft. Während ich noch nachdachte, wer hier helfen könnte, seid ihr aufgetaucht. Ich habe beobachtet und belauscht, wie ihr auf unsere Gegner getroffen seid. Und plötzlich fiel mir die Lösung ein: Chronologos hatte uns am Meer der Stille erzählt, dass die Schirme des Schirmverleihers umso besser funktionieren, je kälter es ist. Wenn hier in der Kälte ein paar Schirme stünden, würden sie vor Energie nur so überfließen, dachte ich. Also flog ich so schnell ich konnte zurück und überzeugte den Schirmverleiher, uns zu Hilfe zu kommen. Wir hatten zunächst ein paar Verständigungsprobleme, die ich aber überbrücken konnte. Das erste Hindernis war natürlich die Falle, wo die Kutsche liegen blieb und die Energiepferde ihren Geist aufgaben. Das musste erst einmal abgetaut werden und das nahm ein wenig Zeit in Anspruch. Danach haben wir die Energiestation vor dem Eingang wieder in Gang gesetzt. Zwischendurch flog ich wieder ins Uhrwerk, um nach euch zu sehen und möglicherweise das Schlimmste zu verhindern. Schließlich war es so weit, dass wir euch mit den Schirmen zu Hilfe eilen konnten. Und das war ja auch gerade eben noch rechtzeitig. Beinahe hätten Hagelharts seelenlose Söldner euch in Eisskulpturen verwandelt.«

Lisa wurde durch diese Worte an die eiskalte Berührung erinnert und erschauerte. »Was genau habt ihr getan?«

»Sehr einfach«, sagte die Uhlenfrau leise lachend. »Der Schirmverleiher und ich haben uns jeder einen der Energieschirme genommen, ihn aufgespannt und die Innen- bzw. Unterseite nach vorn gehalten. So sind wir auf die Eissoldaten losmarschiert. Natürlich können diese Gestalten weder denken noch empfinden, daher haben sie uns angegriffen, obwohl sie sehr schnell hätten erkennen müssen, dass sie keine Chance gegen uns hatten. Es war ihnen nicht möglich, die Flucht zu ergreifen. So sind sie alle geschmolzen. Dann haben wir mit Hilfe der Schirme die Uhrwerke abgetaut und wieder in Gang gesetzt und euch ins Leben zurückgeholt.«

»Waren wir alle schon von den Eissoldaten überwältigt?«

»Überwältigt und bewusstlos, bis auf den Regenmann und Chronologos. Denen macht die Kälte nichts aus, aber auch sie waren gefangen.«

»Schrecklich«, flüsterte Lisa. »Dann sind die unzählig vielen Eissoldaten, die um das Uhrwerk herumstanden, gestorben?«

Die Uhlenfrau schüttelte den Kopf. »Nein, Lisa, sie sind nicht gestorben, denn sie haben nie gelebt. Hagelhart schafft keine Lebewesen, sie bringt lediglich gefrorenes Wasser dazu, sich zu bewegen. Genauso, wie die Schwarzen Läufer ein Medium waren, um Adragars Willen zu übertragen, waren die Eissoldaten hirn- und seelenlose Diener.«

»Wo sind Adragar und Hagelhart? Wieso greifen sie nicht erneut an?«

»Sie sind im Augenblick nicht hier. Der Regenmann hat sehr klug gehandelt, als er Adragar auf die Folgen ihres Tuns aufmerksam machte. Ich habe unentdeckt belauschen können, was er aus dem Turmfenster den beiden Hexen zurief. Und es war auch sehr interessant zu hören, was die beiden darauf in der uralten Sprache der Magier und Hexen diskutierten. Adragar hat tatsächlich kein Interesse an einer entvölkerten und leblosen Jahreszeitenwelt. Als ihr aber klar wurde, was der Zeitstillstand im Endeffekt bewirken würde, überzeugte sie Hagelhart davon, schnell noch ein paar Legionen Eissoldaten aufzustellen, die euch und die Uhrwerke bewachen sollten, und dann mit ihr nach Herbstland zu reisen. Adragar hatte nicht gründlich genug nachgedacht.«

»Was hat sie denn in Herbstland vor?«, fragte Lisa.

»Sehr einfach. Die beiden Hexen haben beschlossen, der Bevölkerung und dem König ein Ultimatum zu stellen. Entweder sie ergeben und unterwerfen sich bedingungslos der Herrschaft der Hexen und die Zeit wird wieder in Gang gesetzt, oder die Zeit steht eben weiterhin still und die Menschen verhungern.«

Lisa dachte kurz nach. »Das dürfte jetzt aber nicht mehr funktionieren. Die Uhrwerke laufen, das bedeutet, dass auch in der Jahreszeitenwelt alles wieder in Ordnung kommt. Adragar kann den König und die Leute nicht mehr erpressen.«

Die Uhlenfrau nickte. »Genau so ist es. Daher nehme ich an, dass sich die beiden sehr schnell wieder auf den Weg zurück machen werden, um zu sehen, was mit dem Uhrwerk passiert ist. Das bedeutet, der Kampf ist noch nicht vorüber.«

»Ab wann können sie hier auftauchen?«, fragte Lisa und sah sich unbehaglich um.

Chronologos gab an Stelle der Uhlenfrau die Antwort. »Nach Herbstland können sie auf dem Lichtweg gereist sein, der bringt einen immer direkt an das gewünschte Ziel. Zurück aber müssen sie so reisen wie wir. Das bedeutet, dass wir noch ein wenig Zeit haben, um Verteidigungsmaßnahmen zu treffen.«

In bester Laune und mit siegessicherem Lächeln auf den Lippen erhob sich Don Diego von seiner Liege. »Wunderbar, *muchachos*! Dann lasst uns Pläne schmieden. Adragar wollte ihre Rache haben, jetzt ist es Zeit für uns, Rache zu nehmen.«

Der freche Fritz räkelte sich auf seiner Liege und gähnte herzhaft. Er kratzte sich und öffnete langsam verschlafen die Augen. »Könnten wir nicht erst mal frühstücken?«

DIE VERTEIDIGUNG DER ZEIT

Mit den Sammelschirmen des Schirmverleihers bewaffnet standen sie alle in der Nähe des Uhrwerks der Jahreszeitenwelt, stets bereit, sich in den verwinkelten Gängen und Nischen zu verbergen. Sie hatten beschlossen, mit den Schirmen gegen die Eissoldaten zu kämpfen, die Hagelhart unmittelbar nach ihrer Rückkehr mit Sicherheit produzieren würde. Schließlich hatten sie sich schon einmal als die beste Waffe und als sehr hilfreich erwiesen.

»Aber es geht nicht nur darum, die Eissoldaten von hier fern zu halten«, sagte die Uhlenfrau. »Es ist notwendig, Adragar und Hagelhart auf Dauer das Handwerk zu legen. Adragar würde versuchen, die Schirme zu zerstören, nachdem sie entdeckt hat, wie wir gegen die Fähigkeiten ihrer Kusine vorgehen, und dann hätte Hagelhart mit ihren Legionen wieder freie Bahn. Sofort wäre die Zeit wieder gestoppt.«

»Aber wie willst du Adragar auf Dauer besiegen?«, fragte der Regenmann. »Sie ist unsterblich wie jede Hexe.«

»Tja, das weiß ich auch noch nicht genau«, gestand die Uhlenfrau. »Ich würde ja auch niemanden töten wollen, aber es muss uns gelingen, sie irgendwie gefangen zu setzen. Danach sehen wir weiter.«

»Und Hagelhart?«, fragte der freche Fritz. »Die muss doch auch außer Gefecht gesetzt werden, oder nicht?«

»Ja, aber wir sollten es schaffen, ihr mit den Schirmen einen tüchtigen Denkzettel zu verpassen«, sagte die Uhlenfrau. »Hagelhart ist im Gegensatz zu Adragar recht einfältig und leicht einzuschüchtern.«

Chronologos sah auf die Skalen seines Instrumentes. »Die beiden fraglichen Damen werden leider ziemlich bald wieder hier sein. Sie haben soeben das Eingangstor im Zeitwächter passiert.«

Lisa war entsetzt. »Wie können sie so schnell wieder hier sein? Wir haben doch viel länger für den Weg gebraucht!«

»Schon richtig«, antwortete Chronologos. »Wir sind aber auch gefahren. Die Hexen fliegen, und das geht nun einmal schneller.«

»Sie fliegen wohl auf Hexenbesen?«, fragte Lisa.

»Nein«, sagte Chronologos. »Sie fliegen auf mir unbekannten technischen Geräten, die Adragar kürzlich in deiner Welt besorgt hat und die wohl einen ähnlichen Verwendungszweck haben wie Besen. Hexen scheinen auch mit der Zeit zu gehen.«

»Dann sollten wir uns beeilen, dass wir unsere Verteidigungspositionen einnehmen«, rief Don Diego. »Schnappt euch jeder einen Schirm und versteckt euch!«

Lisa und ihre Gefährten verbargen sich in der Nähe des Uhrwerkes der Jahreszeitenwelt. Neben Lisa stand der freche Fritz. Angespannt und mit bangem Herzen warteten sie auf das Eintreffen ihrer Feindinnen. Ob es nun wohl gelingen würde, die Hexen und die Gefahr, die von ihnen ausging, auf Dauer zu bannen?

»Ich höre etwas«, flüsterte der freche Fritz nach einer ganzen Weile.

Lisa lauschte angestrengt. Auch sie vernahm ein Geräusch: Viele Füße marschierten im selben Takt, der Gleichschritt der Eissoldaten. Darüber hörten sie noch etwas anderes, ein Geräusch, das Lisa vertraut war.

»Was ist das?«, fragte der freche Fritz beklommen. »Ist das die Stimme eines Drachen oder eines anderen Untiers? Oder ist es das Heulen eines Dämons?«

»Nein«, sagte Lisa. »Ich weiß, was es ist. Davor brauchst du keine Angst zu haben.«

Und dann hörten sie plötzlich die kreischende Stimme Hagelharts: »Schreckliches Gefühl, auf so einem Ding zu sitzen! Von dem Vibrieren dieses Kastens kribbelt mir schon der ganze Hintern. Das nächste Mal will ich wieder auf meinem Schneeschieber fliegen!«

»So geht es aber schneller. Im Übrigen kümmere dich nicht

um solche Nebensächlichkeiten, du dummes Weibsbild!«, wurde sie von Adragar barsch abgefertigt. »Sag mir lieber, wie sie das Kraftwerk am Sternentor vom Eis befreien konnten. Wie haben sie das geschafft?«

Und dann sah Lisa, wie die Hexen auf zwei schwarzen Staubsaugern angeflogen kamen. Vor dem Uhrwerk sanken die Staubsauger auf den Boden, die Motoren verstummten und Adragar und Hagelhart standen wie vom Donner gerührt da und betrachteten das gleichmäßig laufende Uhrwerk.

»Was kann hier geschehen sein?«, murmelte Adragar. »Es sieht aus, als hätte dieses verdammte Uhrwerk nie stillgestanden.«

»Und meine Eissoldaten, die ich zurückließ, wo sind die?«, kreischte Hagelhart. »Kein einziger mehr zu sehen! Desertieren können die Kerle nicht, sie sind so hirnlos, dass sie nur Befehle befolgen können.«

Gerade jetzt kamen die von Hagelhart neu erschaffenen Eissoldaten über die Gänge marschiert, deren Gleichschritt Lisa und der freche Fritz schon gehört hatten.

»Immerhin kannst du unbegrenzt für Nachschub sorgen«, sagte Adragar. »Und das hast du ja auch schon getan, kaum dass wir hier eingetroffen sind.«

»Ganz so einfach ist das auch nicht, meine Liebe«, fuhr Hagelhart ihre Kusine an. »Ständig neue Soldaten zu produzieren kostet ganz schön Kraft!«

»Dann hör doch einfach auf damit!«, rief die Uhlenfrau.

Adragar und Hagelhart zuckten zusammen, warfen Blicke in alle Richtungen und versuchten zu entdecken, wer gerufen hatte.

»Diese Stimme kenne ich doch!«, zischte Adragar. »Als ich sie das letzte Mal hörte, war ich in größten Schwierigkeiten, glaube ich.«

»Das bist du auch jetzt wieder«, rief die Uhlenfrau. »Wir zeigen euch jetzt, was mit den Eissoldaten geschah. Angriff!!!«

Darauf traten alle aus ihren Verstecken hervor.

Adragar zischte wie eine giftige Schlange, als sie Lisa, die Uhlenfrau und den frechen Fritz sah.

Hagelhart knirschte mit den Zähnen.

»Uhlenfrau, du hast dich schon einmal gegen mich gestellt. Das war damals schon ein Fehler, und heute wirst du dafür büßen!«, schrie Adragar. »Los, Hagelhart, hetze deine Legionen auf sie!«

Hagelhart zeigte auf die Bewacher des Uhrwerks und brüllte ihre Soldaten an: »Greift sie an! Macht sie kalt!«

Sofort setzen sich die Eissoldaten in Bewegung. Mit ausgestreckten Armen und unbeweglichen Gesichtern marschierten sie auf Lisa und ihre Freunde zu. Diese öffneten die Schirme, schalteten sie ein und hielten die Unterseiten nach vorn. Sogleich begannen die Schirme die Kälte, die von Hagelhart und ihren Legionen ausging, aufzusaugen und in Wärme und Energie umzuwandeln. Bevor die Eissoldaten ihr Ziel erreichen konnten, schmolzen sie so stark zusammen, dass sie umfielen, weil Beine und Füße sie nicht mehr trugen. Die dahinter nachrückenden Gestalten stolperten über die Trümmer ihrer Vorgänger.

Hagelhart war außer sich vor Zorn. »Bei den Reißzähnen der Nordpoldämonen! Sie wenden meine eigenen Kräfte gegen mich. Und ich kann sie nicht aufhalten! Sie rauben mir meine Energie. Adragar, tu etwas!«

Adragar stand plötzlich ganz still, beobachtete alles aus zu schmalen Schlitzen zusammengekniffenen Augen und verlor kein Wort.

Was mag jetzt wohl hinter ihrer Stirn vorgehen?, dachte Lisa.

Die Uhlenfrau ging mit ihrem Schirm nun gegen Hagelhart selbst vor.

Deren Zorn wandelte sich in Verzweiflung. »Adragar, so tu doch etwas!«, schrie sie. »Ich beginne zu schmelzen. Hilf mir!«

Lisa beobachtete, wie Hagelharts Legionen nacheinander umfielen und schnell zerschmolzen. Aha, dachte sie, Hagelharts Kräfte lassen nach.

Zu Lisas Verwunderung unternahm Adragar nichts. Sie stand da und beobachtete das Geschehen, als ginge sie das Ganze nichts an. »Hagelhart, du hast mich maßlos enttäuscht«, sagte sie schließlich seelenruhig. »Ich habe auf deine Kräfte vertraut, aber die sind wesentlich geringer, als ich vermutet habe. Ich habe deine Fähigkeiten deutlich überschätzt.«

»Adragar!«, flehte Hagelhart, die immer kleiner und kleiner

wurde und genauso schmolz wie ihre Legionen. »Hilf mir doch!«

»Das kann ich nicht, meine Liebe«, sagte Adragar gelassen. »Ich muss nun an mich selbst denken. Ich bin auch in Gefahr.«

»So ist es«, sagte Don Diego siegessicher und ging mit seinem geöffneten Schirm gegen Adragar vor.

Die sah ihm höhnisch lächelnd entgegen.

»Vorsicht, Don Diego!«, warnte die Uhlenfrau. »Adragar ist nicht so beschaffen wie ihre Kusine. Ihr können die Sammelschirme nichts anhaben.«

Das Jammern von Hagelhart wurde immer leiser. Schließlich floss ihre Gestalt vollends auseinander. Wie ein Windhauch war ein letztes Mal ihre Stimme zu hören: »Lebe wohl, Adragar! Ich werde am Nordpol in der ewigen Kälte wieder meine Gestalt annehmen. Bitte mich nie wieder um Hilfe, ich werde sie nicht gewähren. Du hast mich verraten. Von jetzt an sind wir Feinde.«

Ein weißer Nebel stieg aus der Wasserlache, die einmal Hagelhart gewesen war, auf. Darin war für einen Moment ihre Gestalt zu sehen, dann verschwand der Nebel und mit ihm die Hexe.

Die letzen Reste der Eissoldaten sanken in sich zusammen und wurden zu Wasser.

Adragar sah kalt lächelnd zu. Sie stemmte die Arme in die Hüften, legte den Kopf in den Nacken und lachte leise.

»Don Diego«, rief die Uhlenfrau wieder. »Richtet den

Schirm nicht auf Adragar. Ihr schadet die Energie aus den Schirmen nicht. Schließt ihn lieber und …«

Weiter kam die Uhlenfrau nicht.

Adragar streckte ihre Finger aus und eine riesige Menge Energie schoss in Form von Blitzen aus dem Schirm in ihre Fingerspitzen; ihr Haar stand zu Berge, ihre weite Kleidung flatterte um sie herum. Sie stand in einer gleißenden Aura. Ein Krachen und Zischen ertönte, das die Gefährten für Sekunden blendete und betäubte.

Dann war Adragars Lachen zu hören, das in der riesigen Halle schaurige Echos hervorrief. »Vielen Dank, du Holzkopf, dass du mir so viel Kraft zur Verfügung gestellt hast, dass ich nun mit größter Geschwindigkeit fliehen kann. Ich werde meinen Rachefeldzug fortsetzen, denn ich werde neue Verbündete und somit andere Mittel und Wege finden!«

Bevor jemand sie daran hindern konnte, setzte sich Adragar auf einen der schwarzen Staubsauger, ließ dessen Motor laut aufbrüllen und jagte davon. Innerhalb von Sekunden war sie verschwunden. Nicht einmal das Heulen des Motors war noch zu hören.

Mit offenem Mund starrte Don Diego auf den Punkt, wo die Hexe eben noch gestanden hatte. »Ich glaube, ich habe einen Fehler gemacht. Hexe und Hexe ist eben zweierlei. Soll doch einer aus den Weibern klug werden.«

»Na, na, Don Diego«, tadelte die Uhlenfrau, »es gibt auch

Frauen, die keine Hexen sind, und es gibt Hexen, die nicht böse sind. Ich sage ja auch nicht, dass alle Männer Holzköpfe sind. Aber manchmal kommt's mir so vor!«

Don Diego schloss den Mund und sagte nichts mehr.

»Für solche Betrachtungen haben wir jetzt keine Zeit«, sagte der Regenmann. »Die Eissoldaten sind zwar alle zerstört, aber wir müssen Adragar fangen, bevor sie irgendwo in diesem Labyrinth erneut Schaden anrichtet.«

»Du hast Recht, Regenmann«, sagte die Uhlenfrau. »Chronologos, wo könnte sich Adragar hier verstecken und was könnte ihr Ziel sein?«

Chronologos zuckte die Achseln. »Die Möglichkeiten sind so unendlich wie das Labyrinth selbst.«

»Dann müssen wir sie sofort verfolgen, damit ihr Vorsprung nicht zu groß wird«, rief die Uhlenfrau. »Lasst euch etwas einfallen, womit ihr fliegen oder schnell fahren könnt.«

Der freche Fritz setzte sich auf den verbliebenen Staubsauger. »Lisa, Chronologos hat doch gesagt, dass diese Dinger aus deiner Welt sind. Los, zeige mir, wie man damit fliegt!«

»Aber das weiß ich doch auch nicht«, sagte Lisa. »In meiner Welt sind Staubsauger zum Saubermachen da. Damit kann man Teppiche reinigen und so.«

»Und wie wird das gemacht?«, fragte der freche Fritz.

»Du musst da draufdrücken«, sagte Lisa und wies mit dem Finger auf den Startknopf.

Der freche Fritz drückte darauf, der Motor heulte kurz auf und verstummte. Der Stausauger fuhr mit dem frechen Fritz einmal kurz im Kreis herum und stand wieder.

»Schade«, sagte der freche Fritz enttäuscht. »Der ist wohl kaputt.«

»Nicht unbedingt«, antwortete Lisa. »Aber Adragar ist geladen. Sie hat Energie getankt und speist damit den Staubsauger.«

Der Schirmverleiher trat herbei und zeigte auf die Schirme. Als ihn alle nur fragend ansahen, nahm er einen der Schirme, die sie als Waffe benutzt hatten, öffnete ihn, schaltete ihn ein und hielt ihn an der Stange verkehrt herum. Dann nahm er Anlauf, sprang in den Schirm hinein und flog davon.

Atemlos vor Staunen starrten ihm Lisa und die anderen hinterher.

»Na klar!«, rief Lisa schließlich. »Die Schirme, mit denen wir gegen die Eissoldaten gekämpft haben, sind bis zum Überfließen mit Energie gefüllt. Man kann jetzt sogar damit fliegen.«

Im Nu hatte der freche Fritz seinen Schirm geöffnet und ebenfalls Anlauf genommen. Schon sprang er mit einem Satz hinein, allerdings nicht so gekonnt wie der Schirmverleiher. Als sein Schirm mit ihm davonflog, sah man vom frechen Fritz nur die strampelnden Beine. Der Schirm flog mal höher, mal tiefer, behielt auch keine klare Richtung bei. Dann verschwanden die zappelnden Beine und der Oberkörper des Jungen tauchte auf. Er legte seine Hände an die Stange und versuchte sich daran festzuhalten. Der Schirm verlor sofort an Höhe, prallte auf den Boden auf und überschlug sich. Der freche Fritz purzelte heraus und rollte über den Boden. Schließlich saß er auf der Kehrseite und blickte verblüfft um sich.

Karlchen, Hugo und Kuno brüllten vor Lachen, Bruno grinste über das ganze Gesicht.

»Ich habe keine Ahnung, wie man die Dinger lenkt, aber ich versuche es auch einmal«, sagte der Regenmann. Kurz darauf flog auch er in einem der Schirme davon, kam allerdings nach kurzer Zeit zurück. Er flog über das Uhrwerk der Jahreszeitenwelt, kreiste über Lisa und den am Boden gebliebenen Gefährten und rief: »Es ist ganz einfach! Man muss nur den Schirm in die Richtung drücken, in die man fliegen will!«

Und dann jagte er in Richtung Sternentor davon.

»Jetzt wissen wir, wie's funktioniert, also sollten wir es auch versuchen«, sagte Lisa. Sie öffnete ihren Schirm, hielt ihn neben sich, holte tief Luft und lief los. Sofort spürte sie, dass der Schirm gewichtslos wurde, wie auf einem Luftkissen schwebte und an Geschwindigkeit zulegte. Sie nahm all ihren Mut zusammen, sprang mit einem Satz hinein und legte die Hände auf den Rand. Der Schirm schaukelte ein wenig und schwang auf und ab. Vorsichtig legte sie die Hände an die Stange und zog sie ein wenig auf sich zu. Darauf gewann sie an Höhe. Schon sah es so aus, als sollte sie gegen die Decke prallen, also drückte sie gegen die Stange und flog abwärts. Sehr schnell lernte sie die

Höhe exakt zu steuern. Wenn sie sich nach rechts oder links legte, wie sie es in ihrer Welt schon häufig bei Motorradfahrern gesehen hatte, änderte der Schirm entsprechend die Richtung.

»Juchhuuuhhh!«, hörte Lisa jemanden in ihrer Nähe jubeln. Der freche Fritz flog auf einmal neben ihr. »Du musst die Stange nach unten drücken, wenn du langsamer fliegen willst. Wenn du ziehst, wird es schneller.«

Und der Schirm des Jungen legte an Geschwindigkeit zu und der freche Fritz folgte dem Regenmann zum Sternentor. Lisa beeilte sich, die beiden und den Schirmverleiher einzuholen. Vielleicht konnten sie Adragar doch noch besiegen.

WER ANDEREN EINE FALLE STELLEN LÄSST …

Am Sternentor wartete der Schirmverleiher auf sie. Er schwebte etwa einen Meter über dem Boden und wies den Gang entlang in Richtung Meer der Stille. Dann flog er in diese Richtung voraus.

Lisa sah sich kurz um. Der freche Fritz folgte ihr, dann kamen der Regenmann, die Uhlenfrau in ihrer Eulengestalt, Chronologos, die vier Landsknechte, Wacher Blick und schließlich Don Diego, der als Einziger ein bisschen blass um die Nase zu sein schien. Es war offensichtlich, dass er an dieser Art der Fortbewegung keinen Gefallen hatte. Er steuerte auch nicht besonders exakt und schien das eine oder andere Mal fast mit den Wänden oder der Decke des Ganges zu kollidieren. Lisa musste sich das Schmunzeln verkneifen und sah schnell wieder nach vorn.

Der Regenmann schloss zu Lisa auf und rief den anderen zu: »Sollten wir Adragar nicht finden, muss jemand zu den Uhrwerken zurück. Es könnte sein, dass sie einen Bogen schlagen und die Zeit erneut anhalten will.«

Die Uhlenfrau widersprach, wobei sie ein wenig kurzatmig klang. Lisa überlegte, ob die Uhlenfrau nicht auch besser einen Schirm genommen hätte statt selbst zu fliegen. »Das glaube ich nicht. Sie wird mit Sicherheit erst neue Verbündete suchen. Aber ich gebe dir Recht, dass wir sie schnellstmöglich fangen sollten.«

Darauf schwiegen alle.

Lisa rauschte der Fahrtwind in den Ohren. Fast wie mit Stavros Sturmwind im Flugdrachen, dachte sie. Schon hatten sie die riesige Halle erreicht, deren Kuppel das Meer der Stille bildete. Der Schirmverleiher jagte immer noch vorweg und flog in die Richtung, in der die Halle mit den vielen Tunnels lag.

Und dann stoppte der Schirmverleiher plötzlich die Fahrt. Auch Lisa und der freche Fritz hielten, wobei sie ein wenig zur Seite auswichen. Glücklicherweise reagierten alle schnell genug, um einen Unfall zu vermeiden. Und dann nahm die Szene vor ihnen die Aufmerksamkeit aller gefangen.

Adragar stand fast mitten in der Halle, ihr weißes Gesicht wirkte seltsam leer und teilnahmslos, die Arme hingen schlaff an ihrem schwarz gewandeten Körper herab. Langsam schritt sie auf und ab, mal in diese, mal in jene Richtung, dann blieb sie wieder stehen.

»Was ist mit ihr los?«, fragte der freche Fritz. In seiner Stimme lag Verwirrung.

»Jemand hat ihr aufgelauert«, sagte Chronologos mit ernstem Gesicht.

Lisa bemerkte, dass Wacher Blick sich die Ohren zuhielt und offensichtlich unter Schmerzen litt. Und dann hörte auch sie das feine hohe Pfeifen, dass sie schon einmal in dieser Halle vernommen hatte. Aber diesmal war es anders. Es war irgendwie lauter, eindringlicher, mehrstimmiger. Dann sah sie fünf dünne Lichtsäulen, die ungefähr drei Meter hoch waren, sich wie Rauchfahnen kräuselten und Adragar umzingelt hatten. Und nun ahnte sie, was dort geschah.

»Ich glaube fast, dass wir uns keine Gedanken mehr machen müssen, wie wir Adragar gefangen nehmen«, sagte Chronologos. »Das haben schon andere besorgt.«

»Aber wie konnte denn ein Traumtrapper Adragar fangen?«, fragte der freche Fritz. »Muss man nicht schlafen, um ihm ins Netz zu gehen?«

»Da vorn ist nicht nur ein Traumtrapper.« Chronologos schüttelte langsam und nachdenklich den Kopf. »Ich habe noch nie fünf von diesen Kerlen auf einmal gesehen. Scheinbar können sie ihre Kräfte bündeln und dann selbst jemanden, der nicht schläft, und sogar eine Hexe, in ihre Gewalt bringen. Offensichtlich wehrt sich ihr in Trance versetztes Bewusstsein gegen ihre Gegner. Ich vermute, dass sie im Traum gegen die fünf Traumtrapper kämpft. Wir werden vielleicht noch sehen, wer gewinnt.«

Immer noch wandelte Adragar in der großen Halle umher. Es war aber nicht zu übersehen, dass sie und die fünf Traumtrapper, die sie stets eingekreist hielten, sich immer mehr einem bestimmten Tunnel näherten. Keiner brauchte lange darüber nachzudenken, welcher Tunnel das wohl war.

Lisa spürte, wie das Entsetzen langsam in ihr heraufkroch. »Das ist ja grauenhaft«, hauchte sie. »Das ist doch wohl schlimmer als alles, was wir kennen. Das hat nicht einmal Adragar verdient.«

Die Uhlenfrau entfernte sich ein kleines Stück von den anderen, schloss die Augen und schien sich auf etwas zu konzentrieren.

Nach ein paar Sekunden schüttelte sie den Kopf und schien einen Augenblick am ganzen Leibe zu zittern.

»Furchtbar!«, sagte sie. »Es ist mir gelungen, einen kurzen Blick in den Traum zu werfen, mit dem sie Adragar gefangen haben, aber ich musste mich schnell wieder zurückziehen, sonst hätte ich mich auch meiner Haut wehren müssen. Die Kerle sehen scheußlich aus. Sie machen ihr Vorwürfe, dass die versprochenen Opfer ausbleiben. Und jetzt wollen sie dafür sie selbst als Gefangene. Weil ihr den Traumtrappern entkommen seid und ihnen auch sonst niemand in die Falle ging, büßt Adragar nun selbst dafür, dass sie diese boshaften Scheusale gerufen und angelockt hat.«

»Also wird sie jetzt an den Ort gebracht, wo die Schatten vor sich selbst fliehen«, murmelte der freche Fritz. Er sah ein wenig blasser aus als sonst.

»Können wir ihr nicht helfen?«, fragte Lisa spontan. »Ich meine, das ist doch so schrecklich, dass wir das nicht zulassen dürfen.«

Chronologos schüttelte entschieden den Kopf. »Da mischen wir uns auf keinen Fall ein. Mit den Kerlen ist nicht zu spaßen. Das ist viel zu gefährlich für uns. Adragar hätte wissen müssen, was sie tut. Sie trägt selbst die Schuld an ihrem Unglück.«

Schaudernd sahen sie zu, wie Adragar langsam, aber sicher auf den einen bestimmten Tunnel zuschritt. Ein letztes Wehren und Sträuben, dann verschwand sie aus ihrem Blickfeld.

Lisa spürte einen Augenblick lang nur Übelkeit. Sie rieb sich den Bauch und holte tief Luft. »Meine Güte, das war ja wohl wie eine Hinrichtung«, sagte sie leise.

»Ich gebe dir Recht, Lisa. Das war kein schöner Anblick«, sagte die Uhlenfrau und in ihrer Stimme schwang leises Entsetzen mit. »Wir sollten froh sein, dass es nicht uns erwischt hat.«

Don Diego stimmte auch zu. »Das ist genauso schrecklich gewesen wie der Moment, als ich dachte, dass uns die Eissoldaten überwältigen und töten. Ich bleibe hier nicht länger als unbedingt notwendig. – Oh, verzeiht mir, Chronologos, das geht nicht gegen Euch oder Eure Welt. Aber ich habe jetzt langsam Sehnsucht nach meinem Dorf am Strand, nach Palmen und Sonne und blauem Himmel.«

Chronologos nickte verständnisvoll. »Ich denke, das Abenteuer ist überstanden. Und für uns und die Jahreszeitenwelt ist es auch gut ausgegangen. Ich danke euch allen auch für das, was ihr für mich getan habt. Allein hätte ich nicht hierher zurückgefunden. Und ich hätte auch allein nicht die Hexen besiegen können. Ich bin mit eurer Hilfe wieder da, wo ich hingehöre.«

Der freche Fritz rieb sich die Haare an seinem Hinterkopf strubbelig und sah respektvoll in Richtung des Tunnels, in dem Adragar verschwunden war. »Ich glaube, ich würde auch gerne wieder da hingehen, wo ich hingehöre.«

»Das werden wir jetzt alle tun«, sagte die Uhlenfrau. »Es heißt nun Abschied nehmen, lieber Freund Chronologos.«

»Ich bin auch der Meinung, dass es jetzt höchste Zeit für uns wird«, sagte der Regenmann. »Ich muss wieder meiner Aufgabe nachgehen. Vielleicht gibt es schon irgendwo Dürre und Trockenheit, wo sie nicht hingehören.«

»Ihr werdet auf dem schnellsten Wege reisen«, sagte Chronologos und ging auf den größten Tunnel zu. Die Gefährten folgten ihm. »Ich habe vor, euch über den Lichtweg nach Hause zu schicken. Die Energie, die das kostet, müssen meine Maschinen zusätzlich produzieren, aber das ist es mir wert. Wohin wollt ihr?«

»Herbstland«, riefen wie aus einem Mund der freche Fritz und die Landsknechte.

Die Uhlenfrau schmunzelte. »Ich glaube, ich würde auch zunächst gerne nach Herbstland reisen und miterleben, wie diese

Herren hier König Ernst III. Bericht erstatten. Von da aus bin ich blitzschnell zu Hause, denn jetzt kann ich ja wieder Abkürzungen durch die Zeit fliegen.«

Der freche Fritz sah Lisa erwartungsvoll an. »Kommst du auch mit nach Burg Erntedank? Du kannst doch über die Turmtreppe nach Hause reisen, dann landest du direkt in der Burg, die nicht weit von deinem Zuhause steht! Komm mit, bestimmt wirst du vom König auch gelobt!«

Lisa zögerte. Chronologos war wieder in seiner Welt, und die Zeit lief auch wieder. Die Verhältnisse waren nun wieder ganz andere. Ob der Weg über die Turmtreppe jetzt noch funktionierte? Fragend sah sie Chronologos an. Der schien ihre Gedanken gelesen zu haben und nickte beruhigend.

»Der Weg über die Turmtreppe steht euch beiden immer offen«, sagte er. »Ihr könnt euch also noch oft besuchen. Aber erzählt nur den vertrauenswürdigsten Personen von diesem Weg. Solche Dinge sollten geheim bleiben, sonst gerät noch die ganze Ordnung der Welten durcheinander.«

»Also gut«, sagte Lisa. »Dann reise ich mit nach Erntedank.«

Der freche Fritz strahlte.

Don Diego meldete sich zu Wort. »Ich möchte nicht unhöflich sein, *muchachos*, aber wenn ich mit nach Herbstland reise, muss ich einen langen Heimweg über Winterland und Frühlingsland in Kauf nehmen. Nehmt es mir nicht übel, aber ich möchte direkt nach Palmengarten. Doña Dolores wird schon lange auf mich warten. Ich will doch hoffen, dass sie sich fürchterlich Sorgen um mich macht und ich ihr fehle!«

»Was Don Diego sagt, gilt auch für mich. Auch ich möchte direkt dorthin, wo ich zu Hause bin«, sagte Wacher Blick.

Chronologos lächelte und sagte: »Ich verspreche dir, dass du auf dem Rücken deines Pferdes landen wirst, wenn du das willst.«

»Nein«, sagte Wacher Blick. »Das Tier würde nur unnötig erschrecken. Sende mich dorthin, wo mein Volk die Zelte aufgeschlagen hat.«

»Einverstanden«, antwortete Chronologos.

Die Gruppe war beim Tunnel angekommen. Don Diego schloss jeden Einzelnen kurz in die Arme. Bruno erwiderte die Umarmung mit so viel Gefühl, dass er den Mann aus Sommerland beinahe erdrückte. Der Schirmverleiher klopfte Don Diego auf den Rücken und sagte etwas in seiner fremden Sprache. Wacher Blick schien von der Geste ein wenig irritiert. Bei seinem Volk war es eben nicht üblich, Gefühle in dieser Art zu zeigen. Chronologos war als Letzter dran.

»Muchachos«, sagte Don Diego dann, »jeder Einzelne von euch hat tapfer gekämpft. Es war mir eine Ehre, dieses Abenteuer mit euch zu bestehen. Ich werde euch nie vergessen!« Er sah in den Tunnel hinein.

Chronologos zog sein Instrument aus der Kutte und sah konzentriert auf die Skalen.

»Was muss ich tun?«, fragte Don Diego.

»Nur hineingehen«, sagte Chronologos.

»Lebt wohl, *amigos*«, sagte Don Diego und ging in den Tunnel. Er drehte sich dabei noch einmal um und winkte. Lisa erwiderte das Winken und hatte Mühe, die Tränen zurückzuhalten. Dann wurde die Gestalt Don Diegos undeutlich und verschwamm, und kurz danach war er verschwunden.

»In diesem Augenblick ist er bereits wieder in Palmengarten«, sagte Chronologos. »Wacher Blick, nun sende ich Euch in die Sommerlandwüste. Habt keine Angst.«

Wacher Blick trat dennoch etwas misstrauisch in den Tunnel und sah sich auch noch einmal um. Er hob die Hand zum Gruß. »Lebt wohl«, sagte auch er, wobei seine Stimme ein wenig hallte.

»Sieh zu, dass du nicht auf einem Kaktus landest«, rief der freche Fritz noch, aber da war von Wacher Blick auch schon nichts mehr zu sehen.

»Regenmann, wohin wollt Ihr?«, fragte Chronologos.

»Lasst mich mit den anderen nach Erntedank reisen«, antwortete der Regenmann. »Vielleicht wartet im Herbstland schon Arbeit auf mich.«

»Also gut, dann tretet in den Tunnel«, sagte Chronologos. »Ich verspreche euch, es wird eine kurze Reise.«

Lisa nahm den frechen Fritz bei der Hand und trat in den Tunnel. Der Regenmann, die Uhlenfrau und die Landsknechte folgten. Sie drehte sich noch ein letztes Mal zu dem Schirmverleiher und Chronologos um. Der lächelte freundlich und sagte: »Sei nicht traurig. Ich glaube, dass wir uns wiedersehen werden. Und das wird vielleicht nach eurer Zeitrechnung gar nicht lange dauern …«

Die Stimme wurde leiser und begann zu hallen, je weiter die Gefährten in den Tunnel gingen. Dann war der Mann in der Kutte nicht mehr zu sehen.

Um Lisa herum wurde es blendend weiß und hell. Sie fühlte sich plötzlich merkwürdig gewichtslos, ähnlich wie in dem Energieschirm. Die Gestalten der anderen waren nur als helle Konturen zu erkennen. Und genauso plötzlich war das blendende Licht wieder verschwunden …

DIE EINLÖSUNG DES KÖNIGLICHEN VERSPRECHENS

… und Lisa, der freche Fritz, der Regenmann, die Uhlenfrau und die vier Landsknechte standen im Thronsaal der Burg Ern-tedank. Die Gefährten sahen sich verwirrt um. Noch verwirrter und überraschter waren aber die Männer, die im Thronsaal an der Tafel saßen. Ein Minister, der gerade aus einem großen Krug trank, verschluckte sich und prustete Bier auf einen Wissenschaftler, der ihm gegenübersaß. Alle starrten mit offenem Mund auf die überraschend angekommenen Gäste. Die Stille währte vielleicht zwei Sekunden, dann riefen alle lautstark durcheinander.

Der König erhob sich und gebot Ruhe. »Meine Herren, meine Herren! Mäßigt Euch. Ritter Friedrich, Uhlenfrau, Dame Lisa, Regenmann, Feldwebel Karlchen, Landsknechte Bruno, Hugo und Kuno, ich heiße Euch willkommen. Erklärt bitte Euer plötzliches Eintreten. Und wo sind die Hexen geblieben?«

»Hä?«, grunzte Bruno. »Wieso Hexen? Ich denke, die eine ist wieder am Nordpol und die andere gefangen? Oder etwa nicht?«

Der freche Fritz knuffte Bruno in die Seite und raunte: »Sei still, verdirb nicht unseren großen Auftritt. Lass mich reden!« Dann straffte er sich, trat vor den König und sagte: »Euer Majestät, erlaubt mir, dass ich zunächst zur Orientierung ein paar Fragen stelle. Wann waren die Hexen hier?«

»Es war vor einigen Stunden, denke ich«, antwortete der König. »Es kann nicht länger her sein, als eine mittelgroße Kerze zum Verbrennen braucht. Wieso seid Ihr so plötzlich hier?«

»Euer Majestät, habt Ihr inzwischen feststellen können, dass die Zeit wieder in Gang ist?«, fragte der freche Fritz weiter.

»Ja, in der Tat«, sagte der König. »Wir alle bemerkten plötzlich, dass es dunkler wurde. Also musste der Bann gebrochen sein. Ich ließ von den knappen Restbeständen Bier servieren, um auf Euren Sieg anzustoßen. Natürlich machten wir uns sofort Sorgen um Euch, als kurz darauf die Hexen mitten im Saal standen und die Unterwerfung des Herbstlandes forderten. Da jedoch die Zeit wieder lief, weigerten wir uns. Die Hexen führten sich sehr unverschämt auf und fluchten, als sie einsehen mussten, dass ihr Druckmittel nicht mehr funktionierte. Sie ergriffen die Flucht und drohten, die Zeit abermals anzuhalten. Und nun steht Ihr hier vor uns. Was bedeutet das? Werden die Hexen ihre Drohung wahr machen?«

Lisa hörte die Uhlenfrau leise grollen, dass diese unverschämten Weiber keine Gelegenheit ausließen, die Zunft der Hexen zu blamieren.

»Euer Majestät und auch Ihr, Ihr Herren Minister, Generäle und Wissenschaftler, seid unbesorgt«, verkündete der freche Fritz stolz. »Die Hexe Hagelhart ist am Nordpol, wo sie auch hingehört, und hat sich in Feindschaft von Adragar getrennt. Adragar selbst ist in Gefangenschaft geraten an einem Ort, von dem sie vermutlich nie zurückkehren wird.«

Einen Augenblick sahen sich die Männer nur ungläubig an, dann brachen alle in Jubel aus. Der Lärm war unbeschreiblich. Alle Minister, Generäle und Wissenschaftler sprangen von den Stühlen auf, umringten die Gefährten und schlugen ihnen auf Schultern und Rücken, dass es krachte. Lisa und die Uhlenfrau suchten hinter dem großen Bruno Schutz, da sie sich dieser allzu herzlichen Begrüßung nicht aussetzen wollten. Der Kopf des frechen Fritz wurde so gestrubbelt, dass er auch schon nach einem Fluchtweg Ausschau hielt.

Nach und nach beruhigten sich alle wieder. Der König bat nun alle Platz zu nehmen und forderte die Zurückgekehrten auf, von ihrem Abenteuer zu berichten.

Während der freche Fritz, Lisa, der Regenmann und die Uhlenfrau abwechselnd und einander ergänzend erzählten, brachten Diener Speisen und Getränke für die Ankömmlinge. Auch die Küchenfee Ernestine servierte. Lisa bemerkte, dass der dicke Bruno ihr bewundernde Blicke zuwarf, die Ernestine erst ignorierte, dann zur Kenntnis nahm und schließlich erwiderte.

Als der Bericht zu Ende war, schwieg der König einen Moment. Dann sagte er: »So ist die Sache also gut zu Ende gegangen. Die Zeit läuft wieder, die Hexen sind besiegt und Ihr seid alle bei guter Gesundheit heimgekehrt. Das ist mehr, als wir erhoffen durften. Finanzminister, begleitet mich in die Schatzkammer. Und nehmt auch Euren Schlüssel für die Medaillentruhe mit.«

Der Finanzminister erhob sich mit den Worten: »Mit Vergnügen, Euer Majestät!« Beide gingen davon, kehrten aber nach kurzer Zeit zurück. Der König ging zu seinem Thron, und alle Männer erhoben sich.

Der König rief laut: »Feldwebel Karlchen, Landsknechte Bruno, Hugo und Kuno, tretet vor.«

Die Landsknechte traten vor ihren König und standen stramm und der König fuhr fort: »Aufgrund Eurer tapferen und treuen Verdienste um das Herbstland und die Jahreszeitenwelt seid Ihr ab sofort in die Leibwache versetzt.«

Die Landsknechte grinsten zufrieden, denn das war genau das, was sie erhofft hatten. Aber es kam sogar noch etwas hinzu: »Damit Ihr Euch von den Strapazen Eures Abenteuers erholen könnt, bekommt jeder von Euch vier Wochen Sonderurlaub. Meldet Euch danach bei meiner Leibwache zum Dienst zurück. Nun setzt Euch wieder an Eure Plätze an der Tafel.«

Hochzufrieden und aufgeplustert vor Stolz nahmen die vier Landsknechte auf ihren Stühlen Platz. Die Wissenschaftler und Minister applaudierten, die Generäle brüllten: »Hurra, Hurra, Hurra!«

Der König rief nun: »Ritter aufgrund besonderer Verdienste Friedrich, tretet vor!« Und der freche Fritz stellte sich vor den König, der auf seinem Thron saß, und verbeugte sich kurz. Mit leuchtenden Augen wartete er, was nun kommen würde.

»Ritter Friedrich, es ist nicht zuletzt Eurem Mut und Eurer Findigkeit zu verdanken, dass unsere Welt vor dem Untergang gerettet wurde. Immerhin brachtet Ihr die Dame Lisa hierher und die Nachricht, was überhaupt geschehen war. Kniet nieder, Ritter Friedrich …«

Nun wird er ihn also in den Rang eines richtigen Ritters befördern, dachte Lisa. Er muss nicht mehr drei Jahre lang warten, die Probezeit ist aufgehoben.

Der freche Fritz kniete vor dem Thron.

»… und erhebt Euch als Friedrich Graf von Frechenfels. Sobald die Staatsfinanzen es zulassen, wird eine weitere rollende Burg gebaut werden, die Euch als Lehen übertragen wird. Kehrt nun an Euren Platz an der Tafel zurück.«

Der Applaus war jetzt sogar noch lauter. Strahlend ließ sich der Junge neben Lisa auf den Stuhl sinken. »Kneif mich, Lisa, ich glaube, dass das nur ein Traum sein kann.«

Doch bevor sie ihn davon überzeugen konnte, dass er keinen

schönen Traum träumte, rief der König: »Ich bitte nun die Uhlenfrau, die Dame Lisa und den Regenmann vorzutreten.«

Als diese drei nun vor dem Thron standen, sagte der König mit einem freundlichen Lächeln: »Da Ihr keine Bürger dieses Staates und somit nicht meine Untertanen seid, ist es mir nicht möglich, Euch zu befördern oder in den Adelsstand zu erheben. Daher bitte ich Euch, ehrt mich, indem Ihr diese bescheidene Auszeichnung annehmt.«

Der König erhob sich von seinem Thron und kam die drei Stufen herunter. Von der Seite kam der Finanzminister, der ein Kissen aus rotem Samt trug. Der König nahm von diesem Kissen Medaillen, die an einem blauen Band hingen. Er hängte erst der Uhlenfrau, dann Lisa und schließlich dem Regenmann je eine Medaille um.

»Die Medaillen sind aus purem Gold, darauf abgebildet sind Burg und Stadt Erntedank. Nehmt diese Medaillen, die für herausragende Verdienste und besondere Tapferkeit verliehen werden, als Zeichen meines Dankes entgegen. Darüber hinaus bitte ich Euch, künftig bei allen festlichen Anlässen an meiner Tafel zu sitzen, an Sitzungen über Staatsgeschäfte mit beratender Stimme teilzunehmen und ab sofort den Titel Geheimrat zu tragen.«

Lisa glühte vor Stolz. Und wieder applaudierten die Versammelten.

»Euer Majestät«, sagte Lisa leise, »ich glaube, Ihr könntet den Landsknecht Bruno noch ein bisschen mehr ehren.«

»So?«, sagte der König erstaunt. »Wieso das?«

Lisa winkte den König zu sich heran, er beugte sich vor und sie flüsterte ihm etwas ins Ohr.

Überrascht zog der König die Augenbrauen hoch. »Geheimrätin Lisa, seid Ihr sicher?«

Lisa nickte lächelnd.

»Nun denn!« Der König räusperte sich. »Auf Anregung der Geheimrätin Lisa wird dem Landsknecht Bruno vorgeschlagen, versuchsweise als Hilfskoch in der Küche zu arbeiten. Die Küchenfee Ernestine ist beauftragt, Bruno in die Geheimnisse der Kochkunst einzuweihen.«

Die Küchenfee wurde knallrot, schlug die Hände vor den Mund und machte »Ooooohhhh!«. Bruno wurde ebenfalls rot und grinste über das ganze Gesicht. Alle Anwesenden applaudierten. Lisa hatte den Eindruck, dass die Herren Wissenschaftler am lautesten Beifall klatschten und dabei einen irgendwie erleichterten Eindruck machten.

»Geheimrätin Lisa«, sagte der König freundlich, »ich beneide Euch um Eure Beobachtungsgabe.«

Bald saßen alle wieder an der großen Tafel. Lisa dachte daran, dass sie nun schon eine geraume Zeit von zu Hause weg war. Wie spät mochte es zu Hause sein? Plötzlich schrak sie zusammen.

»Fritz, ich muss so schnell wie möglich in den Turm, der den Übergang in meine Welt bildet.«

»Warum?«, fragte der frisch gebackene Graf. »Wir feiern doch gerade so schön.«

»Fritz, hör zu! Dieses Haus, das du für eine Burg hältst, ist nachts geschlossen. Das bedeutet, dass ich es nicht verlassen und also nicht nach Hause kann. Ich weiß gar nicht, wie viel Zeit in meiner Welt inzwischen vergangen ist, aber ich muss zumindest versuchen, noch rechtzeitig das Rathaus zu verlassen.«

»Macht doch nichts«, sagte der freche Fritz fröhlich. »Dann rennst du die Treppe im Turm wieder nach unten und kommst bis morgen hierher zurück.«

»Großartig! Und was erkläre ich dann meinen Eltern, wo ich die letzte Nacht gewesen bin?«

Der freche Fritz wurde nachdenklich. »Ach so! Das bedeutet Ärger für dich?«

Lisa nickte. »Das kann man wohl sagen!«

»Dann geht es wohl nicht anders. Schade!« Der freche Fritz erhob sich und ging zum König. »Euer Majestät, ich bitte darum, die Geheimrätin Lisa zu dem Turm bringen zu dürfen, der den Weg in ihre Welt darstellt.«

Der König runzelte bedauernd die Stirn. »Ihr wollt uns so schnell schon verlassen, Geheimrätin Lisa?«

»Euer Majestät, das ist leider nicht anders möglich. Es liegt daran, dass in meiner Welt die Zeit anders läuft. Noch werde ich dort hoffentlich nicht vermisst, aber ich *muss* jetzt zurück. Ich würde lieber noch bleiben.«

Der König stand auf und reichte ihr die Hand. »Dann versprecht mir wenigstens, dass Ihr so bald wie möglich wiederkommt.«

Lisa lächelte. »Das werde ich ganz gewiss tun. Schon allein, weil ich doch die Burg des Grafen von Frechenfels sehen will.«

Der König lachte. »Auf die wird der Graf von Frechenfels aber noch warten müssen. Es ist nicht so, dass schon morgen mit dem Bau begonnen werden kann. Ich hoffe, ihr kehrt schon vorher zu uns zurück.«

Lisa verabschiedete sich von der Uhlenfrau und dem Regenmann, aber auch von den Landsknechten, die ihr mittlerweile ebenfalls ans Herz gewachsen waren. Höflich und vornehm, weil sie dachte, dass sich das für eine Geheimrätin so gehörte, sagte sie auch den anderen Anwesenden Lebewohl. Dann folgte sie dem frechen Fritz durch die Burg in den Turm. Gemeinsam stiegen sie die Stufen hinauf, wurden dabei aber immer langsamer. Schließlich standen sie auf einer der obersten Stufen, reichten sich die Hand und sahen sich lange Zeit wortlos an.

»Ich muss los«, sagte Lisa irgendwann.

»Ich weiß«, antwortete der freche Fritz, ließ aber ihre Hand weiterhin nicht los. »Ich werde dich besuchen, sobald ich kann.«

Lisa lächelte. »Sieh aber zu, dass du dann Kleidung trägst, mit der du in meiner Welt nicht so sehr auffällst.«

Nun lächelte auch der freche Fritz. »Wo soll ich die denn herbekommen?«

Lisa zuckte die Achseln. »Lass dir was einfallen, du bist doch ein kluger Junge! Außerdem hast du doch noch meinen Mantel. Ach ja, und wenn du noch einmal Frau Knackenbach begegnen solltest und die wieder einen verrückten Hut aufhat, dann lache sie trotzdem nicht aus, versprichst du mir das?«

Der freche Fritz nickte und ließ ihre Hand los. Lisa holte tief Luft, atmete aus – und lief immer noch nicht los. Sie drückte den Jungen kurz an sich, gab ihm einen Kuss auf die Wange und atmete wieder tief ein. Und dann lief sie los. So schnell sie konnte, rannte sie die Wendeltreppe im Turm hinunter.

Hinter sich hörte sie den frechen Fritz rufen: »Leb wohl! Gib auf dich Acht!«

Hoffentlich bin ich schnell genug, dachte sie noch, dann begannen die Konturen der Mauern zu verschwimmen …

… und die Jagerei hatte ein Ende, als Lisa im Keller des Rathauses ihrer Stadt ankam und nach Atem rang und sich zu beruhigen versuchte. Fast wäre sie mit dem Beamten zusammengeprallt, den sie schon kennen gelernt hatte. Er hatte die Treppe nach oben gehen wollen und trug einen großen Stapel Papier und Akten auf den Armen. Der Mann schrie vor Schreck auf und warf die Arme in die Luft, worauf Lisa und er für ein paar Sekunden in einem Regen aus Papier standen.

Bevor der Beamte etwas sagen konnte, keuchte Lisa: »Gehört alles mit zu der Stoffsammlung für das Referat!«

Der Beamte stöhnte: »Ich hoffe, ihr seid damit bald fertig.«

»Also, für heute auf jeden Fall«, sagte Lisa.

»Das trifft sich gut«, sagte der Beamte. »Das Rathaus ist nämlich schon geschlossen. Wir haben fünf Minuten nach vier Uhr. Du solltest jetzt sofort zum Pförtner gehen, der wird dich noch hinauslassen. Wo ist denn dein Klassenkamerad?«

»Der ist schon nach Hause gegangen«, antwortete Lisa, und musste daran denken, dass der freche Fritz jetzt sehr, sehr weit von ihr weg war.

»Aha, gut«, sagte der Beamte und begann die Papiere aufzusammeln. Als Lisa ihm dabei helfen wollte, sagte er: »Nein, nein, lass nur, ich mache das schon allein. Geh du nur zum Pförtner. Am Ende wirst du hier noch eingeschlossen.«

»Dann auf Wiedersehen und einen schönen Feierabend«, sagte Lisa und ging die Treppe hinauf. Wenig später hatte sie den Haupteingang erreicht. Der Pförtner saß noch in seiner Loge und las eine Zeitung. Er war überrascht, als er Lisa erblickte.

»Was tust du denn noch hier?«, fragte er.

»Ich habe noch für mein Referat gearbeitet«, sagte Lisa im Plauderton.

»So, tatsächlich?« Der Pförtner legte die Zeitung weg und verließ seine Loge, wobei er nach einem großen Schlüsselbund griff. »Du musst aber aufpassen, dass du nie hier eingeschlossen wirst. Nie, hörst du?«

Er ging auf die große Tür zu und schloss sie auf. »Hier geht es nämlich nicht mit rechten Dingen zu.«

Lisa ging durch die Tür und sah den Pförtner mit großen Augen an. »Wieso denn das?«

Der Pförtner sagte mit geheimnisvoller Miene: »Der eine oder andere Kollege hat schon mal Überstunden gemacht und dabei – na ja, eben unerklärliche Dinge erlebt. Lichterscheinungen, merkwürdig gekleidete Gestalten, die hier nichts zu suchen hatten, es waren Schritte zu hören, obwohl keiner mehr hätte da sein dürfen, und so weiter. Man munkelt, dass hier vielleicht ein toter Beamter spukt, der sich auch im Tod nicht von seinen Akten trennen kann.«

Lisa überlegte, ob der Pförtner sie verkohlen wollte. Oder hatte hier vielleicht schon einmal ein Beamter Besucher aus der Jahreszeitenwelt die Treppe hinunterrasen sehen?

Der Beamte nickte Lisa zu und schloss die Tür.

Lisa ging die große Treppe hinunter und machte sich auf den Heimweg. Die Sonne schien von einem wolkenlosen Himmel und es war angenehm warm. Sie warf einen Blick zum Rathaus zurück. Wann würde sie das nächste Mal hineingehen, um eine ganz bestimmte Wendeltreppe hinunterzulaufen? Wann würde das nächste Mal ein rothaariger, sommersprossiger Junge das Rathaus verlassen und den Burgweg Nr. 7 aufsuchen? Hoffentlich bald, und hoffentlich war sie dann zu Hause.

INHALT

Herbert Osenger, geboren 1958 in Neuss, arbeitet hauptberuflich als Betriebswirt bei einem Kreditinstitut. Mitte der 80er Jahre begann er zu schreiben, unterbrach dies jedoch wegen beruflicher Fortbildungen. Dann aber begann er erneut und es entstand sein erstes Kinderbuch: *Haus der Türen*, der erste Band der geplanten Herbstlandtrilogie, der mit großem Erfolg veröffentlicht wurde. Der dritte Band ist in Vorbereitung.
Herbert Osenger ist verheiratet und lebt auch weiterhin in Neuss am Niederrhein.